KB118671

밤의 이야기꾼들

전 건 우 장 편 소 설

네오
픽션

차례

진실은 빛과 같이 눈을 어둡게 한다.
반대로 거짓은 아름다운 저녁노을처럼
모든 것을 멋지게 보이게 한다.

- 알베르 카뮈

그날 밤의 폭우로 60명이 죽고 32명이 실종되었다.

비가 쏟아지기 시작했을 때 소년은 개구리 소리에 귀를 기울이고 있었다. 몇 분 전까지 그악스럽게 울어대던 개구리들이 갑자기 조용해졌다. 그 정적은 카운트다운 후의 가파른 찰나 같았다. 혹은 출발 총성이 울린 뒤에 찾아오는 짧고 날카로운 호흡.

소년은 숨을 죽인 채 어둠을 응시했다. 한여름 밤, 계곡에서 뻗어 나오는 어둠은 차고 습했다. 무슨 일이 생길지도 몰라. 소년은 생각했다. 지독한 치통이 찾아왔던 작년 겨울의 어느 밤과 비슷했다. 어금니 근처가 근질근질했던 그 밤처럼, 이유 없는 불안감이 소년의 마음속에서 뒤척이고 있었다.

그나저나 개구리들은 모두 어디로 갔을까.

소년은 텐트 주위에서 울어대던 수많은 개구리가 일제히 입을 닫고 그 큰 눈을 뒤룩거리는 모습을 상상했다. 엄마와 아빠는 번갈아가며 얕은 숨을 토해내고 있었다. 삼겹살에 소주를 곁들인 뒤 초저녁부터 곯아떨어진 두 사람이었다.

정말로, 무슨 일이 생길 것 같아.

소년의 불안감이 사방에 들어찬 어둠처럼 짙어졌을 때 텐트 지붕 위로 무언가가 떨어졌다. 툭. 그것이 신호였다. 과자 뺏긴 아이처럼 하늘은 갑자기 울음을 터뜨렸다. 총알 같은 빗방울이 텐트 위로 쏟아졌다. 처음에는 비라는 사실도 몰랐다. 침묵시위를 하던 개구리들이 텐트 위로 뛰어오른 거라 생각했다. 소나기다. 누군가가 밖에서 외치는 소리를 듣고서야 사태를 파악할 수 있었다.

비는 작심이라도 한 듯 텐트를 때렸다. 우거진 나무를 때리고, 이끼가 달라붙은 바위를 때리고, 흙바닥을 때리고, 쿨렁이는 계곡물을 때렸다. 빗줄기에 얻어맞은 텐트가 살아 있는 것처럼 꿈틀거렸다.

소년은 숨 쉬기가 힘들었다. 입을 한껏 벌린 채 공기를 들이마셨지만 웬일인지 가슴은 점점 더 답답해졌다. 귀도 먹먹했다. 마치 물에 빠진 것 같았다. 낮에도 한 번 똑같은 일을 당했다. 튜브에 엉덩이만 걸쳐놓은 채 떠다니다 뒤집힌 것이다. 아빠가 목덜미를 잡고 끌어올리기까지의 그 짧은 시간 동안, 소년은 귀와 콧구멍을 비집고 들어오는 물과 사투를 벌여야 했다. 꼭 그때처럼 소년은 허공에 대고 팔을 휘저었다. 어둠이 소년의 팔을 묵직하게 휘감았다. 빗줄기는 더 굵어졌다.

"갑자기 웬 비래?"

소년의 엄마가 일어났다. 밤낚시용 랜턴이 켜졌다. 파마가 풀려 부스스해 보이는 엄마의 얼굴이 조막만 한 불빛에 드러났다.

"정우 아빠, 좀 일어나봐요. 비가 너무 많이 와."

아빠는 끙 하는 소리를 내며 돌아눕더니 애벌레처럼 동그랗게 몸을 말아서는 침낭 안으로 깊숙이 들어갔다. 쯧. 엄마는 한번 혀를 찬 후, 대주양반이라는 사람이 무심하기는, 하고 중얼거리며 텐트 지퍼를 내렸다.

시커먼 밤하늘에 은색 빗줄기가 사선으로 내리긋고 있었다. 앞이 보이지 않을 정도였다. 그중 몇 개가 방향 잃은 산탄처럼 텐트 안으로도 날아들었다.

"무슨 비가……."

엄마의 목소리가 각질처럼 갈라졌다. 탁한 불안감이 배어 나왔다. 소년은 꿀꺽 침을 삼켰다. 심장이 두근거렸다. 바닥에 부딪치는 빗줄기와 같은 속도로.

"일기예보에 비 소식은 없었는데."

아빠가 둥싯거리며 몸을 일으켰다. 술기운이 남았는지 목소리가 거칠했다. 아빠는 머리맡에 벗어둔 안경을 찾아 쓰고는 꺼억, 트림을 했다.

"괜찮겠어요? 물이 불 것 같은데."

"별일이야 있겠어. 위험하면 그 뭐냐, 경고 방송인가 뭔가를 한다잖아."

아빠가 중얼거리는 소리는 잘 들리지 않았다. 그사이 더 거칠어진 비가 텐트를 잘근잘근 씹어대는 통에 귀가 먹먹했다.

"그러지 말고 좀 나가봐요. 다른 사람들은 뭐 하는지도 보고."

계곡에는 소년의 가족 말고도 백 개 이상의 텐트가 늘어서 있었다. 여름의 절정을 달리는 7월의 계곡에는 나무에 붙어 악을 써대는 매미만큼이나 많은 사람이 몰려들었다.

"비 들어오니까 문 닫고 있어."

소년의 아빠가 손전등을 챙겨 들고 밖으로 나갔다. 엄마와 소년 둘만 남았다. 어둠이 자꾸만 치근덕거렸다. 소년은 침낭을 빠져나왔다.

"넌 왜 일어났어. 더 자."

엄마가 말했다. 시선은 텐트 밖 어딘가에 고정된 채였다. 비가 퍼붓는 소리는 웃음처럼 들리기도 했다. 아니면 울음이나. 엄마도 그렇게 생각하는 걸까? 소년은 궁금증이 일었지만 랜턴 불빛은 엄마의 얼굴에 굵은 음영만을 드리울 뿐이었다.

"잠이 안 와."

"안 피곤해?"

엄마는 비로소 소년을 돌아봤다.

"피곤은 한데 잠이 안 와. 우리 그냥 집에 가면 안 돼?"

소년은 하고 싶었던 이야기를 꺼냈다. 이 피서를 위해 부모가 얼마나 많은 희생을 했는지, 아홉 살 소년도 잘 알고 있었다. 애초에 피서를 떠나게 된 것도 소년 때문이었다. 수영을 하고 싶다고 부모를 졸랐고, 아빠와 엄마는 각자 다니던 공장과 식당의 눈치를 봐가며 휴가를 얻어야 했다. 단 이틀의 여름휴가. 텐트며 침낭 등의 캠핑 도구를 옆집 인수 아빠에게서 빌려 계곡에 도착한 것이 오후 무렵이었다.

"아빠를 기다려보자. 지금은 밤이라 차도 없고."

엄마는 작게 한숨을 쉬었다. 소년은 당장이라도 계곡을 떠나고 싶었다. 어리기에 오히려 예민할지도 모를 소년의 본능이어서 돌아가자고 충동질을 해댔다.

"젠장, 더럽게 많이 오네."

불쑥 아빠가 들어왔다. 절인 배추처럼 흠뻑 젖은 채였다. 동전을 오래 쥐고 있을 때 손에서 풍기는 비릿한 쇳내가 아빠를 따라 텐트 안으로 들어왔다. 아빠의 성긴 머리카락이 이마에 착 달라붙었다. 안경에도 비의 파편이 가득했다.

"어때요?"

엄마가 물었다.

"어떻긴. 비가 억수로 내리지. 사람들도 반반이야. 소나기라서 금방 그칠 거라는 사람도 있고, 대피소에 갈 거라는 사람도 있고."

"우린 어쩌죠?"

"글쎄, 당장 계곡이 넘칠 것 같진 않은데……."

"우리 그냥 가자."

소년의 외침이 텐트 안에 울려 퍼졌다. 아빠와 엄마 모두 놀라서 소년을 바라봤다.

"왜 그래, 정우야?"

엄마가 소년에게 무릎걸음으로 다가왔다.

"무서워, 나 무섭단 말이야."

결국 울음을 터뜨렸다. 소년 스스로는 걷잡을 수 없고 통제할 수도 없는 울음이었다. 본능이 시키는 울음이었다. 카랑카랑, 울음이 깊어질수록 소년의 숨통은 트였고 아빠는 점점 더 당황했다.

"사내놈이 무섭기는……."

구시렁대면서도 소년의 아빠는 엉거주춤 일어섰다.

"그래요, 정우 아빠. 혹시 모르니까 우리도 잠시 피해 있죠. 아무 일 없으면 다시 돌아오면 되지."

소년의 가족은 텐트를 나섰다. 우산이나 비옷도 없이 무방비였다. 비는 기다렸다는 듯이 달려들었다. 겉옷 지퍼를 끝까지 채웠지만 차가운 빗줄기는 끈질기게 소년의 옷 속을 비집고 들어왔다. 소년은 계곡을 바라봤다. 심통 난 아이처럼 잔뜩 불어 난 물이 맹렬하게 흐르고 있었다. 그 위로 빗물이 튀어 올랐다. 그때마다 계곡이 번뜩였다. 물은 밤하늘보다도 검었다.

"이런 비에 꼭 움직여야 되겠어?"

아빠가 텐트 지퍼를 채우며 말했다. 대피소로 가겠다는 결정이 여전히 못마땅하다는 투였다. 실제로도 계곡물은 충분히 여유 있어 보였다. 시커먼 물이 날름거리며 바위를 핥긴 했지만 땅을 범할 정도는 아니었다. 텐트를 떠나는 사람은 몇 없었다.

"조심하면 좋잖아요. 애도 무섭다고 하고."

빗소리에 막혀 엄마는 숫제 악을 썼다. 소년은 엄마의 손을 꼭 잡았다. 맨살에 빗줄기가 닿을 때마다 따가웠다. 아빠는 앞장서며 손전등을 비췄다. 빛은 허무하게 흩어졌다. 건전지 두 개짜리 손전등으로 뚫을 수 있는 어둠이 아니었다.

"잘 보고 걸어. 당신은 내 손 잡고."

아빠의 외침이 바스러졌다. 대피소는 계곡을 건너 20분쯤 더 올라가야 하는 곳에 있었다. 소년은 계곡 입구에 세워진 간판에서 대피소 위치를 보았던 기억을 떠올렸다. 통나무집 모양의 대피소, 어서 그곳으로 가고 싶었다.

문제는 계곡을 건너는 일이었다. 손전등 불빛을 지팡이 삼아 더듬더듬 찾아간 징검다리는 물살에 자취를 감춘 채였다. 빗줄기는 더 굵어졌고, 그만큼 계곡물의 덩치도 불어 있었다. 아빠와 엄마, 그리고 소년은 서로 손을 잡고서 한동안 멍하니 서 있었다. 징검다리 앞에는 소년의 가족 말고도 청년 셋이 함께였다. 낮부터 기타를 치며 요란을 떨었던 이들이었다. 젊고 힘센 청년들도 뾰족한 수를 못 내기는 마찬가지였다.

"그러게 그냥 텐트에 있자니까."

청년 중 한 명이 짜증 섞인 목소리로 말했다. 그들도 의견 일치를 보지 못한 모양이었다.

"이 길 말고 다른 데는 없죠?"

소년의 아빠가 청년들을 향해 물었다.

"네, 저희보다 몇 분 빨리 출발한 사람들은 여길 건넌 모양이에요. 그때만 해도 돌멩이가 보인 모양인데 지금은……."

"돌아가든지, 건너든지 빨리 결정을 하자."

처음에 불평을 한 청년이 말했다. 암묵적인 동의가 이루어졌는지 셋은 말없이 물로 걸어 들어가기 시작했다. 아빠가 소년과 엄마를 번갈아 바라봤다. 잡은 손에 힘이 들어갔다. 우리도 가자, 아빠는 그렇게 말하고 있었다.

먹장 같은 계곡물 안에 여섯 개의 점이 찍혔다. 생각보다 깊지는 않았지만 허벅지에 감기는 물살은 묵직하고 끈끈했다. 잠시만 균형을 잃어도 넘어질 판이었다. 소년은 아빠에게 안겼다. 아빠의 두툼한 팔이 소년의 엉덩이를 받쳤다. 소년은 아빠의 숨을 맡았다. 술 냄새와 구취가 섞인 아빠 특유의 단내가 소년의 볼에 닿았다가, 또 멀어졌다.

절반쯤 건넜을까, 소년은 우연히 그것을 발견했다. 먹빛 물을 향해 이리저리 불안한 시선을 던지고 있을 때, 그것이 시야에 들어왔다. 처음에는 쓰레기라 생각했다. 빗물에 쓸려온 쓰레기. 이를테면 비닐봉지나 옷가지 같은 것들이 바위에 걸린 거라고. 하지만 아니었다. 그것은 일정한 거리를 유지하며 청년들과 소년의 가족을 따라오고 있었다. 분명히 헤엄을 치는 중이었다. 거센 물살을 헤치며, 조용히. 형체는 불분명했다. 단 하나 확실한 것은 그것이 검다는 사실이었다. 그 밤의 어둠보다도, 계곡물보다도. 게다가 검으면서도 묘하게 반짝였다.

그것을 보는 순간, 소년의 불안감이 다시 일어났다. 방금 전까지 소년은 개구리들이 사라진 이유가 비 때문이라 생각했다. 갑작스러운 폭우를 알아챈 거라고. 어린이 신문에서 비슷한 기사를 읽었던 기억이 났다. 지진이 나기 전에 대피하는 뱀이나 쥐에 대해. 이제는 아니었다. 개구리들은 저것 때문에 도망쳤다는 생각이 확신과 같은 깨달음으로 소년의 머릿속을 때렸다.

"아빠, 저기 이상한 게 있어."

소년의 다급한 목소리는, 그러나 빗소리와 물소리, 그리고 앞서 가던 청년 중 한 명이 물살에 휩쓸리며 내지르는 비명에 막혀버렸다. 발을 헛디딘 모양이었다. 큰 덩치가 삽시간에 물속으로 사라졌다. 뒤따르던 친구가 재빨리 손을 뻗어 머리채를 잡지 않았다면 청년은 영영 물 밖으로 얼굴을 내밀지 못했을 것이다, 살아서는.

"여기 엄청 미끄러워요. 아저씨도 조심하세요."

물을 다 건넌 청년이 소년의 가족을 향해 외쳤다. 아빠와 엄마는 게걸음으로 전진했다. 소년은 여전히 물에서 눈을 떼지 못했다. 그것은 어디로 갔을까? 좀 전까지 주위를 맴돌던 그것이 어느 순간 사라졌다. 이대로 떠내려가버렸다면 좋으련만, 그것은 분명 물속에 도사리고 앉아 먹잇감을 찾고 있을 것만 같았다.

소년이 그런 생각을 하는 사이 어느새 건너편에 도착했다. 엄마는 안도의 한숨을 쉬었고, 아빠는 소년을 내려놓기 무섭게 신음을 흘렸다. 물은 여전히 통곡했다. 비는 그칠 줄을 몰랐다.

대피소에는 제법 많은 사람이 모여 있었다. 모두 물에 젖은 솜처럼 무거운 얼굴이었다. 비를 헤치고 오느라 지친 표정이 역력했다. 몇 장 없던 모포며 수건은 먼저 온 사람의 차지였다. 그 청년들도 있었다. 넘어진 한 명은 다리를 삔 건지 발목에 손수건을 감고 있었다. 소년의 아빠는 도착하자마자 다시 대피소를 나서려 했다.

"어딜 가려고요?"

엄마가 물었다.

"아, 가서 짐 챙겨야 할 거 아냐. 혹시 물이라도 넘쳐봐. 죄다 빌린 것들인데 그 일 감당을 어찌하려고."

"이 비에 다시 계곡으로 간다고요?"

"어차피 다 젖은 거고, 아까 보니까 계곡도 건널 만하더라고. 후딱 챙겨서 올게."

아빠가 캠핑 장비를 빌릴 때 소년도 옆에 있었다. 인수네는 부자였다. 자기 아빠가 어딘가의 사장님이라고 뻐기던 인수의 말이 아니고라도 으리으리한 집과 멋들어진 차만 보더라도 부자가 틀림없었다. 소년의 아빠가 우연한 기회에 인수네 보일러를 손봐주지만 않았더라도 두 집이 교류를 하는 일은 없었을 것이다. 인수 아빠는 텐트며 코펠, 침낭 같은 것을 하나하나 들어 보이며 어느 나라에서 만들었고, 얼마나 구하기 힘들며, 그 가격이 얼마인지 친절히 설명해주었다. 코펠 하나 값이 소년의 가족 한 달 생활비와 맞먹었다. 소년의 아빠로서는 함부로 할 수 없는 물건들이었다.

"그럼 나도 같이 가요. 혼자 들고 올 수도 없잖아."

소년의 엄마도 나섰다. 아빠는 망설이다가 고개를 끄덕였다. 부모의 대화를 듣고 있는 동안 소년의 심장은 점점 빠르게 뛰었다. 불안감, 불안감, 불안감. 심장의 펌프질을 따라 핏속으로 불안감이 퍼져 나갔다.

"정우야, 여기서 잠깐만 기다리고 있어. 엄마 아빠 빨리 갔다 올게."

"안 돼. 싫어, 가지 마."

소년은 엄마의 팔에 매달렸다.

"아니, 근데 얘가 아까부터 왜 이렇게 칭얼거려. 뚝 못 그쳐!"

아빠가 역정을 냈다. 바닥에 퍼질러 있던 사람들의 고개가 느리게 돌아갔다. 모두의 시선이 소년과 가족에게로 향했다.

"가면 안 돼, 엄마. 물속에 무서운 게 있단 말이야."

"뭐라는 거야? 조용히 못 해?"

아빠는 그 말을 끝으로 대피소 밖으로 나가버렸다.

"물건만 가지고 금방 온다니까. 아빠 말처럼 다 젖으면 큰일이잖아."

소년은 움직일 수 없었다. 텐트에서처럼 숨 쉬기가 힘들었다. 머릿속이 멍하고 귓가에는 미친 듯이 웃어대는 빗소리만 맴돌았다. 엄마는 조용해진 소년의 손을 놓고 돌아섰다. 아까의 청년들에게 소년을 잠시만 봐달라는 당부도 잊지 않았다. 엄마가 대피소 문을 열고 밖으로 나갈 때까지 소년은 꼼짝도 하지 못했다. 눈앞에 검은 물이 넘실거렸다. 집채만 한 물살이 계곡을 휩쓸었다. 그것이 물살 끝에 있었다. 낄낄낄 웃고 있었고, 검은 입속에 아빠 엄마의 머리가……

"엄마!"

소년은 튕기듯 밖으로 달려 나갔다. 밖에는 온몸으로 비를 맞아내는 평상 말고는 아무것도 없었다. 소년의 부모는 이미 어둠 속으로 사라진 뒤였다.

"아빠!"

공허한 외침이었다. 소년의 목소리는 아빠가 들고 간 손전등처럼 빗소리를 뚫지도, 그리고 어둠을 뚫지도 못했다. 소년은 평상에 주저앉았다. 나무 평상에 둘러친 장판에서 뿌드득 소리가 났다. 머리가 지끈거릴 정도로 비가 퍼부었지만 소년은 자리를 뜨지 않았다. 아니, 뜰 수 없었다. 어둠을 노려보고 있어야, 비를 고스란히 맞고 있어야 부모가 무사히 돌아올 것만 같았다.

소년의 엄마는 장수 국밥에서 일했다. 하루 열두 시간씩, 3백 그릇이 넘는 국밥을 날랐다. 소년은 딱 한 번 그곳을 찾았다. 구석진 자리에 앉아 식당 아줌마가 주인 몰래 썰어준 전통 순대에다가 국밥 국물을 곁들여 먹으며 엄마의 일하는 모습을 지켜봤다. 엄마는 한 번도 쉬지 못했다. 손님이 뜸할 때도 주방 앞에 우두커니 서 있었다. 소년은 그런 엄마를 보며, 명치끝이 묵직한 건 순대를 욱여넣다가 체한 것 때문이라고 생각했다. 소년은 다시는 장수 국밥을 찾지 않았다. 순대를 먹고 싶을 때면, 늦은 밤 지친 어깨로 돌아오는 엄마를 꽉 껴안았다. 엄마의 품에서는 순대 냄새가 났다. 소년은 그 냄새를 마음껏 마셨다.

소년의 아빠는 보일러공으로 공장에서도 똑같은 일을 했다. 아빠는 술에 취해 들어오는 날이면 항상 공을 사 왔다. 축구공이나 야구공, 그리고 농구공. 종류에 상관없이 둥근 모양이면

무조건 가져다놓고는 책만 읽는 소년을 불렀다. 불러서는 남자란 운동을 잘해야 한다며 허풍 섞인 무용담을 늘어놓았다. 소년은 그럴 때의 아빠가 좋았다. 아빠에게서 풍기는 알싸한 술 냄새가 좋았고, 끝내 돈 몇천 원을 쥐여주며 이번이 마지막이니 다음부터는 책을 안 사준다는 아빠의 횡설수설이 좋았다. 소년의 집 다락에는 쓰지 않는 공들이 차곡차곡 쌓여갔다.

소년의 생각이 엄마에게서 아빠로, 다시 아빠에게서 엄마로 향하고 있던 그 순간 굉음이 들렸다. 하늘이 무너지는 소리였다. 산이 내지르는 비명이었다. 천둥이 하늘에서 내려와 땅을 훑는다면 똑같은 소리가 날까? 실제로 땅이 울린 듯했다. 소년의 팔에 소름이 돋았다. 자기도 모르게 오줌을 쌌다. 미지근한 오줌 줄기가 소년의 허벅지를 타고 흘러내렸다.

무슨 일이 생겼다.

번개처럼 그런 생각이 스쳤다. 그 생각에 감전된 소년은 움직일 수가 없었다. 나쁜 예감은 한지에 떨어진 먹물처럼 서서히 번져 나갔다. 딱딱, 통제를 벗어난 턱만이 자꾸만 어둠을 씹어댔다. 그 상태로 얼마나 앉아 있었을까. 저 멀리 어둠 속에서 한 무리의 사람들이 걸어왔다. 수십 명은 되어 보였다. 사람들은 성지순례를 하는 고행자처럼 말없이 걷고 있었다. 누구 하나 얼굴을 들지 않고 땅만 내려다봤다.

소년은 그들을 바라봤다. 계곡에서 대피해 온 사람들이라면 그중에 아빠 엄마가 끼어 있을지도 모를 일이었다. 소년과 무리 사이의 거리가 가까워졌다. 오싹한 기운이 소년을 덮쳤다.

비 때문은 아니었다. 뼛속까지 스미는 차가움이었다. 칼날을 오래 바라보고 있을 때와 같은……

"엄마. 아빠."

울음을 토하듯 소년은 부모를 찾았다. 어느새 대피소 앞까지 다다른 사람들이 일제히 소년을 바라봤다. 핏기 없는 얼굴. 한 남자가 소년을 향해 까딱, 손짓을 했다. 이리 온. 거기 있지 말고 이리 온. 같이 가자. 같이 가. 수십, 수백 개의 손이 소년을 불렀다. 사람들은 계속 몰려들었다. 줄의 끝이 보이지 않았다. 비는 끊임없이 퍼부었다. 소년은 천천히 평상에서 일어나 사람들을 향해 다가갔다.

그날 밤, 폭우가 쏟아졌다. 시간당 2백 밀리미터가 넘는 갑작스러운 비에 60명의 사람들이 수장되었다. 실종된 32명은 끝내 찾지 못했다.

그리고 소년은 살아남았다.

밤의 이야기꾼들

목련 흉가는 병든 코끼리처럼 누워 있었다. 장마의 끝을 알리는 보슬비가 죽음을 앞둔 코끼리를 적시는 중이었다. 나는 마티즈 전조등이 가리키는 쪽으로 차를 몰았다. 허물어진 담벼락 안으로 넓은 공터가 나타났다. 공터의 주인은 잡초였다. 장마 때가 대목이었는지 미친 여자 머리카락처럼 마구 자라 있었다.

"신기한데요."

내가 말했다.

"뭐가?"

대호 선배 목소리는 심드렁했다.

"서울 한복판에 이런 폐가가 있다는 게."

"소문이 많은 집이지. 장기밀매업자들이 살던 집이었다는 설도 있고, 유력 정치인의 비밀 별장이었는데 술집 여자들이 불려 들어갔다가 시체로 나왔다는 설도 있고. 왜 안 허물고 있는지 궁금해하는 사람들도 많아."

목련 흉가를 다시 한 번 올려다봤다. 끔찍할 정도로 낡은 집이었다. 창문이 다 날아간 건 물론이고, 2층의 오른쪽 부분은 아예 폭삭 주저앉았다. 나무로 만든 집이라 손상의 정도가 더 심한 듯했다. 보고 있으면 그럴싸한 공포 소설 한 편쯤은 뚝딱 써낼 것 같았다.

"그나저나 목련 흉가라는 이름은 왜 붙은 거예요?"

"몇 년 전이었나. 케이블 심령 프로에서 여기를 찾아왔어. 그때는 덜 알려졌을 땐데 목련이 흐드러지게 핀 걸로 봐서 아마 4월쯤이었겠지. 동행한 무당인지 퇴마사인지 하는 양반이 두 눈을 까뒤집으면서 여기는 귀신 천지라고 외치고는 냅다 줄행랑을 놓았지. 목련 나무 밑에 시체가 수두룩하다나. 그때부터 유명해졌어."

대호 선배는 그렇게 말하고는 마티즈 문을 열었다. 꾹꾹 눌러 담겨 있던 거구가 사라지자 조수석이 갑자기 횅해 보였다. 백 킬로그램에 육박하는 대호 선배의 육중한 몸이 마티즈에서 내릴 때면 나는 항상 안쓰러움을 느꼈다.

나도 차에서 내려 카메라 가방과 녹음기를 꺼냈다. 얼굴에 닿는 비가 제법 차가웠다.

"그건 필요 없을 텐데."

대호 선배가 내 어깨에 매달린 카메라를 가리켰다.

"혹시나 해서요. 차에 두면 도난 위험도 있고."

이번 취재에는 사진 촬영은 물론이고 인터뷰도 필요 없다는 말을 콧수염 편집장과 아라 씨에게서 질리도록 들었다. 하지만 필요 없다는 말만 할 뿐 정작 뭐가 필요한지, 정확히 어떤 모임인지는 말해주지 않았다.

"'밤의 이야기꾼들'이라고 했잖아. 그게 모임 이름이라고. 가보면 알 거야. 대호한테 물어봐."

편집장은 예의 그 콧수염의 한쪽 끝을 비틀며 애매하게 말했다. 그가 콧수염을 꼴 때는 더 이상 말하기 싫다는 뜻이라는 걸 입사 한 달 만에 깨달았다. 아라 씨도 비슷한 반응이었다.

"가보면 알 거야. 같이 가는 대호 선배가 잘 설명해줄 거고."

문제는 대호 선배가 과묵하다는 데 있었다. 대호 선배의 입은 몸무게만큼이나 무거웠다. 처음 입사했을 때 나는 대호 선배가 청각장애인인 줄 알았다. 하루 종일 근무하면서도 한마디도 하지 않았으니. 심지어는 퇴근할 때도 소리 없이 사라졌다. 일주일 후 회식 자리에서 대호 선배의 목소리를 처음 들었을 때 나는 깜짝 놀랐다. 청각장애인이 아니라는 사실에도, 그리고 옥구슬 구르는 소리 같다는 식상한 비유가 민망할 정도로 아름다운 목소리에도.

"그리고 또 알아요, 귀신이라도 찍을지?"

나는 부러 카메라를 들고 사진 찍는 시늉을 했다. 대호 선배가 말이 많아지는 순간은 취재와 귀신 이야기 할 때, 둘뿐이었다. 전자는 먹고살자니 어쩔 수 없는 일이고, 후자는 대호 선배의 유일한 취미.

"귀신이 카메라에 찍힐 때는 말이야……."

옳거니, 걸려들었다. 나는 대어를 낚은 것에 만족하며 집 안으로 들어섰다. 대호 선배가 심령사진 운운하며 뒤를 따랐다. 오래된 나무 바닥이 삐걱삐걱 비명을 질렀다. 당연한 이야기지만 집 안은 칠흑같이 어두웠다. 휴대전화 불빛으로 겨우 발밑만 밝혔다. 깨진 창문으로 바람이 드나드는지 윙윙대는 소리가 천장을 맴돌았다. 아니, 어쩌면 이곳에 깃들었다는 귀신들의 울음인지도 모르지. 이 집과 얽혀버린 그 누군가의 원혼. 『월간 풍문』과 나 사이의 얄궂은 운명처럼.

'도서출판 풍문'이라는 곳으로부터 전화를 받은 건 졸업을 두 달 앞둔 어느 겨울 오후였다. 나는 도서관에 있었다. 열람실에 비치된 공용 컴퓨터로 50번째인가의 자기소개서를 작성하던 중이었다. 과실에는 쪽팔려서 들어갈 수가 없었다. 취직 못한 늙다리라고 수군거리는 후배들의 뒷담화가 들릴 것만 같았다. 실제로도 그랬을지 모르고. 나야 뭐, 밥 잘 사주는 좋은 선배는 아니었으니.

복도로 나가 전화를 받으니 대뜸 축하합니다, 하는 여자 목소리가 들렸다. 그 뒤 레퍼토리는 뻔했다. 경품에 당첨되었느니 콘도 회원권을 받게 되었다느니 하면서 신상 정보를 묻는 거겠지. 그렇게 생각하며 전화를 끊으려는데 '면접'이라는 단어가 들렸다.

"면접은 이번 주 금요일 4시입니다. 늦지 말고 참석하세요."

"네?"

나는 멍청한 목소리로 되물을 수밖에 없었다. 또박또박, 한 글자도 빼지 않고 귀 기울여 들은 내용은 내가 서류 전형에 합격해 면접을 보게 되었다는 거였다. '도서출판 풍문'이라는 곳에서.

"네?"

처음 들어보는 이름이었으므로 이번에도 되묻지 않을 수 없었다. 뒤에 '도서출판 풍문'이라고요?'라는 문장을 빼먹었지만 상대는 용케도 알아들었다.

"『월간 풍문』이라는 잡지를 만드는 곳이에요. 저희 사무실 주소는요…….'"

'서울시 서대문구'로 시작하는 주소를 받아 적으면서도 나는 어리둥절했다. 전화를 끊고 자판기에서 코코아 한 잔을 뽑아 의자에 앉았다. 내가 이력서를 냈던 숱한 회사들의 이름을 떠올려봤다. 대개가 신문사나 방송사, 그리고 잡지사였고 논술 학원도 몇 곳 끼어 있었다. 그중에 '도서출판 풍문'이라는 곳은 없었다. 짐작 가는 데는, 이력서를 올려놓으면 관심 있는 업체에서 먼저 연락을 해 온다는 취업 사이트뿐이었다. 분명히 몇 달 전에 이력서와 자기소개서를 올린 적이 있었는데 아무래도 그걸 보고 연락한 모양이었다.

하지만 여전히 이상했다. 내 나름대로 출판사나 잡지사 이름은 꿰고 있다고 생각했는데 '도서출판 풍문'이라는 곳은 금시초문이었다. 인터넷에다가 그 이름을 넣고 검색을 해봤지만 아무엇도 걸리지 않았다. '월간 풍문'으로 검색해도 마찬가지였다. 요즘 취업 사기가 유행이라던데 그런 거 아냐? 피라미드 회사에 끌려가서 반미치광이가 된 한 학번 선배 이야기가 생각났다. 학교 안을 돌아다니면서 새 학기만 되면 1학년 후배들을 꿰어 간다는 선배. 우리 사이에서는 좀비 선배라 불렸지.

이런저런 생각을 하며 무심코 '월간 風聞'이라고 검색을 했을 때, 딱 하나 관련 내용이 떴다. 누군가의 블로그였다. '『월간 風聞』의 미스터리'가 제목이었다.

『월간 풍문』이라는 잡지를 본 적이 있는가? 천 페이지가 넘는 두툼한 두께의 이 책은 어디에나 있다. 농협의 대기석 옆 잡지꽂이에도, 미용실 의자에도, 종합병원 책꽂이에도, 심지어는 찜질방에도 이 잡지는 있다. 대통령의 정기 구독 리스트 맨 위에 있다는 소문도 들린다. 『월간 풍문』은 『새 농민』의 옆에서, 『레이디 경향』의 뒤에서, 『항문내시경 사례집』의 아래에서, 『럭키 짱』의 위에서 그 존재를 드러내고 있다. 하지만 대다수의 사람이 이 잡지를 기억하지 못한다. 오직 정기구독으로만 판매되고, 발행인조차도 베일에 싸인 『월간 풍문』은 그 존재 자체가 미스터리다. 이 잡지는 '풍문'이라는 그 이름처럼 세상에 떠도는 온갖 해괴한 이야기를 담고 있다. 귀신, 유령, 흡혈귀, 심령사진, 좀비, 저주, 마술, 도시괴담, 연쇄살인마, 빙의, 환생, 괴물, 돌연변이, 땅굴, 미신, 전설, 급발진, UFO 등이 주로 다루는 기사다. 그야말로 황당한 이야기, 무서운 이야기, 끔찍하면서도 실소를 금할 수 없는 이야기들로 가득 차 있는 잡지, 그것이 바로『월간 풍문』이다.

'추적자'라는 별명의 주인이 운영하는 그 블로그에는『월간 풍문』과 관련된 글 말고는 아무것도 없었다. 황량한 고비사막 그 자체였다. 나는 들여다보고 있으면 황사 바람이라도 불어올 것만 같은 그 블로그의 유일한 오아시스를 읽고 또 읽었다. 네 번을 읽어도 '도서출판 풍문'의 정체를 파악할 수 없었다. 알게 된 건 적어도 유령 회사는 아니라는 사실뿐이었다. 『월간 풍문』이 꽤 이상한 잡지라는 사실도…….

여러 가지 의심을 떨칠 수 없었지만 그럼에도 그 주 금요일에 '도서출판 풍문'을 찾아간 건 솔직히 말해 목구멍이 포도청이었기 때문이었다. 사람을 좀비로 만드는 피라미드 회사만 아니라면 면접 정도야 봐줄 용의가 있었다는 건 거짓말이고, 태어나서 처음 보는 입사 면접이었기에 나는 꽤 긴장한 상태였다.

사무실은 북가좌동의 주택가 한가운데 있었다. 이런 곳에 사무실이, 하고 포기할 무렵 2층 양옥집 대문에 붙은 은색 명판을 발견했다. '도서출판 풍문'. 초인종을 누르자 전화 통화를 했던 그 목소리가 누군지 묻지도 않고 어서 오라는 인사와 함께 문을 열어주었다.

잘 정돈된 정원을 지나 현관으로 들어서는 동안 내 심장은 세차게 뛰었다. 긴장한 탓도 있었지만 왠지 모를 흥분이 온몸을 감쌌다. 전화기 너머 여자의 목소리가 예뻤기 때문만은 아니었다.

사무실 안은 적어도 내가 아는 선에서는 다른 곳과 비슷했다. 죽 늘어선 책상 위에 컴퓨터와 책이 어지럽게 널려 있었다. 그리고 그것이 있었다. 『월간 풍문』! 붉은색 궁서체로 큼지막하게 제목이 박힌 그 잡지가 천장에 닿을 듯 쌓인 채였다. 블로그 글 때문인지 묘한 기운이 뿜어져 나오는 듯했다. 아니나 다를까, 곁눈질로 훑어본 표지에는 '단독 인터뷰! 흡혈귀와의 목숨을 건 대담'이라는 문구가 적혀 있었다.

"김정우 씨죠? 괜찮으시면 바로 면접을 볼 건데 준비되셨나요?"

그렇게 물어 온 건, '도서출판 풍문'의 유일한 여직원이자, 나와 통화를 했던 여인이요, 경리 겸 비서고 때로는 교정과 교열까지 보는 깜짝 놀랄 만한 미모의 아라 씨였다. 목소리가 한참 밑에서 들려왔으므로 나는 내려다볼 수밖에 없었다. 아라 씨는 휠체어를 타고 있었다.

"네, 준비됐습니다."

무슨 준비를 해야 하는지도 모른 채 나는 대답했고, 그 길로 '편집장실'이라 적힌 방으로 안내되었다.

내가 문을 열었을 때 콧수염 편집장은 가부좌를 틀고 바닥에 앉아 있었다. 피라미드 모양의 모자를 쓴 채였다. 나는 문자 그대로 흠칫 놀랐다. 피라미드라니, 설마…….

"이름이 뭔가?"

불시의 일격이었다. 피라미드로 시선을 뺏어놓고 갑자기 질문을 던지다니. 그렇다고 해서 자기 이름을 기억해내지 못해 한참을 더듬거린 건 순전히 내가 바보이기 때문이지만.

"기, 김정우입니다."

"좋아, 합격이네."

"네?"

오 예, 합격! 하고 기뻐했다면 순 뻥이겠지. 펑펑, 펀치를 두 방이나 맞은 나는 얼빠진 표정으로 콧수염 편집장을 바라봤다.

"합격이라고."

"하지만 별다른 질문도 하지 않으셨잖아요?"

"했잖아, 이름이 뭐냐고."

"그게 다인가요?"

"그건 면접관 마음이지 않는가."

듣고 보니 그랬다. 무슨 질문을 하건, 어떤 기준으로 사람을 뽑건. 하지만 찜찜한 건 어쩔 수 없었다. 어쩌면 책을 수백 권 씩 팔아야 하는 영업 사원일지도 몰라. 대충 멀쩡하게만 생겼으면 합격인 거지. 패배주의적이지만, 또 묘하게 설득력 있는 가설이 고개를 들려는 찰나 편집장이 세번째 펀치를 날렸다.

"자네와 우린 운명으로 맺어진 거야. 이 방에 떠도는 피라미드 파워가 그렇게 말하고 있지. 저 사람을 뽑으라고."

그로기 상태가 된 나는 또 한 번 멍청한 질문을 하고 말았다.

"그럼 전 이제 뭘 하면 되는 거죠?"

"뭘 하긴. 당장 출근해야지. 나가면 아라 양이 자리를 만들어 놨을 거네."

벌써? 사실 그날 내가 느꼈던 놀라움은 아무것도 아니었다. 그 후 '도서출판 풍문'에서 겪은 여러 일에 비하면. 어쨌든 나는 취업을 했다. 기자라는 명함도 파게 되었다. 후배들이 물으면 뭐, 그런 잡지사가 있어, 하고 대충 둘러대야 했지만. 가끔 후회할 때도 있었다. 편집장과 면접을 본 그날, 뭘 하면 되느냐는 질문 대신에 그냥 불합격으로 하면 안 되겠느냐는 질문을 하지 못했다는 사실에. 그랬다면 아마도 내 인생은 조금 달라졌겠지.

"오셨군요."

어둠 속에서 들려온 목소리에 나는 걸음을 멈췄다. 뒤따라오던 대호 선배가 내 등에 부딪혔다. 반사적으로 휴대전화를 비췄다.

"죄송하지만 불은 꺼주시겠습니까?"

대호 선배가 등을 쿡 찔렀다. 나는 서둘러 전화기를 껐다. 으음. 어둠 속 상대방이 헛기침을 했다. 고맙다는 뜻인지, 아니면 내 무례에 신경이 거슬린 것인지 알 길이 없었다.

"다른 분들은 아직입니다."

당신은 어떻게 오셨느냐고 묻고 싶은 걸 간신히 참았다. 서울 시내이긴 해도 버스에서 내려서 한참을 걸어야 하는 위치였다. 그것도 오르막을. 차가 없다면 오기 불편한 곳이었다. 목소리로 짐작건대 어둠 속 남자는 노인이었다. 아마도 관절염 정도는 있지 않을까.

"저는 『월간 풍문』의 기자입니다. 이쪽은 제 동료고요."

대호 선배가 어둠에 대고 말했다. '밤의 이야기꾼들'에서는
아무도 이름을 대지 않는다고 한다. 그런 건 필요 없다나. 차를
타고 오면서, 그리고 귀신 이야기로 대호 선배를 구슬려가며
폐가 안을 살피는 동안 들은 이야기로는 그랬다.

"'밤의 이야기꾼들'은 작은 모임이야."

대호 선배는 말했다. 그건 편집장에게서도 들은 이야기였다.

입사한 후 처음 한 일은 『월간 풍문』의 배송이었다. 블로그
에서 읽은 그대로 『월간 풍문』은 정기 구독으로만 판매되었다.
그 수가 엄청났다. 사무실에 쌓아놓은 건 특별 고객에게 보내
는 분량이고, 대부분은 배송 업체를 통한다고 했다. 나는 아라
씨와 함께 책을 포장하고 주소 라벨을 붙였다. 과연 '특별 고
객'이라 할 만한 사람들의 이름과 주소가 라벨에 찍혀 나왔다.
두 달 동안 꼬박 그 일을 했고 그 후에는 자료 정리를 맡았다.
UFO 연대표나 설인의 추적 일지 같은 것들. 그리고 바로 어
제, 콧수염 편집장이 첫 취재라며 나에게 맡긴 것이 '밤의 이야
기꾼들'이었다. 뭐, 어렵진 않을 걸세. 작은 모임이니까.

"정확히 뭘 하는 모임인가요?"

대호 선배에게 물었다.

"이야기를 하는 모임이지."

"이야기요?"

"그래, 우리 같은 이야기."

우리라면 『월간 풍문』을 두고 하는 말일 것이다. 귀신이며
흡혈귀, 괴물이며 UFO 따위의 이야기를 하는 『월간 풍문』. 많

이 적응하긴 했지만 나는 아직도 그것들이 낯설었다. 내가 신문방송학과에서 배운 건 설명할 수 있는 것들을 설명하는 방법이었다. 뒤쪽의 '설명'에는 '제대로' 혹은 '똑바로'라는 수식어가 붙어야 한다. 하지만 『월간 풍문』은 반대였다. 설명할 수 없는 것들을 설명했다. 다들 진지한 얼굴로 저주받은 터널에 대해 이야기하고, 자칭 늑대인간이라는 사람과 인터뷰를 했다.

"다른 사람들이 들으면 황당해할 이야기들이지. '밤의 이야기꾼들'은 오래전부터 그런 이야기들을 해왔어."

대호 선배는 그렇게 덧붙였다.

"오래전부터 내려왔다면 얼마나……."

"글쎄, 20년이 넘었다는 사람도 있고, 그보다 훨씬 더 전이라는 사람도 있지. 중요한 건 현재도 계속 이어지고 있다는 거야. 매년 한 번씩, 같은 날 저녁에 멤버가 모이지. 장소며 시간 같은 건 전날에야 연락이 와. '밤의 이야기꾼들' 모임이 있으니 취재를 오라고."

"어떤 사람들이 멤버인가요?"

"나도 잘 몰라. '밤의 이야기꾼들'에는 몇 가지 규칙이 있어. 멤버의 신상을 공개하지 않는다. 그 신상에는 얼굴도 포함되지. 서로의 이름을 묻지 않는다. 이야기를 하되 반드시 자신과 관련 있는 이야기를 해야 한다. 뭐, 이런 것들이야. 조금 특이하지?"

대호 선배에게 거기까지 이야기를 들었을 때 바로 그 노인과 마주친 것이다.

"반갑습니다. 저는 오늘의 사회자입니다. 일단 앉아서 기다리시죠. 의자는 뒤편에."

노인이 말했다. 뒤를 돌아보니 희미하게 빛나는 초록색 점이 보였다. 연극 무대에서 쓰는 형광 테이프인 모양이었다. 우리는 성실한 엑스트라처럼 각자의 자리에 앉았다. 대호 선배는 다시 침묵 모드로 돌아갔다. 나도 딱히 할 말이 없었다. 보이는 건 전부 어둠이었고 그 속에서 정체를 알 수 없는 소리가 간헐적으로 들려왔다. 집이 우리를 반기지 않는다는 느낌이 들었다. 대호 선배가 신 나게 떠든 여러 이야기가 떠올랐다. 이 폐가에 얽힌 이야기.

"믿거나 말거나지만 말이야, 여기에 깃든 귀신들을 몰아내겠다며 호언장담하던 퇴마사 한 명이 자살을 했대. 2층으로 올라가는 계단 난간에 목을 매고. 동네 사람들은 비 오는 밤에는 목련 흉가 앞에 얼씬도 안 한다는 거야. 귀신한테 홀려서 흉가 안으로 들어가게 된다나. 재미있게도, 실제로 이 동네에는 유독 실종 사고가 많아."

귀신은 믿지 않지만 폐가에서 풍기는 독특한 분위기 탓인지 등줄기가 서늘했다. 보이지 않는 손이 목덜미를 낚아챌 것만 같았다. 입이 자꾸 말라 괜스레 마른침을 삼켰다. 그나저나 이 모임을 준비하는 사람들의 정체는 뭘까? 누가, 무슨 목적으로? 장소를 섭외하고 사람들을 모으려면 꽤 많은 품이 들지 싶었다. 게다가 의자에다 형광 테이프를 붙이는 꼼꼼함까지. 이야기를 할 뿐이라면 호텔 방으로도 충분했다. 수학여행 나온 초등학생들처럼 자기네끼리 촛불 켜놓고 하면 되지.

그 외에도 수많은 의문이 비엔나소시지처럼 줄줄이 딸려 나왔다. 이야기의 진위는 어떻게 가리는지, 규칙을 어기면 어떻게 되는 건지. 애초에 '밤의 이야기꾼들'이라는, 노골적이면서도 촌스러운 이름의 모임이 왜 만들어진 건지. 고위층 인사들의 취미? 멤버의 신상을 밝히지 않는다는 규칙으로 보자면 그럴싸한 가설이었다. 하지만 21세기인 요즘, 귀신 이야기 따위를 나누기 위해 돈 많고 명성 자자한 사람들이 폐가에 모이겠느냐고 반문하면 대답이 궁해진다. 아무튼 '밤의 이야기꾼들'은 모든 게 의문투성이였다.

"선배."

나는 대호 선배를 불렀다.

"언제 시작하는 거예요? 다른 사람들은 언제 오고?"

그때 인기척이 느껴졌다. 몇 명이 방 안으로 들어왔다. 소리만 들릴 뿐 사람들의 모습은 전혀 보이지 않았다. 다만 의자에 붙은 형광색 테이프가 사라지는 걸로 누군가가 앉았다는 걸 짐작할 뿐이었다. 하나, 둘, 셋. 도착한 사람은 셋이었다.

"잘 오셨습니다. 잠시 기다리시죠. 두 분이 더 오셔야 합니다."

노인의 그 말 이후 다시 정적이 찾아왔다. 나는 이유 없이 초조했다. 어둠과 고요, 둘 다 견디기 힘들었다. 어둠 속에 오도카니 앉아서 숨죽이고 있는 정체불명의 사람들을 생각하니 기분이 나쁘기도 하고 오싹하기도 했다. 어떻게 된 인간들이야……

잠시 후 나머지 두 사람이 도착했다. 역시나, 사라지는 형광색으로 확인할 뿐이었다. 자동차가 멈춰 서는 소리도 들리지 않았는데 다들 잘도 왔다는 생각을 하는 찰나, 어딘가에서 괘종시계가 울렸다. 단단하고 무거운 소리가 바람을 타고 폐가 곳곳으로 퍼져 나갔다. 이 낡은 집에서 괘종시계만은 멀쩡하다는 사실이 믿기지 않았다. 시계는 정확히 열두 점을 쳤다. 소리의 잔향이 사라질 때쯤 맞은편에서 누군가가 일어났다. 끼익. 의자가 몸을 뒤트는 소리와 함께 어둠이 살짝 출렁였다.

"자, 이제 모두 모였으니 올해의 '밤의 이야기꾼들'을 시작하겠습니다."

노인이 말했다.

모인 사람은 모두 여섯이었다. 나와 대호 선배까지 포함하면 여덟. 목소리라도 들려달라는 노인의 요청에 돌아가면서 어색한 인사를 나눴다.

"반갑습니다. 잘 부탁드립니다."

첫번째로 입을 뗀 사람은 여자였다. 사근사근하지만 어딘지 모르게 날카로운 목소리였다. 사포로 쇠끝을 문지르는 것 같다면 맞는 비유일까.

"안녕하세요? 함께하게 되어 영광입니다."

다음은 남자. 호감 가는 말투와 목소리였다.

"반갑소."

그 말을 끝으로 입을 닫아버린 사람은 중년의 남자로 여겨졌다. 오랜 시간 술과 담배의 풍파에 시달려야만 나올 수 있는 탁한 목소리였다.

"안녕하십니까? 뵐 수는 없지만 모두 반갑습니다."

이번에도 남자. 연령을 짐작하기 힘든 목소리. 억양에 특징이 없었다.

"안녕하세요?"

여자였다. 여자였는데, 목소리를 듣는 순간 심상치 않다는 느낌이 들었다. 혼자서 에코마이크를 찬 것도 아닐 텐데 소리가 묘하게 울렸다. 낮게 깔린 울림이 뱀처럼 바닥을 기어서 발목을 타고 서서히 올라오는 느낌. 나는 여자의 얼굴을 확인하고 싶다는 욕망을 필사적으로 눌렀다. 확인하면, 후회하게 될지도 모른다고 본능이 경고를 보냈다.

"마지막은 저군요. 다시 한 번 인사드리겠습니다. 오늘의 사회자입니다."

노인이 인사를 시작하자 어둠 속에서 흐르던 팽팽한 긴장감은 옅어졌지만 나는 가슴이 답답했다. 느낌이 아니라 물리적인 압박감이었다. 어둠이 옥죄어오는 것 같았다. 입을 벌리고 숨을 크게 들이쉬었다. 숨 쉬기가 힘들고 귀도 먹먹했다. 추운 건 아닌데 팔뚝에 오슬오슬 소름이 돋았다. 심장이 불규칙하게 뛰었다.

'우르바흐-비테 증후군'이라는 병이 있다고 한다. 유전질환의 일종인데 칼슘 대사에 이상을 일으켜 편도체를 망가뜨린다. 편도체가 망가진 인간은 감정을 느끼지 못한다. 당연히 공포감도 모른다. 원숭이의 편도체를 일부러 손상해놓고 보니 무서워하던 뱀이나 다른 동물한테도 막 달려들더라는 유명한 이야기가 있다. 반대로 멀쩡한 인간이라도 편도체에 자극을 받으면 극심한 공포를 느끼게 된다.

내 상태도 비슷했다. 누군가가 원터치 참치 캔처럼 내 머리통을 따놓고 편도체를 마구 헤집는 느낌. 공포에서 파생되는 여러 증상이 차례로 엄습했다. 목련 흉가의 기운? 방금 전 여자의 목소리? '밤의 이야기꾼들'이라는 이상한 모임? 공포의 정체는 불분명했지만 그것이 나를 잠식해간다는 사실만은 확실히 느낄 수 있었다.

"다들 아시겠지만 그래도 또 한 번 말씀드리겠습니다. 저희 '밤의 이야기꾼들'에는 한 가지를 제외하고는 규칙이 없습니다. 자신과 관련된 이야기를 할 것. 꼭 이야기의 주인공이 아니라도 좋습니다. 자신과 관련된 이야기면 됩니다. 그 외의 것은 사실 규칙이 아니라 주의 사항이라 해도 무방합니다만, 어쨌든 지켜주셨으면 합니다. 저는 서로의 신상을 알아서 좋게 되는 경우를 못 봤습니다. 다들 동의하십니까? 이의가 있는 분은 조용히 일어나서 퇴장하시면 됩니다."

아무도 움직이지 않았다. 노인이 말을 이었다.

"좋습니다. 그럼 '밤의 이야기꾼들'의 선서를 해볼까요?"

말이 끝나기가 무섭게 양옆의 사람들이 부스럭거렸다. 아마도 오른손을 드는 거겠지. 만국 공통의 선서 자세. 노인이 선창했다.

"하나. 우리는 이야기를 나눈다."

"우리는 이야기를 나눈다."

나머지 사람들이 노인의 말을 받았다.

"하나. 우리의 이야기는 살아 있다."

"우리의 이야기는 살아 있다."

각기 다른 여섯 개의 목소리가 하나로 합쳐져 축축한 어둠 속을 맴돌았다. 나는 메스꺼워졌다. 머릿속에서 팡팡, 폭죽이 터졌다. 귀를 막고 싶었다. 막고, 도망치고 싶었다.

"하나. 우리가 곧 이야기다."

"우리가 곧 이야기다."

나는 더 이상 참지 못하고 자리를 박차고 일어났다. 휴대전화를 켰다. 얕은 불빛 아래 여섯의 얼굴이 떠올랐다가 사라졌다. 그들을 뒤로하고 방을 뛰쳐나왔다. 무언가를 걷어찼는지 큰 소리가 났다. 발끝에 시큰한 통증이 느껴졌다. 그래도 멈추지 않았다. 순간적으로 드러난 여섯의 얼굴이 머릿속을 떠나지 않았다. 창백하고 무표정한 그 얼굴들…….

정신을 차리고 보니 토하고 있었다. 손에 든 휴대전화가 발 아래 널브러진 토사물을 비추더니 곧 꺼졌다. 비릿한 냄새가 코를 찔렀다. 저녁으로 생선 구이를 먹었다는 사실이 떠올랐다. 머리가 띵하고 속이 쓰렸다. 다행히 가시처럼 쑤셔대던 공포감은 조금 사그라졌다.

나는 호흡을 가다듬고 주위를 둘러봤다. 목련 홍가 안이긴 한데 당최 어디쯤인지 짐작도 가지 않았다. 너무 어두웠다. 넘어지거나 부딪치지 않고 왔다는 사실이 놀라울 뿐이었다. 휴대전화는 켜지지 않았다. 쓸데없이 밥만 먹어대는 스마트폰. 휴대전화에게 화를 내봐야 아무 소용 없다는 것쯤은 잘 알고 있었다. 돌아가야 했다. 그 방으로.

벽이라 짐작되는 곳에 손을 짚고 천천히 걸었다. 쓰레기가 발길에 차였다. 끔찍할 정도로 조용했다. 내 숨소리도 들리지 않았다. 무중력의 공간에 갇혀버린 느낌이었다.

따지고 보면 처음부터 이상했다. 이 폐가에 발을 들여놓았던 그 순간부터, 인정하긴 싫지만 뒷목이 서늘했다. 똥구멍에 잔뜩 힘이 들어갔다. 그래서 나불나불 떠들었는지도 모른다. 고여가는 두려움을 털어내기 위해서. 첫 취재라 너무 긴장한 탓일까. 아니면 다른 이유가 있을까. 차분히 생각을 해보고 싶지만 우선 어둠을 탈출하는 게 먼저였다. 의자에 붙어 있던 희미한 형광 테이프가 그리웠다.

뒤편에서 이상한 소리가 들려왔다. 나는 걸음을 멈추고 귀를 기울였다. 저벅저벅, 발소리처럼도 들리고 히히히, 웃는 소리처럼도 들렸다. 소리는 점점 가까워졌다. 위험하다. 마음속에서 경보가 울렸다. 몸을 움직일 수가 없었다. 가느다랗게 매달려 있던 한 가닥의 인내가 툭, 끊어질 판이었다. 비명을 지를까?

손에 카메라가 닿았다. 아까부터 목에 걸고 있었다는 걸 깨달았다. 나는 소리가 들리는 쪽을 향해 카메라 셔터를 눌렀다. 번쩍, 플래시가 터졌다. 빛 속에는 아무것도 없었다. 다시 한번. 이번에도 마찬가지였다. 나는 고지를 지키는 최후의 병사

처럼 몰려오는 적을 향해 마구 셔터를 눌러댔다. 빛의 세례에
놀라서일까, 소리가 사라졌다. 카메라의 메뉴를 '재생'으로 놓
고 찍은 걸 확인했다. 대부분 허옇게 날아간 빈 화면이었다. 제
대로 찍은 사진에는 폐가의 흉측한 모습이 그대로 드러났다.
피로 쓴 듯 붉은 낙서, 덕지덕지 붙은 부적, 화상 흉터처럼 녹
아내린 촛농, 그리고 세월의 손이 서서히 부수고 깎아내린 벽
과 바닥. 딱 한 장에 소리의 정체라 짐작되는 형체가 잡혔다.
쓰레기 더미에 올라앉은 쥐였다. 과연, 쥐라고 부를 수 있다면.
  초점이 안 맞아 정확하진 않지만 쥐는 어림잡아도 고양이만
했다. 뾰족한 귀와 뱀의 혓바닥 같은 긴 꼬리가 없었다면 쥐라
는 생각도 못 했으리라. 무얼 먹어 저리 큰 걸까? 순간, 대호 선
배의 말이 되살아났다. 이곳이 장기밀매업자의 아지트였을지
도 모른다던. 필요 없는 장기들은 어떻게 했을까…….
  무언가가 휙 지나갔다. 카메라의 액정 불빛에 그림자가 어른
거렸다. 다시 카메라를 들이댔다. 이번에는 쥐가 아니었다. 내
키와 거의 같은 높이의 무언가. 재생 모드에서 촬영 모드로 바
꾸는 그 짧은 시간이 영원처럼 길게 느껴졌다. 셔터를 눌렀다.
플래시가 번쩍이고, 눈앞으로 커다란 얼굴이 뛰어들었다.
  너무 놀라면 비명도 못 지른다는 말은, 누가 임상 실험을 했
는지는 몰라도 정확한 이야기다. 나는 그 자리에 얼어붙었다.
심장이 튀어나온 게 분명했다. 그렇지 않고서야 이렇게 크게
뛸 리가 없었다.
  "괜찮아?"

목소리의 주인이 대호 선배라는 사실을 알아챈 건 한참이 흐른 후였다. 선배도 어지간히 놀랐는지 거친 숨을 쉬고 있었다.

"선배?"

"그래, 인마. 한참 찾았잖아."

꽉 끌어안고 선배의 볼에 키스를 퍼붓고 싶은 충동을 억누른 나에게 영광이 있을지어다. 나는 다리가 풀려 주저앉을 지경이었다. 카메라를 든 손에서 스르르 힘이 빠져나갔다.

"깜짝 놀랐잖아요."

"놀라긴 내가 더 놀랐어. 갑자기 왜 뛰쳐나간 거야?"

"속이 좀 안 좋아서⋯⋯."

딱히 할 말이 없었다. 무서워서 도망쳤다고는 말하기 싫었다. 싫었지만, 왠지 대호 선배는 다 알고 있을 것만 같았다. 덩치에 비해 눈치가 빠른 남자였다, 선배는.

말수 적은 사람은 대신에 보이지 않는 긴 더듬이를 가지고 있다. 그 더듬이로 다른 이의 마음을 헤아릴 수 있기에 굳이 말할 필요를 못 느낀다. 선배의 더듬이는 길고도 따뜻했다. 내 어깨에 올린 그 큼지막한 손처럼.

"가자."

선배의 휴대전화 불빛으로 앞을 밝히며 우리는 어둠을 헤쳐 나갔다. 내가 있던 곳은 폐가의 주방이었다. 삐걱대는 복도를 지나 다시 방으로 들어섰다. 반가운 형광 테이프하며, 어떤 표정일지 짐작되는 사람들이 나를 맞았다. 얼굴이 보이지 않는다는 건 이럴 때는 좋았다.

"마음 편하게 가져. 처음엔 나도 그랬으니까."

대호 선배가 속삭였다.

"그럼 첫번째 이야기를 들어보도록 하겠습니다."

우리가 자리에 앉자마자 노인이 말했다. 목소리가 조금 더 경쾌해졌다. 어떤 모습일지 궁금했다. 격식 있는 양복에 나비 넥타이까지 맨 모습이 떠올랐지만 의외로 모시 한복을 입고 있을지도 모를 일이었다. 어쩌면 노인이 아닐지도.

내가 나간 사이 순서를 정한 건지 누군가가 목을 가다듬었다. 높고 날카로운 소리, 여자였다. 처음으로 인사를 했던 여자. 한동안 침묵이 흘렀다. 기대감과 긴장감이 교차했다. 대호 선배가 귀에다 대고 말했다.

"눌러, 녹음기."

의자 밑에 놓아둔 녹음기를 더듬어 찾았다. 딸깍, 하는 버튼 소리도 부담스러워 손가락에 잔뜩 힘을 주고 살며시 눌렀다. 아까처럼 무서움증이 들지는 않았다. 숨 쉬기도 편했다.

"막상 이야기를 하려니 어디서부터 시작해야 될지 모르겠네요."

여자가 드디어 입을 열었다. 내용과는 달리 자신 있는 목소리였다. 나는 여자가 아줌마일 거라 짐작했다.

"여러분은 물건 자주 잃어버리지 않으세요?"

차지게 올려붙인 '요?' 속에서 보험외판원의 기운이 느껴졌다. 아니면 마트에서 끈질기게 가입을 권유하는 카드판매원이거나. 아무튼, 여자는 사람을 상대하고 무언가를 판매하는 일에 익숙한 게 분명했다.

목소리와 말투는 의외로 많은 정보를 전달한다. 나는 아홉 살부터 열 살까지 꼬박 1년 동안 완벽한 암흑 속에서 살았다. 눈이 보이지 않았던 것이다. 안구는 사물을 포착했지만 내 머릿속 어딘가에서 '보는 것'을 받아들이지 않았다. 마음이 감겨 있다고, 의사는 말했다. 딱히 불편하지는 않았다. 예민한 귀가 눈으로는 볼 수 없는 것들을 포착해냈다. 열 살 이후로 시력은 돌아왔지만 남보다 뛰어난 청각은 그대로였다.

"전 그런 편이거든요. 분명히 여기 뒀다 싶은데 돌아서면 없고, 잘 보관한다고 넣어놔도 며칠 뒤면 사라지죠."

여자는 독백을 이어갔다.

"제가 들려드릴 이야기는 물건 잃어버리는 것과 관련이 있어요. 그리고 한 쌍의 부부와도. 부부 이야기라 하면 흔해빠진 거 아니냐, 하시겠지만 정말로 특별한 이야기예요. 아마 여러분 중 어느 누구도 비슷한 이야기를 못 들어보셨을걸요."

목련 흉가라 불리는 서울 시내의 폐가, 자정, 암흑 속에 둘러 앉은 이름도 나이도 모르는 사람들, 그리고 '밤의 이야기꾼들' 이라는 이름의 비밀 모임. 영화에나 나올 법한 상황이지만 머리털이 쭈뼛할 정도의 긴장감이 실제로 흐르고 있었다.

"한 남자가 있었어요. 고집과 오만을 갑옷처럼 두르고 폭력이라는 무기로 아내를 괴롭히는. 그래요, 남자의 이름은 K라고 할게요. K."

K……. 나는 그 이름을 발음해봤다. 매끄럽게 넘어가지 못하고 낚싯바늘처럼 목구멍에 걸렸다. K는 어떤 사연을 가진 남자일까. 여자가 말한, 물건을 잃어버린다는 것과는 무슨 연관이 있을까. 나는 생각하지 않기로 했다. 머리를 비운 채 여자의 이야기를 듣기로. 이야기가 끝날 때까지 끼어들지 않는 것. 그 또한 '밤의 이야기꾼들'의 암묵적인 규칙이었다.

"K는 S라는 여자와 불륜 관계였어요. S는 K가 다니는 학원의 접수창구 경리였죠. K는 수학 선생이었고요."

여자의 목소리가 쇠로 긁는 듯 미묘하게 거슬렸다. 여자는 아랑곳없이 이야기를 계속해나갔다. 어둠이 한층 짙어졌다는 느낌이 들었다. 바람이 불어왔다.

그렇게, '밤의 이야기꾼들'의 첫 이야기가 시작되었다.

과부들

K는 벌써 몇 시간째 전화기만 바라보고 있었다. S에게서는 아무런 연락이 없었다. 전화를 해도 받지 않고, 문자에도 답이 없고, 음성메시지도 확인하지 않은 듯했다. 벌써 이틀, 그동안 학원에도 나오지 않았다. 몇 분 전에도 볼일이 있는 척 접수창구에 들렀지만 S의 자리는 여전히 비어 있었다.

도대체 어떻게 된 거야? 왜 연락이 없어?

K는 다시 한 번 문자를 보냈다. 마음 같아서는 집으로 찾아가고 싶었지만 10분 후면 수업에 들어가야 했다. K는 전화기를 진동으로 바꾼 채 바지 주머니에 넣었다.

수업을 마친 건 저녁 7시가 조금 지나서였다. 이제 막 여드름이 올라오기 시작한 중학생들에게 이차함수를 설명하는 동안 주머니 안의 전화기는 내내 얌전했다. 폴더를 활짝 열고 탈

탈 털어봐도 문자 한 통 나오지 않았다. K는 학원을 나와서 S
의 집으로 향하는 버스를 탔다. 시내에서 조금 비켜난 대학가
동네에 S가 사는 원룸이 있었다. '백조'라는, 다소 촌스러운 이
름의 그 원룸은 좁고 지저분하고 낡았다.

S의 집을 처음 찾은 건 작년 어느 겨울밤이었다. 며칠째 비
가 내리던 겨울밤, K와 S는 학원 회식이 끝난 후 둘만의 2차를
가졌다. K는 수학 선생이었고, S는 접수창구 직원이었다. 2년
제 전문대학을 막 졸업하고 취직한 S는 솜털이 보송보송했다.
몸과 마음 둘 다. 고뇌에 빠진 유부남을 연기한다면 유혹하는
일쯤은 식은 죽 먹기로 보였고, 실제로도 그랬다.

S의 방 창문은 닫혀 있었다. 에어컨이 고장 나 집에 있을 때
면 늘 창문을 열어두는 S였다. 초인종을 눌러봐도 응답이 없었
다. 좋아. 최소한의 예의는 지켰어. K는 비밀번호를 누르고 현
관문을 열었다. 훅, 꾹꾹 눌러 담겨 있던 열기와 함께 암흑이
덮쳐왔다. K는 벽을 더듬어 불을 켰다. 늘 보던 풍경이 앙상하
게 드러났다. 화장대, TV, 식탁 겸 책상, 그리고 침대.

S는 없었다. 손바닥만 한 방이었다. 숨을 곳은 없었다. 그 사
실을 알면서도 K는 침대 밑까지 살펴봤다. 끈적끈적한 어둠이
K를 노려봤다. 몸을 일으켜 화장실로 들어갔다. 낡은 세면대와
변기만이 그를 맞이했다. 돌아 나오려는 순간, 불이 꺼졌다. 방
안과 화장실 모두.

무언가가 있다.

K는 그렇게 생각했다. 단순한 정전이 아니었다. 전기로 돌아

가는 세면대 옆의 칫솔 보관함은 여전히 푸른빛을 내뿜고 있었다. 오싹한 기운이 엄습했다. 어둠이 꿈틀거렸다. 어딘가에서 킥킥대는 웃음이 들려왔다. 다리를 타고 무언가가 기어오르는 것만 같았다. K는 일부러 큰 소리를 내며 화장실을 뛰쳐나왔다. 달려가 다시 불을 켰다. 아무도 없었다. 없었지만, 분명히 무언가가 있었다.

S의 집을 빠져나온 K는 버스 정류장에 도착해서야 한숨을 돌렸다. 한여름인데도 팔뚝에는 소름이 돋았다. 도로에는 차들이 무심하게 내달렸다. 사람들도 마찬가지였다. 마치 자신만 다른 세계에 다녀온 것 같았다. K는 뒤를 돌아봤다. 따라오는 게 없다는 사실을 확인하면서, K는 안도와 함께 쓴웃음을 지었다. 차량의 전조등과 네온사인, 그리고 쉴 새 없이 떠들어대는 사람들의 목소리가 K에게서 두려움을 앗아 갔다. 그래, 잠시 착각한 걸 거야. 며칠째 보충수업을 했으니 피곤했을 거고 S와 연락이 되지 않으니 스트레스도 쌓였을 거야. 그래서 쓸데없이 예민했던 거지. 그렇게 생각하자 정말로 아무 일도 없었던 듯했다. 마침 K의 집으로 가는 버스가 도착했다. K는 버스에 올랐다. 그나저나 정말 S는 어디로 갔을까? 전화기에는 여전히 문자 한 통 찍혀 있지 않았다.

K가 집에 도착해서 처음 발견한 것은 거실에 모로 누운 장모였다. 장모가 사는 집은 시골 중에서도 시골이었다. 오지奧地라는 단어가 어울리는 곳. K의 집과는 늙은이 해소처럼 콜록거

리는 마을버스에서 내려, 다시 기차와 시외버스로 갈아타야 도
착할 만큼 멀리 떨어져 있었다.

K의 아내가 앞치마를 두른 채 쪼르르 달려 나왔다.

"언제 오신 거야?"

K가 턱으로 장모를 가리키며 물었다.

"아까, 저녁때."

"왜 저기서 주무시게 해? 방으로 모시지."

"조금 전에 잠드셨어. 나랑 이야기하다가."

아내가 안방까지 따라 들어오면서 대답했다. 평소와 다르게
K가 벗어놓는 옷가지들을 받아 들더니 뒤집어 벗어놓은 양말
도 군말 없이 챙겼다. 싸구려 조화처럼 자꾸 웃는 걸 보니 뭔가
중요한 이야기가 있는 듯했다. 아니면 부탁이나.

"우리 이야기 좀 해."

아니나 다를까 K가 평상복으로 갈아입자마자 아내가 말했다.

"알았어, 일단 좀 씻고."

K는 서둘러 화장실로 향했다. 벌써부터 머리가 지끈거렸다.
아내가 진지한 얼굴로 이야기를 하자면 대개 귀찮은 내용이었
다. 스트레스받는다는 걸 알면서도 수입이 변변찮네, 앞으로가
걱정이네, 떠들어대는 아내를 보면 K는 자기도 모르게 손이 올
라갔다. 며칠 전에도 비슷한 일로 다퉜다. 아내가 월급을 좀더
주는 다른 학원을 알아보면 안 되느냐고 물었던 게 발단이었
다. K의 실력으로는 대학 선배가 운영하는 지금의 학원이 아니
고서는 무리였다. 그걸 알면서도 억지를 부린다고 생각하자 K

는 참기가 힘들었다. 그날 밤, 아내는 결국 피를 보고 말았다.

화장실 불은 어두운 데다가 계속해서 깜박였다. 노란색 백열 전구 밑이 새까맣게 변해 있었다. 그 밑에 서 있자니 두통이 더 심해졌다.

불 좀 갈지. 얼마나 한다고…….

깜박이는 백열등을 노려보자니 새삼 부아가 치밀었다. K는 전구를 사놓으라는 자신의 말에 아내가 했던 변명을 떠올렸다.

"건너편 철물점이 문을 닫아서 그래. 그 집 아저씨가 며칠째 행방불명이라 정신이 없는가 봐."

철물점 주인이라면 K하고도 몇 번 마주쳐서 술을 먹었던 사이였다. 조기축구를 한다고 설레발을 치던 무렵이었다. 커다란 덩치에 괄괄한 목소리만큼이나 성격도 화통했던 철물점 주인은 술만 들어갔다 하면 마누라하고 북어는 사흘에 한 번씩 두드려야 된다고 떠들어댔다. 술 먹고 맨홀에라도 빠진 거 아냐? K는 심드렁하게 대꾸했다. 그게 이틀 전 일이었다. 철물점 사정이야 딱하지만 그것과 전구는 별개였다. 뻔질나게 드나드는 마트에서라도 사 올 수 있었다.

"쓸데없는 물건은 잘도 사면서……."

한바탕 퍼붓고 싶은 마음을 누르며 K는 세차게 수도꼭지를 돌렸다. 물은 시르죽은 병아리처럼 변변찮게 나왔다. 쓰러지지 않고 버티는 것만으로도 상을 줘야 할 판인 낡은 영세민 아파트에서는 저녁 시간이 될수록, 층수가 높아질수록 물이 잘 나오지 않았다.

"이런 쌍⋯⋯."

K의 입에서 저절로 욕이 튀어나왔다. 평소라면 세면대에 물이 찰 때까지 똥이라도 누면서 내처 기다렸겠지만, 이상하게도 오늘은 모든 게 짜증스러웠다. S 때문인가? 걱정이 되기는 했다. 이틀 전까지 만났던 사람이 갑자기 사라졌으니. 학원에도 나오지 않고, 집에도 없다는 건 분명히 걱정할 만한 일이었다. 하지만⋯⋯ 지금 밀려오는 짜증의 진원지는 다른 곳에 있었다.

K는 장모를 떠올렸다. 싸구려 천으로 만든 인형처럼 쭈글쭈글한 그 노인네가 자신의 집에 온 것은 분명 대단한 이유가 있기 때문이리라. 자기 딸과 사위가 몇 년째 냉랭하게 지내는 거야 장모도 이미 알고 있었다. 폭력을 쓴다는 사실도 마찬가지고. 새삼 그 문제를 따지기 위해 올라왔을 리는 만무했다. 딸이 유산을 했을 때도 멀다는 이유로 얼굴을 내밀지 않았던 노인네였다. 본능이라고 해도 좋을 정도의 직감으로, K는 자꾸만 그런 의심이 들었다.

혹시 S와의 일을 들킨 건가? 그렇다면 골치 아파진다. 아니, 연락을 끊고 사라진 S가 아내와 관련 있는 건 아닐까? 생각이 거기까지 미치자 K는 분노가 치밀었다. 그러나 곧 아니라는 결론에 도달했다. 아니야, 그럴 리 없어. 마누라 주제에 무슨⋯⋯. 사람을 사건 자신이 직접 하건 아내가 누군가를 미행하는 모습은 상상할 수 없었다.

K와 아내는 학내 커플이었다. K는 고고학과, 아내는 국문학

과. 화석처럼 오래된 이야기이지만 그 시절 두 사람은 진심으로 사랑했다. K는 아내의 평범함이 좋았다. 초식동물처럼 부드러운 성격도. K의 어머니는 우악스럽고 퍽퍽한 여자였다. 동네에서도 이름난 싸움꾼이었다. 이웃집 아줌마랑 머리채를 잡고 싸울 때면, 어린 K는 어딘가로 사라지고 싶었다. K는 이 여자라면 함께 살아도 평화로우리라 생각했다. 자신의 아버지처럼, 마누라한테 질려 집을 나가버리는 일은 없을 거라고.

두 사람은 졸업하고 1년 후 결혼을 했다. 가진 게 없던 K는 아내의 집에서 마련해준 지금의 아파트에 신접살림을 꾸렸다. K는 공무원 시험을 준비했다. 아내는 학습지 선생 자리를 얻었다. 두 사람의 미래는 장밋빛처럼 보였다. 장미는 너무나도 쉽게 지고, 그 자리에는 흉측한 꽃대만 남는다는 사실을 깨닫게 된 건 얼마 지나지 않아서였다. K는 시험에 줄줄이 낙방을 했다. 아내의 수입으로는 더 이상 버틸 수가 없었다. 시험을 포기한 K가 할 수 있는 일이란 별로 없었다. 보험을 시작했지만 신통치 않았다. 계약 건수가 늘어나지 않는 대신에 술 마시는 횟수만 늘어났다. 귀가가 늦어졌고, 그나마도 만취 상태였다. 그때쯤부터였다. K와 아내가 자주 다투기 시작한 것은.

술을 마시면, 머릿속에서 어머니 목소리가 들렸다. 이년, 저년, 개 같은 년, 걸레라는 별명에 걸맞게 K의 어머니는 아들의 입을 빌려 온갖 욕을 토해냈다. 아내는 새파랗게 질린 얼굴로 귀를 막았다. 유순해서 좋았던 그 성격이 답답하게 여겨졌다. 그럴수록 K는 아내를 윽박질렀고, 아내는 무시라는 이름의 방

어막을 쳤다. 낡은 아파트에 새겨진 금처럼, K와 아내 사이의 상흔은 시간이 지날수록 늘어났다.

그런 중에도 아이가 들어섰다. 결혼한 지 4년이 되던 해였다. K는 임신을 알리는 아내의 말을 듣는 순간 정신이 번쩍 들었다. 진심으로 기뻤다. 자신의 머리끄덩이를 잡고 놓아주지 않는 어머니와 영영 작별을 해야겠다고 다짐을 했다. 술을 끊고, 제대로 된 직장을 알아보자고. 하지만 아내의 표정은 어두웠다.

"왜? 당신은 안 기뻐?"

K가 물어봐도 말없이 고개를 저을 뿐이었다.

K는 아내가 돈 걱정을 하는 것이라 여겼다. 벌써 몇 달째 신규 계약자를 만들지 못했고, 자신의 명의로 보험을 드는 것에도 한계가 있었다. K는 그 길로 대학 선배를 찾아가 머리를 조아렸다. 실력은 변변찮았지만 중학교 수학이라면 가르칠 수 있지 싶었다. 수학 선생이라는 타이틀을 달고 학원에 들어가게 된 날, K는 기쁜 마음으로 집에 들어섰다. 이제는 걱정 끝이라고, 배 속의 애만 생각하라고 큰소리를 치고 싶었다. 우연히 아내와 장모와의 통화를 듣기 전까지는…….

"엄마, 나 무서워 죽겠어."

아내는 그렇게 말했다.

"내 배를 걷어차는 이놈이 제 아빠랑 꼭 닮으면 어떻게 해?"

K의 눈앞이 흐려졌는데, 그것이 분노 때문인지 슬픔 때문인지 그로서는 알 길이 없었다. 그 며칠 뒤 일이 터졌다. 아내가 아파트 계단에서 굴러 유산을 한 것이다. K는 수업을 하던 중

에 놀라서 뛰어나와 병원으로 달렸다. 아내는 '절대 안정'이라
는 팻말을 달고 침대에 누워 있었다. 고통과 슬픔에 젖어 수척
하고 힘든 얼굴로. 그러나 한편에는 홀가분함도 느껴졌다. 적
어도, K에게는.

"당신 일부러 그런 거 아냐?"

참지 못하고 소리를 지르고 말았다.

"뭐?"

아내는 파랗게 질린 얼굴로 K를 바라봤다. 말을 꺼낸 순간,
머릿속이 하얘지면서 실수했다는 생각이 들었지만 K는 멈출
수가 없었다. 아니, 멈추고 싶지 않았다. 술을 마시지 않았는데
도 죽은 어미 목소리가 머릿속에서 쾅쾅 울렸다.

"애를 떼려고 일부러 구른 거 아니냐고?"

아내는 발악을 하듯 울음을 터뜨렸다. K는 그길로 병원을 나
와 아내가 친구의 도움을 받아 퇴원할 때까지 한 번도 들여다
보지 않았다. 그날 이후로 두 사람 사이는 돌이킬 수 없게 변했
다. 급기야 K는 아내를 때리기 시작했다. 저수지의 물이 썩어
가는 것처럼 결혼 생활은 점점 더 그 바닥을 드러냈다. 악취가
풍기는 시커먼 진창……

몇 주 전 K는 어처구니없는 일을 저지를 뻔했다. 술에 취해
돌아와 보니 아내가 침대에 누워 자고 있었다. 그 모습을 보는
순간 갑자기 분노가 치밀어 K는 침대 맡에서 한참 동안 아내를
노려봤다. 그러다가 퍼뜩 정신을 차렸는데, 이미 양손으로 아
내의 목을 감싸 쥔 상태였다.

조금만 힘을 준다면…….

불거진 정맥 안으로 펄떡이는 살의가 흘렀다. 손가락이 떨렸다. 그 순간 아내가 몸을 움직였다. K는 깜짝 놀라 손을 거둬들였다. 아내는 몇 번 뒤척이더니 다시 고른 숨을 쉬었다. K는 그때를 생각하면 아직도 등골이 서늘했다.

세수를 하고 나오니 아내가 K에게 대뜸 찻잔을 건넸다. 따뜻한 갈색 액체가 찰랑거렸다.

"뭐야?"

"인삼차. 피곤할 텐데 마셔."

K는 놀라서 찻잔과 아내를 번갈아 바라봤다. 익숙하지 않은 호의였다.

"그만 쳐다보고 마셔. 독이라도 탔을까 봐?"

K의 시선을 눈치챘는지 아내가 멋쩍게 웃었다. K는 차를 한 모금 마셨다. 뜨뜻한 액체가 목구멍을 타고 넘어갔다. 긴장돼 있던 근육이 풀리는 느낌이었다. 이유야 어쨌든 아내의 호의가 싫지만은 않았다. 오늘 밤은, S 대신에 오랜만에 아내와 잠자리를 할 수 있을지도 모르겠다는 생각을 하자 슬며시 아랫도리가 부풀었다. 그런 줄도 모르고 아내는 K의 손을 잡고 거실로 이끌었다.

"할 얘기가 있으니까 이리 와 봐."

"무슨 얘기? 그것보다 장모님이나 안에 눕혀드려."

"됐어, 지금은 그런 거 신경 쓸 때가 아냐. 중요한 얘기가 있다니까."

아내는 그렇게 말하면서 자리에 앉았다. 좀처럼 볼 수 없는 적극적인 모습이었다. K도 엉거주춤 따라 앉았다.

"무슨 일인데?"

아내는 해야 할 말을 찾는지 조금 뜸을 들였다.

"당신, 우리 아빠 알지?"

"알……지."

알긴 하지만 아내의 아버지, 그러니까 장인은 K가 한 번도 만난 적이 없었다. 장인은 오래전, K와 아내가 연애하던 대학생 시절에 세상을 떠났다. 남자 친구였던 K는 슬퍼하는 아내를 위로하는 일 이상의 것을 할 수가 없었다. 아내는 아버지 이야기를 잘 하지 않았다. K의 입장에서도 딱히 이야기를 꺼낼 이유가 없었다. 장인어른은 자연스레 잊힌 존재가 되었다.

"장인어른은 왜? 돌아가셨잖아?"

K가 물었다.

"돌아가신 게 아냐. 실종되신 거지."

"뭐?"

K는 아내가 무슨 말을 하는지 이해할 수 없었다. 아빠가 돌아가셨다며 눈물을 흘리던 처녀 적의 아내 얼굴이 떠올랐다. 장례를 위해 고향에 다녀온 후로는 몇 달간이나 우울해 있어서 기분을 풀어주기 위해 무진장 노력했었는데……. 장모도 바깥양반은 심장마비인가 뭔가로 세상을 떴다고 말하지 않았던가. 그런데 이제 와서 실종이라고?

"실종되셨어, 어느 날 갑자기. 나도 처음에는 돌아가신 줄 알고 고향으로 내려갔었는데, 거기서 알게 됐지."

"그럼 결국 찾지 못해서 사람들한테는 돌아가셨다고 말한 거고?"

"응, 좀 복잡한 사정이 있어."

"그런데 그 이야기를 왜 갑자기 하는 거야?

"아빠 실종이 지금 할 중요한 이야기와 관련이 있어."

아내는 비장한 각오라도 다지는 것처럼 눈을 빛냈다. 장모가 숨을 쉴 때마다 가르랑가르랑 가래 끓는 소리가 들렸다. 비가 내리기 시작했는지 열어놓은 창문으로 시원하고 습한 바람이 불어왔다. 아내의 생뚱맞은 이야기만 없다면, 몇 가지 걱정거리만 없다면 평화로운 여느 집의 저녁 풍경과 다를 바가 없었다. 실제로도 K는 몸이 노곤해지면서 졸음이 몰려오는 걸 느꼈다.

"당신, 우리 마을 기억하지? 인사드릴 때 가봤으니까."

아내가 말했다.

"응."

"거기 꽤 시골이잖아. 우물에서 물 길어 먹고, 전기 안 들어오는 집도 많고."

아무렴, 시골이지. 지긋지긋한 시골. K는 결혼 승낙을 받기 위해 아내의 고향을 찾았던 때를 떠올렸다. 우리나라에 아직도 이런 곳이 있다는 사실이 놀라울 정도로 낙후된 곳이었다. 그나마 아내의 집은 잘사는 편이어서 슬레이트 지붕들 틈에서 2층 양옥집이 유독 튀었던 게 생각났다. 그 마을, 과부촌인가 뭔

가로 불렸지 아마. 새로운 기억도 떠올랐다. 광선이라는 지명을 두고 왜 싸구려 술집 같은 이름으로 불리는지 아내에게 이유를 물어봤었다. 옛날부터 과부가 많았대, 우리 엄마처럼. 아내는 그렇게만 대답했었다.

"내가 어릴 때도 지금과 똑같았어. 발전이 없었던 거지. 물론 그때는 우리 집도 완전 시골집이었어. 그리고 이야기는 바로 거기서 시작돼."

베란다 창에 빗방울이 부딪치며 밤이 깊어갔고, 아내의 이야기가 시작됐다.

엄마한테 아빠가 돌아가셨다는 전화를 받고 고향으로 내려가면서 나는 계속 울었어. 그런데 눈물이 나온다는 걸 신기해하면서 울었던 것 같아. 사실 아빠랑 나는 그렇게 친한 사이가 아니었거든. 아빠는 전형적인 옛날 분이라 꽤 엄격하시기도 했고, 애정 표현 같은 걸 기대할 수도 없었지. 내가 고등학교 때부터 도시에 나가 혼자 생활하게 된 것도 아빠의 영향이 크다고 할 수 있어. 나는, 우리 집의 그 갑갑한 분위기가 싫었거든.

아무튼 고향에 도착해서 집을 향해 걷는데 뭔가 분위기가 이상한 거야. 어둑어둑해질 무렵이라 땅거미가 지고 있었고, 눈발이 희끗희끗 날리는 게 금방이라도 뭐가 튀어나올 것 같았지. 하지만 내가 이상하다고 느낀 건 그 때문이 아니었어.

너무 조용했어. 사방이, 너무 조용했던 거야. 외할아버지가 돌아가셨을 때하고는 달리. 참! 내가 외할아버지랑 외할머니랑 같이 살았다는 이야기는 했나? 엄밀히 말하면 그분들이 우리 가족이랑 같이 사신 거지. 고향 집의 원래 주인이 바로 외할아버지셨거든. 그러니까 아빠는 소위 데릴사위였던 거야. 아빠가 왜 데릴사위로 들어오게 됐는지는 정확히 모르겠어. 그냥 아빠가 어릴 때 부모님이 돌아가셨다고 했으니까, 장인 장모님을 부모님 삼아 같이 살게 되었다고 짐작할 뿐이지. 나도 외할아버지와 외할머니를 그냥 할아버지, 할머니라고 불렀고, 실제로 두 분이 엄마의 부모님이란 사실을 알게 된 건 초등학교 들어가고서도 한참 뒤였어. 아무튼 그 두 분께 어릴 때부터 엄청 사랑을 받았지. 무뚝뚝했던 아빠나 늘 삶에 지쳐 있던 엄마에게서 미처 다 받지 못한 사랑을 할아버지와 할머니가 주셨던 거야.

그런데 내가 초등학교 6학년 때쯤에 외할아버지가 돌아가셨어. 나중에 또 이야기하겠지만 이 외할아버지의 죽음에도 뭔가 이상한 구석이 있었는데, 그때 나는 어렸으니까 그런 걸 알 턱이 없었지. 대신에 지금도 생각나는 건, 온 집이 왁자지껄했다는 거야. 마을 사람들이 다 몰려와서는 잔치라도 벌이는 것처럼 전을 굽고 국을 끓이고, 하여튼 시끄러웠지.

그때의 기억 때문인지 몰라도 너무 조용하다는 생각이 들었고, 그래서인지 아빠의 죽음보다 더 불길한 어떤 일이 생긴 게 아닌가 하는, 막연한 불안감을 느끼면서 집으로 향했지.

집은 온통 깜깜했는데 마당 한가운데 엄마가 나와 계셨어.

"엄마, 무슨 일이야?"

나는 그렇게 물었던 것 같아. 무슨 일인지 뻔히 알고 갔으면

60

서도, 왠지 말이 그렇게 튀어나와버린 거지. 엄마는 담담한 표정이었어. 그러면서도 뭔가 초조하고 감추는 게 있는 것 같은 표정.

"고생했다, 일단 좀 들어와 봐라."

엄마는 나를 안방으로 끌고 들어갔어. 그 순간 엄마 목소리가 조금 이상하다는 걸 눈치챘지. 쇠로 긁는 것처럼 미묘하게 거슬리는 소리더라고.

"아빠는?"

아무리 사방을 둘러봐도 아빠가 죽었다는 흔적은 발견할 수 없었지. 나는 불 꺼진 작은방에 아빠 시체가 누워 있는 게 아닌가 싶어 어둠 속을 뚫어지게 쳐다봤어. 순간 섬뜩해지더라고.

"앉아라. 할 이야기가 있다."

엄마는 전에 없이 단호하고 딱딱한 말투였지. 당신도 알겠지만 엄마는 완전 시골 아줌마야. 아빠가 엄격하고 무뚝뚝한 옛날 아버지상의 전형이라면 엄마는 그 반대지. 그래서 나는 엄마가 집 안에서 큰 소리를 내거나 자기주장을 펴는 걸 한 번도 못 봤어. 주눅 든 사람처럼 늘 소곤소곤 말해서 답답할 때가 한두 번이 아니었지. 그랬던 엄마가, 그때만큼은 사뭇 달라져 있는 거야. 나는 내심 많이 놀랐어.

"그 전에 불부터 켜자. 깜깜한 데 이게 뭐야?"

나는 그렇게 말하면서 스위치를 찾았지. 그런데 깜짝 놀랄 만큼 큰 소리로 엄마가 말리는 거야.

"안 돼! 켜지 마. 그냥 이대로 이야기를 들어."

무언가 이상하다는 걸 직감한 나는 조용히 자리에 앉았어. 엄마는 망설이는 듯 말씀이 없으셨지. 한동안 침묵이 흘렀어. 어둠 속에서, 엄마가 숨을 크게 들이마시는 소리가 들렸지. 그리고 잠시 후, 평생 잊지 못할 말씀을 엄마가 하셨어.

"네 애비는 내가 죽였다."

"뭐?"

나는 심장이 멎는 줄 알았어. 엄마가 무슨 말을 하는 건지 순간적으로 접수가 되질 않았지. '내가'라는 말과 '죽였다'는 말이 생전 처음 들어보는 단어 같았어. 엄마는 다시 한 번 또박또박 말씀하셨어.

"내가 죽였다고."

"정말? 왜…… 왜?"

"아니다. 솔직히 말하면 내가 죽인 건 아니지."

엄마의 아리송한 대답에 나는 어리둥절했어. 엄마가 실성했다는 생각이 번뜩 들었지.

"도대체 무슨 말이야? 아빠는, 아빠는 어디 있어?"

"사라졌어. 네 애비는 감쪽같이 사라졌다. 이제 이 세상에 없어."

"사라졌다고? 그럼 실종이라는 거야? 경찰에 신고는 했어?"

나는 몰려드는 궁금증에 머리가 터질 지경이었지. 하지만 그 중에서도 제일 궁금했던 건, 엄마가 어떻게 이렇게 담담한가 하는 거였지.

"소용없어. 그 양반은 찾을 수 없을 거야. 그래서 너한테 전화한 거야. 돌아가셨다고."

"엄마! 제발 처음부터 차근차근 설명해봐. 진정하고!"

진정해야 할 쪽은 오히려 나였지만 나는 그렇게 말할 수밖에 없었어. 엄마가 너무 큰 충격에 정신이 나가버린 건 아닌지 걱정됐기 때문이야. 그때까지만 하더라도 나는, 아빠가 어떤 사고로 돌아가셨고, 그 사고의 원인 제공자가 엄마라서 살짝 미쳐버린 게 아닐까 하고 막연히 짐작하고 있었거든. 그게 아니라면 그날 밤 엄마의 횡설수설을 이해할 수가 없었어. 뭐, 나중에야 모든 게 이해됐지만 말이야.

"휴."

엄마는 긴 한숨부터 쉬셨어. 그러더니 대뜸 이상한 소리를 하시는 거야.

"너도 물건 자주 잃어버리니?"

"응? 그, 그래."

나는 엉겁결에 대답했지. 무슨 의미인지 생각할 겨를도 없이 말이야.

"나도 참 자주 잃어버렸지. 분명히 잘 뒀다고 생각했는데, 다음 날이면 어딜 갔는지 감쪽같이 사라져서 찾을 수가 없었지. 네 애비는 그걸 두고 어떻게나 타박을 하던지. 정신 나간 여편네라고 말이야."

엄마 말을 듣고 있으니 그런 일이 자주 있었다는 기억이 떠올랐어. 엄마는 집 안의 소소한 물건들을 참 자주 잃어버렸고, 아빠는 그걸 두고 역정을 내곤 하셨지.

당신도 알겠지만, 나도 엄마를 닮아선지 뭘 자꾸 잃어버려. 어릴 때부터 그랬지.

K의 아내는 거기까지 이야기하고는 숨을 골랐다. 그러고는 보일 듯 말 듯 살짝 미소를 지었다. K는 멍하게 앉아 있다가 문득 정신이 들어 손에 들고 있던 인삼차를 한 모금 더 마셨다.

아내가 물건을 잘 잃어버리는 건 사실이었다. 신혼 때, 아니 그보다도 더 오래전 K가 아내를 알고부터 줄곧 아내는 뭔가를 잃어버려서 당황하곤 했다. 때로는 강의 노트였고, 또 때로는 수첩이나 볼펜이었고, 가끔은 지갑이나 가방처럼 꽤 중요한 것까지 잃어버렸다. 처음에는 그 나름 귀엽기도 했는데 결혼을 하고 시간이 지나니까 아내의 그런 모습이 짜증스럽게 느껴졌다. 그때마다 K는 간수를 잘하라고 타박을 줬는데, 그럴 때면 아내는 제자리에 뒀는데 감쪽같이 사라졌다는 변명을 했다.

장모님도 그랬다면, 그런 것도 유전이 되는가? K는 아내의 뒤쪽에 누운 장모의 숨소리를 들으며 그런 생각을 했다. 깜박하는 것이 뇌의 어떤 부분과 관련이 있다면 유전이 될지도 모른다.

"어때, 이야기 지루해?"

불시의 질문에 K는 당황해서 대답했다.

"아니, 재미있어."

확실히 재미는 있었지만 도대체 왜 이 이야기를 장황하게 늘어놓는지, K는 도무지 이해할 수가 없었다. 장인이 실종되었건,

혹은 장모가 죽었건, 그게 지금에 와서 어떤 의미가 있는가? K는 그 생각을 입 밖으로 내지는 않았다. 아내의 이야기는 이제 시작이고, 이야기가 끝났을 때쯤에는 무언가 중요한 게 들어 있을지도 모르니까. 그러고 보니, 아내가 이토록 길게 이야기하는 건 처음이었다.

아내는 다시 입을 열었다.

내가 어디까지 이야기했지? 아! 그래.

엄마가 뭘 자주 잃어버린다는 건 나도 인정하는 바였어. 그런데 왜 뜬금없이 그 얘기를 하는 건지 알 수가 없었지. 그래도 엄마의 다음 이야기를 기다렸어. 진득하게 기다리면 엄마가 모든 궁금한 걸 술술 털어놓으실 거라는 생각이 들었거든. 아니나 다를까, 엄마는 뒤이어 깜짝 놀랄 만한 이야기를 하셨어.

"죽은 네 외할머니도 뭐든지 그렇게 잘 잃어버리셨다. 그리고 외할아버지도 사실은 죽은 게 아니라 사라진 거였어."

"엥?"

정말로, 정말로 그렇게 이상한 소리가 나오고 말았어. 물건을 잃어버린다는 이야기 끝에 외할아버지의 실종을 가져다 붙이는 엄마의 의도가 꽤 코믹했기 때문이지. 한마디로 황당했어. 물론 외할아버지가 실종됐다는 이야기는 놀랄 만한 거였지만, 그거하고 물건을 잘 잃어버리는 거하고는 전혀 유사성이 없잖아. 즉, 엄마는 이렇게 말씀하신 거였어. 외할머니는 물건을 잘 잃어버렸다. 나도 그렇다. 그런데 외할아버지가 실종됐다. 그리고 아빠도 실종됐다. 놀랍지 않느냐? 적어도 그 순간만큼은 그렇게 이해했지. 나중에 가서야 그게 얼마나 큰 오해였는지 알게 됐지만.

"사라지셨다고? 외할아버지가? 장례식도 했잖아. 분명히 기억하는걸. 그때 나는 6학년이었고……."

"그건 일부러 숨긴 거야. 다른 사람들한테는 돌아가셨다고 했지. 물론 너한테도. 그 사실을 알고 있던 사람은 외할머니랑 나, 그리고 마을 아줌마 몇밖에 없었지."

"그럼 관 속에는……?"

"우리 집에서 기르던 황구 기억나지? 송아지만 하던 개. 그 녀석이었어."

외할아버지가 돌아가셨다고 한 날, 황구가 사라졌다는 사실이 문득 떠올랐어. 사람들은 개가 주인을 따라갔다며 신기해했지. 아무튼, 나는 눈살을 찌푸리며 말했지.

"왜 숨겼어? 실종되셨으면 찾아야지."

"절대 찾지 못할 거란 사실을 아니까 숨겼지."

"아빠는, 아빠는 알고 계셨어?"

"네 애비에게도 비밀로 했다. 그날 아침에 그 양반이 읍내로 볼일 보러 나갔던 거 기억하니? 외할머니가 시킨 일이었어, 그건. 뭘 좀 사 오라고. 그리고 얼마 안 있어 외할아버지가 사라졌고. 그 양반이 돌아오기 전에 마을 아줌마들을 불러서 일을 다 끝내버렸지. 물론 평소에 잘 알던 장의사가 도와주기도 했고."

평소에 잘 알던 장의사라면 김 씨 아저씨가 분명했어. 기억해? 우리 결혼할 때도 축의금을 보내왔는데. 그 아저씨의 할아버지 대부터 엄마 쪽과 친분이 있었나 봐. 자주 왕래를 했거든. 만약 그 아저씨가 거들었다면 염을 하고, 관에 넣는 것까지 순식간에 해치웠을 수도 있겠다는 생각이 들었어. 물론 관에는 외할아버지가 아니라 황구가 들어갔겠지만……. 그렇게 생각을 하니까 갑자기 무서워지는 거야. 그래서 나는 떨리는 소리로 물었지.

"왜, 왜 그랬어?"

"더 이상 쓸모가 없었으니까."

엄마의 냉정한 말에 나는 입을 딱 벌리고 말았어. 외할아버지는 나에게는 다정했지만 다른 사람들, 이를테면 외할머니나 엄마에게는 그다지 좋은 남편도, 좋은 아빠도 아니었다는 사실은 인정해. 어린 시절에도 그런 것쯤은 어렴풋이 알 수 있었거든. 실제로 종종 외할아버지와 외할머니 방에서는 때리고 맞는 소리가 들리기도 했어. 그때가 이미 환갑이 넘었는데도 말이야.

아무튼 그렇다고 해서 더 이상 쓸모가 없었다고 말하는 건 좀 심하다는 생각을 했지. 게다가 당신도 눈치챘는지 모르겠지만 엄마의 말 속에는 굉장히 큰 모순이 숨어 있었어.

아무리 쓸모가 없다고 해도 외할아버지가 그냥 사라져줄 리 만무하잖아? 일부러 어떤 수를 쓰지 않으면 불가능하다고 그건.

나는 그 사실을 지적했지. 그러자 엄마가 말했어.

"그건 걱정할 필요가 없었어. 네 외할머니는 좋은 방법을 알고 계셨지. 외할아버지가 사라지기 전날 밤, 외할머니는 나를 불러놓고 그 방법에 대해 말씀해주셨어."

"뭐야, 그 방법이라는 게?"

"난쟁이."

"뭐?"

"난쟁이라고. 집 안의 물건을 훔쳐 가는 난쟁이. 그게 방법이었어."

그래, 바로 그런 표정이야. 당신이 지금 짓고 있는 것 같은 표정을 나도 지었어. 난쟁이라니······. 엄마 입에서 차라리 영어나 스페인어, 혹은 불어가 나왔더라도 그것보다 더 이상하지는 않았을 거야. 하지만 이상하게도 그 말속에는 힘이 있었어. 진실만이 가지는 힘.

"무슨 말이야, 그게? 오늘 엄마 왜 그래?"

"자주 물건을 잃어버리면서 이상하다고 생각해본 적 한 번도 없니? 분명히 그 자리에 뒀는데 없어지면 미치고 팔짝 뛸 노릇이지. 그때마다 누군가 가져간 게 아닐까 생각해본 적 없어?"

분명히, 나도 있었어. 미치고 팔짝 뛸 것만 같아서 누가 훔쳐 간 건 아닌지 의심했던 적이. 당신이랑 사귈 때는 당신이 일부러 가져갔다고 생각하기도 했어. 그래서 변태가 아닌가, 의심하기도 했지. 물론 지나간 이야기야. 아무튼 그렇게 말하는 엄마의 목소리는 착 가라앉아 있었어. 절대 농담이나 우스갯소리가 아니었지. 나도 덩달아 긴장을 했고.

"나는 늘 그런 생각을 했었지. 네 애비에게 정신을 어디다 두고 다니는 거냐고 구박을 받을 때도 누가 내 물건을 일부러 가져간 게 아닐까 의심했었어. 바로 몇 분 전에 올려둔 게 갑자기 사라질 리 만무하니까. 하지만 실제로 목격한 적도, 또 가져갈 만한 사람도 없다는 걸 알기에 속절없이 당하고만 있었어. 외할머니가 나를 방으로 불렀던 그날 밤 전까지는 말이야."

"거기서 이야기를 들었다는 거야? 그…… 난……."

"난쟁이. 그렇지. 어머니, 그러니까 네 외할머니가 난쟁이 이야기를 해주셨다. 낡고 오래된 집에 숨어 살면서 사람들 물건을 훔치는 난쟁이 이야기를."

"그 말을 믿었다는 거야?"

"외할머니는 직접 보셨다고 했다. 사람 손가락 두 마디 정도 되는 그것들 여럿이서 부엌칼을 들고 사라지는 걸. 처음에는 꿈인 줄 알았는데 나중에 보니 진짜로 부엌칼이 없어져서 꿈이 아니란 걸 아셨다고 했어."

나는 엄마가 하는 말에 점점 빠져들고 있었지. 일말의 의심을 하면서도 왠지 정말일지도 모른다는 생각이 조금씩 들기 시작했어. 그래도 궁금한 건 많았지.

아내는 마치 K에게 묻는 것처럼 빤히 바라봤다. K는 혼란스러웠다. 아내의 이야기는 허무맹랑했다. 답답하긴 했지만, 멍청한 여자는 아니었다. 늘 이성적이기도 했는데 갑자기 말도 안 되는 이야기를, 그것도 너무나 진지하게 하는 이유를 도무지 알 수 없었다.

"지금 그 이야기를 믿는다는 거야, 당신은?"

아내는 고개를 끄덕였다.

"난쟁이들이 물건을 훔쳐 간다고?"

"그래, 이제는 믿어. 확실히."

"그렇다면 난쟁이하고 당신 외할아버지 실종하고는 도대체 무슨 상관이야?"

"그렇지. 나도 엄마한테 그렇게 물었어. 그러자 엄마가 무슨 말을 하셨는지 알아?"

아내는 K가 이야기에 흥미를 보이는 것이 재미있어 죽겠다는 듯이 질문을 던졌다. K는 점점 화가 나기 시작했다. 중요한 일이라더니 결국 시답잖은 농담 아닌가. K는 본래 수수께끼에 관심이 없었다. 자리를 박차고 일어날까 하다가 숨을 가다듬고 참아 넘겼다. 도대체 아내가 왜 이러는지 알고 싶었다. 어제만 해도 사네 못 사네 다투었던 아내가 살가운 척을 하면서 이상한 이야기를 하는 저의가 궁금했다. 게다가 제 엄마까지 동원해서. 아내는 K의 그런 마음을 아는지 모르는지 슬금슬금 뜸을 들이더니 이야기를 이어나갔다.

엄마는 말을 이었어.

"외할머니는 또 이렇게도 말씀하셨다. 평소에는 절대 사람 눈에 띄지 않던 난쟁이들이 어떤 사람 눈에 보이게 되면 그 사람을 위해서 착한 일을 해준다고."

"착한 일?"

나는 그 대목에서 긴장이 풀어졌지. 이야기가 어째 동화처럼 변하고 있다는 생각이 들었거든. 물건을 훔쳐 가는 난쟁이에다가 이제는 착한 일을 하는 난쟁이라니…… 한순간이나마 진짜일 수도 있다는 생각을 한 게 한심할 정도였지. 하지만 엄마는이야기를 계속하셨어.

"그래, 없어졌으면 좋겠다고 생각한 것들을 가져가고 대신더 좋은 걸 갖다주는 거지."

그 순간, 엄마가 왜 전혀 상관없을 것 같은 이야기들을 계속해서 했는지 이해할 수 있었어. 나는 물었지.

"그러니까 엄마는 외할아버지의 실종이?"

"외할머니는 분명히 말씀하셨다. 나는 오늘 밤에 그 지긋지긋한 영감탱이 데려가달라고 난쟁이들한테 빌 거라고. 그러고는 다음 날 거짓말처럼 네 외할아버지가 사라졌다. 그 전까지는 나도 믿질 않았다. 하지만 내 눈으로 보고는 믿지 않을 수없었다. 점심 드시라고 외할아버지 방 앞에서 아무리 불러도대답이 없었지. 그래서 방문을 열었더니 바로 몇 분전까지 그방에 계셨던 양반이 감쪽같이 사라진 거야. 마치 물건을 잃어버렸을 때처럼."

어둠 속에서 누군가 쳐다보고 있는 것만 같아 나는 불안하게두리번거렸어. 어둠이 그렇게 낯설게 느껴지긴 그때가 처음이자 마지막이야. 나는 내가 떨고 있다는 사실을 깨달았어. 머릿속으로는 그럴 리가 없다고 생각하면서도 마음속 깊은 곳에서

는 스멀스멀 공포가 피어올랐던 거지. 방금 전까지 동화 같다
고 생각했던 천진한 마음은 어둠 속에서 어딘가로 사라져버렸
지. 생각 같아서는 엄마의 이야기를 가로막고 방을 뛰쳐나가고
싶었어. 하지만 그 자리에 못이라도 박힌 것처럼 꼼짝도 할 수
없었어.

나는 마지막 용기를 짜내서 끔찍한 질문 하나를 던졌어.

"그럼…… 아빠도?"

내 목소리가 기괴하게 울렸어.

"그래, 네 애비도 난쟁이들이 데려갔다."

엄마는 역시나 덤덤하게 말했어. 기계적이고 무미건조하게.

"석 달 전쯤부터 난쟁이들이 눈에 보이기 시작했어. 양놈처
럼 매부리코에다가 못생긴 놈들이더구나. 하지만 나를 보고 웃
었지. 톱날처럼 날카로운 이빨을 가진 그놈들이 밥주걱을 들고
사라지면서 나를 보고 웃더구나. 그제야 깨달았지. 아! 이 복
없는 년한테도 좋은 일이 생기는구나."

"아빠도 쓸모가 없어진 거야?"

그때 내가 눈물을 흘렸는지 어땠는지는 아직도 기억나지 않
아. 다만 마음이 편치 않았다는 것만은 사실이야. 아무리 그래
도 아빠였잖아?

"넌 아직 모르겠지만 남자들은 쓸모없어지는 순간이 오는
거란다. 불쌍하게도, 다른 여자들은 쓸모없어진 남자를 처분할
방법을 모르는 것뿐이지. 하지만 나는 알고 있었고, 그걸 실천
했어. 네 애비는 오늘 새벽에 사라졌다. 화장실 간다고 나갔던

양반이 내처 돌아오지 않아서 난쟁이들이 데려갔다는 걸 알게 됐지."

엄마는 그 후 말씀이 없으셨어. 나는 한동안 멍하니 앉아만 있었지. 아무리 생각을 가다듬으려 해도 쉽지가 않았어. 긴 악몽을 꾸고 있는 것 같은 기분이었거든. 눈을 뜨면, 모든 게 현실로 돌아가겠지, 하는 생각을 했었어, 실제로. 하지만 뒤이어 들린 엄마의 웃음소리에 그 생각이 날아가버렸지.

"크크, 크크."

엄마는 소리를 죽여 웃고 계셨어. 즐거워서 못 참겠다는 듯이 어깨를 들썩이면서. 그제야 엄마가 불을 켜지 말라고 했던 걸 이해했어. 엄마는, 자신이 즐거워하는 표정을 보이기 싫었던 거야.

어쨌든 그날 밤 나는 엄마와 함께 잠자리에 들었어. 어떻게 하면 아빠 장례식을 그럴싸하게 치를까 하는, 도무지 현실적이지 않은 이야기를 하면서 말이야. 그러던 중에 문득 떠오르는 생각이 있었지.

"엄마, 외할머니는 그 난쟁이 이야기를 어디서 들으신 거야?"

"나도 그게 궁금해서 물어봤다. 그랬더니 우리 마을에 왜 유독 과부가 많은지 생각해보라고만 말씀하셨어. 나중에야 알게 된 거지만 마을 아줌마들 사이에서 비밀리에 전해 내려오는 이야기였어. 바깥양반들 모르게."

그리고 밤이 깊었어. 하지만 나는 잠을 설치고 있었지. 당신이라면 그 상황에서 잠을 잘 수 있겠어? 어디선가 떠도는 괴담

같은 걸 들은 기분이었어. 믿을 수도 없고, 그렇다고 믿지 않을 수도 없는. 특히 그 이야기를 해준 사람이 엄마라는 사실이 끔찍했지. 그것 때문에 아빠가 사라졌다는 사실은 그다지 중요하게 생각되지 않을 정도였어. 솔직히 말하면 슬프지도 않았지. 집으로 내려오는 차 안에서 눈물을 흘렸던 건 까마득한 옛날 일처럼 느껴질 정도였다니까. 아무튼 이런저런 생각으로 내내 뒤척였지.

그런데 새벽녘에 마당 쪽에서 이상한 소리가 들렸어. 쓰윽, 쓰윽. 뭔가를 가는 소리였지. 그러고는 톱이나 칼 같은 걸로 써는 소리가 났어. 정육점에서 들을 수 있는 그런 소리들. 그리고 작지만 날카로운 웃음소리도 들렸지. 킥킥킥. 음산한 웃음소리였어.

나는 심장이 터질 것 같았어. 두려움으로 온몸이 부들부들 떨렸지. 바로 그때, 밖에서 희미한 소리가 들렸어.

"여……보……."

정말이야. 나는 똑똑히 들었어. 그건, 아빠 목소리였어. 나는 일어나려고 이불을 걷어냈지. 그 순간, 옆에 누워 있던 엄마가 내 손을 잡았어. 있는 힘껏. 나는 아무 말도 못 하고 가만히 누워 있을 수밖에 없었지. 두려움에 떨면서.

다음 날 아침, 마당에 나가봤을 때는 간밤의 소리가 무색하게 깨끗한 상태였어. 하지만 나는 확실히 알 수 있었지. 난쟁이들이 존재한다는 것을. 그리고 그것들이 아빠를 데려갔다는 것을.

"난쟁이가 아빠를 데려가고 대신에 가져다준 게 뭔 줄 알아? 금이었어, 금. 비록 몇 덩이 안 되긴 했지만 옛날이야기에나 나올 법한 금덩어리들이 마루 한구석에 놓여 있었지. 지금 우리 시골집, 그 금덩이 팔아서 산 거야. 그리고 이 아파트도."

K의 아내는 이야기를 다 마치고 긴 한숨을 쉬었다. K는 어떤 반응을 보여야 할지 알 수 없었다. 의외의 결말이기는 했지만 말도 안 되는 이야기라는 생각에는 변함이 없었다. 그래서일까, 이야기의 마지막쯤에는 참을 수 없는 졸음이 밀려왔다. K는 간신히 잠을 쫓으면서 이야기를 듣는 내내 궁금했던 걸 물었다.

"그런데 이 이야기를 왜 하는 거야?"

"사실은 나도 봤거든, 얼마 전에."

"뭐?"

"난쟁이들 말이야. 얼마 전에 목격했어. 리모컨 없어졌던 날 기억나? 당신은 실수로 버린 거 아니냐며 나한테 뭐라고 했었지? 그거 사실은 난쟁이들이 가져간 거야. 그날 낮에 거실에 앉아 텔레비전을 보다가 깜박 졸았거든. 그런데 눈을 떠보니까, 그것들이 리모컨을 둘러메고는 어딘가로 가고 있는 거야. 매부리코에 날카로운 이빨, 그리고 왕방울만 한 눈까지. 엄마가 설명해준 거랑 똑같았어."

"무…… 무슨 이야기를 하는 거야?"

잠이 몰려와서 그런지 머릿속이 혼란스러웠다. K는 아내가 무슨 소리를 하는 건지 잘 이해되지 않았다. 난쟁이들? 정말로 그런 게 있단 말이야? 아니면 아내가 미치기라도 한 건가? 그 것보다도 더 이상한 것은 아내의 목소리가 조금 이상해졌다는 것이었다. 쇠로 긁는 것처럼 미묘하게 거슬리는 소리.

"그래서 엄마한테 전화했어. 나도 난쟁이들을 봤다고. 그랬더니 엄마가 때가 된 거라며 올라오시겠다고 했지. 그리고 지금 보는 바 그대로고."

"무슨 이야기를 하는지 모르겠는데 일단 잠 좀 자고 머리를 식힌 뒤에 이야기하자. 나 몸이 안 좋은지 계속 졸려."

쓸데없는 이야기한 죄는 나중에 추궁하고. 들불처럼 일어나던 화도 잠 앞에서는 기를 펴지 못했다. K는 졸려서 죽을 것만 같았다. 콧구멍을 통해 헬륨가스를 넣기라도 한 것처럼 뇌가 둥둥 떠다니는 느낌이었다.

"졸릴 거야. 인삼차에 수면제를 탔거든."

K의 아내는 찻잔을 가리켰다. 그 말의 의미가 무엇인지 알아채는 데는 꽤 많은 시간이 필요했다. 뭐가 그렇게 즐거운지 아내는 벙긋벙긋 소리 없는 웃음을 터뜨렸다. 그리고 K는 유레카를 외쳤던 아르키메데스처럼 끔찍한 계획의 전말을 깨달았다.

"나를, 죽이려는…… 거야?"

"죽이긴 왜 죽여. 난쟁이가 데려갈 건데."

미쳤다. 아내는 미친 게 분명하다. K는 점점 무거워지는 머리로도 아내와 장모가 공모해서 자신을 죽이려 한다고 생각했다. 비슷한 영화의 내용들이 연달아 떠올랐다. 자신이 죽으면 두 개의 보험에서 2억 가까운 돈이 지급된다는 사실도.

"아직도 잘못 생각하고 있는데, 난쟁이 이야기는 진짜야."

아내가 선언하듯 말했다. 그 순간, S의 집에서와 같은 불쾌한 느낌이 K의 목덜미를 훑었다. 수백, 수천 마리의 개미들이 몸 위를 기어 다니는 느낌. 가슴이 답답하고 숨이 가빠왔다. K는 비로소 깨달았다. 아내의 말이 사실이라는 것을.

"혹시, S도?"

K 자신이 듣기에도 웃긴 목소리가, 풍선에서 바람이 빠지듯 새어 나왔다. 이 자리를 벗어나고 싶다는 의지와는 상관없이 몸은 점점 무거워지고 의식은 서서히 나락으로 떨어졌다. 아내의 목소리가 윙윙 울렸다.

"S라면 그년? 불쌍하게도 당신 같은 남자한테 꿰였지만 어쩌겠어. 시험해보는 셈 치고 난쟁이한테 제일 먼저 부탁했지. 당신 반응을 보니까 성공했나 보네. 하다 하다 이제 바람까지 펴? 내가 모를 줄 알았지? 만날 곰처럼 당하고 살 줄만 알았지? 당신은 눈치 못 챘겠지만 나 얼마 전부터 일 시작했어. 당신이 병신처럼 실패했던 일. 나 꽤 능력 있대. 이제 내 인생에서 당신만 사라져주면 돼. 당신 방귀 냄새가 얼마나 지독한지 모르지? 당신이 나를 때리면서 내뱉는 거친 숨이 얼마나 역겨운지 모르지? 당신 팬티에 붙어 있는 다른 여자 머리카락을 보면 얼마나 짜증 나는지 당신은, 모르지?"

K는 옆으로 쓰러졌다. 몸을 가눌 수가 없었다. 속사포처럼 쏟아내는 아내의 말과 중간중간 터지는 광기 어린 웃음이 자장가처럼 들렸다. 아내의 얼굴이 희미하게 흔들렸다. K는 혀가

풀려서 정확하지 않은 발음으로 아내에게 물었다.

"나, 나는, 뭐로 바꾸려고?"

"아무거나."

아내의 목소리가 날카롭게 파고들었다.

"아무렴, 천 원짜리 한 장이라도 당신보다는 낫지 않겠어? 난 엄마를 모시고 이 집에서 살 거야."

아내는 홀가분한 표정으로 K를 바라봤다.

"흐……응."

K는 실실 웃었다. 이상하게 자꾸 웃음이 나왔다. 난쟁이들도, 장인도, 장모도, 그리고 아내도 모두 다 웃겼다. 피식피식 웃고 있으려니 거실 구석에서 무언가가 꿈틀거리는 게 보였다. 다섯? 열? 아니, 그보다 많은가? 손가락 두 마디만 한 그것들은 날카로운 이를 드러내며 웃고 있었다. 왕방울만 한 눈으로 K를 노려보면서…….

그리고 점점 어두워지는 시선을 마지막으로 옮겼을 때, K는 알아챘다. 아내 뒤쪽에 누워 내내 잠들어 있다고 생각했던 장모가 사실은 실눈을 뜨고 자신을 바라보고 있다는 사실을.

K는, 알아챘다.

여자의 이야기가 끝났다. 나는 팔을 쓸어내렸다. 위험을 감지한 벌레처럼 잔털들이 죄다 일어서 있었다. 시간이 얼마나 지났을까? 한 시간인 것 같기도 하고, 두 시간인 것 같기도 했다. 어쩌면 몇 분일지도 모르겠다.

여자의 이야기가 사실일까?

제일 처음 든 생각은 그거였다. 난쟁이라니, 이야기 속의 K 처럼 도무지 믿을 수가 없었다. 그렇지만 이야기에는 묘한 현실감이 있었다. 전혀 어울리지 않을 난쟁이가 등장했기에 더욱 그랬다. 여자가 난쟁이에 대해 묘사할 때면 실제로 눈앞에 있는 듯 생생하게 그려졌다. 불을 켜면 난쟁이가 달려들 것만 같았다. 왕방울만 한 눈을 부라린 채 킥킥킥 웃으며.

나는 숨을 내쉬었다. 긴장한 탓에 제대로 숨도 쉬지 못했다는 사실을 그제야 깨달았다.

"수고하셨습니다. 감사합니다."

여자가 자리에 앉고 노인이 일어났다. 만족한 듯 즐거운 목소리였다.

"잃어버린 물건과 난쟁이라……. 과연, 처음 듣는 재미있는 이야기였습니다. 난쟁이들이, 데려간 사람들을 어떻게 처리하는지 궁금했는데 잘 생각해보니 이야기 속에 나와 있군요. 이거, 이거 조심해야겠습니다. 쥐도 새도 모르게 사라지지 않으려면."

노인은 아까보다 말이 많았다. 흥분한 모양이었다. 다른 사람도 마찬가지인지 긴장과 기대, 그리고 즐거움이 섞인 기운이 생생하게 느껴졌다.

"자, 그러면 다음 이야기를 들려주실 분은 누구십니까?"

노인의 목소리가 어둠 속에 울려 퍼졌다. 도전자는 누구냐. 챔피언의 도발처럼도 들렸다. '밤의 이야기꾼들'이라는 이 링

위에서 사람들을 쓰러뜨릴 이야기꾼은 누구인가.

"제 차례인 것 같네요."

새로운 도전자가 링 위로 올라왔다.

"제 이야기는 방금 전 그분처럼 재미있지도, 그렇다고 오싹하지도 않습니다. 하지만 분명 여러분이 좋아하실 만한 이야기입니다."

그 남자였다. 호감 가는 말투의 품위 있는 남자. 남자는 작게 한숨을 쉰 후, 다시 이야기를 시작했다.

"이야기를 시작하기 전에 저도 한번 여쭤보겠습니다. 여러분은 아름다움이 뭐라고 생각하십니까?"

아무도 대답하지 않았다. 어두운 밤, 귀신이 나온다는 소문이 붙은 흉가에서 음험한 이야기를 주고받는 사람들에게 어울리는 질문은 아니었다. 얼마간 침묵이 흘렀다. 잠시 후 남자가 다시 입을 열었다.

"그렇다면 도플갱어에 대해서는 어떻게 생각하시나요? 혹시 자신의 도플갱어를 보신 분이 계신가요? 아니면 그런 존재가 있다고 믿으시나요?"

이번에도 누구 하나 대답하지 않았다. 그럴 수밖에. 아름다움에 대해 물은 후 갑자기 도플갱어라니. 아무리 생각해도 그 둘의 연관성을 찾을 수 없었고 남자가 어떤 이야기를 할지 짐작하기도 어려웠다. 모두의 마음을 대변하듯 노인이 말을 꺼냈다.

"도플갱어라면 자신과 똑같이 생긴 존재를 말씀하시는 거겠죠. 아름다움이 뭐냐는 질문 뒤에 도플갱어라, 과연 어떤 이야기가 될지 점점 더 궁금해지는군요."

도플갱어는 독일어로 '이중으로 돌아다니는 자'라는 뜻이다. 『월간 풍문』에서도 다루었던 주제라 마침 기억이 떠올랐다. 아라 씨가 조사한 자료를 훑어본 정도라 자세히는 모르겠지만 도플갱어는 '자기 자신과 똑같은 모습을 한 미지의 존재'를 일컫는 말로 흔히 '더블'이라고도 부른다. 도플갱어에 대한 괴담은 나도 익히 들어왔다. 세상에는 자신과 똑같은 모습의 인간이 셋 있고, 그것들과 마주치게 되면 서로가 서로를 죽이게 된다는 흔해빠진 이야기.

나는 도플갱어 또한 믿지 않았다. 물론 『월간 풍문』 앞으로 온 도플갱어 관련 사연은 수없이 많았지만 그것들 모두가 황당하게만 여겨졌다. 쌍둥이가 아니라 또 다른 자기 자신이라니……. 사연들은 도플갱어와 마주쳐 쫓기도 있다는 둥, 영안실에서 일을 하는데 자신과 똑같이 생긴 사람의 시체가 실려왔다는 둥, 학교 앞 문방구에서 파는 싸구려 괴담 책에나 어울릴 법한 내용이 대다수였다. 남자가 들려줄 이야기도 그런 거라면 애초에 기대를 하지 않는 게 좋을 듯싶었다. 마침, 남자가 다시 이야기를 시작했다.

"제가 시작부터 너무 골치 아프게 해드렸나요? 그렇다면 죄송합니다. 사실 저는 사람들의 골치 아픈 점을 해결해주는 사람입니다. 의사죠, 정신과 의사. 오늘 저는 제가 만난 기묘한 환자의 이야기를 해드릴까 합니다. 의사로서 환자의 비밀을 아무에게나 드러낼 수는 없으니 그 환자의 이름은 그저 B라고 하겠습니다. B는 제가 만나본 환자 중 가장 특이한 사람이었습니다. 이 일을 겪게 된 지 10년이 조금 넘었는데, 그 전에도 그 후에도 B 같은 환자는 만나볼 수가 없었습니다. 다행스러운 일이라 생각합니다. 혹시 가보신 적이 있는지 모르겠지만, 동네의 작은 신경정신과에는 아주 평범한 사람들이 찾아옵니다. 영화나 드라마에서 보는 것처럼 폭력적이고 괴팍한, 말 그대로 미친 사람을 만나기란 쉽지 않은 일입니다. 그런 사람들은 대부분 큰 병원을 찾습니다. 제 병원만 해도 노인분에게 항우울제를 처방하거나 청소년의 심리 상담을 하는 게 주된 일입니다. 솔직히 말씀드려 심심하고 따분할 때가 많습니다. 그러던 어느 날, 그녀 B가 찾아왔습니다. 모자를 눌러쓰고 커다란 마스크로 얼굴을 가린 모습으로 들어서더니 B는 대뜸 저에게 이렇게 말했습니다. 도플갱어를 봤어요, 라고."

'밤의 이야기꾼들'의 두번째 이야기는 그렇게 차분히 시작되었다.

도플갱어

그날은 여느 때와 다름없었습니다. 몇 년째 약을 달고 사는 단골 환자 서너 명이 진료를 받았고 집중력장애가 의심된다며 어머니가 초등학생 아들을 끌고 온 게 다였습니다.

시내 중심가의 유명 병원이었다면 상담이다 치료다 환자들이 끊이지 않겠지만 변두리에 위치한 제 병원으로서는 그 정도가 전부입니다. 그래도 먹고살 만은 합니다. 매달 임대료에다가 간호사 두 명의 인건비가 빠지긴 하지만 신경정신과는 대부분 자체적으로 약을 제조한다는 이점이 있으니까요.

원래 저는 외과 의사가 꿈이었습니다. 아버지가 유명 대학병원의 외과 과장으로 일하신 덕분에 어린 시절부터 자연스레 그쪽으로 마음을 먹었던 거지요.

아버지는 제 우상이었습니다.

그냥 아버지로서 존경한다는 의미를 넘어서, 뭐라고 할까요, 10대들이 연예인을 바라보는 것과 같은 마음이었습니다. 지금에 와서 돌아보면 친구들이 영화배우 누구누구를 닮기 위해 비슷한 옷을 입고 비슷한 말투를 하며 돌아다닐 때 저는 아버지처럼 되려고 애를 썼던 것 같습니다.

심리학에서는 청소년기에 누군가를 닮고 싶어 하는 마음은 자아 형성 과정에서 지극히 당연한 일이라고 합니다만 글쎄요, 제 경우에는 좀 과했던 것 같습니다. 아버지 옷을 몰래 훔쳐 입는 것도 모자라 아버지와 똑같은 헤어스타일, 똑같은 표정, 똑같은 말투를 하려고 매일 거울 앞에 붙어 있었으니까요. 누군가에게 아빠를 쏙 빼닮았다는 말이라도 들을라치면 그렇게 기분이 좋을 수 없었습니다.

계기가 무어냐 물으면 딱히 할 말은 없습니다. 그도 그럴 것이 결코 좋은 아버지가 아니셨거든요. 무뚝뚝하고 엄한 데다가, 집안 돌아가는 일에도 도통 관심이 없으셨습니다. 아버지와 살갑게 대화를 나눠본 기억이 한 번도 없을 정도입니다.

어쩌면 그래서였을지도 모르겠다고, 이쪽 바닥 전문의가 된 이후에 생각해보긴 했습니다. 아버지에게 충분히 사랑을 받지 못했기에 오히려 더욱 맹목적이었던 게 아닐까, 그토록 닮고 싶었던 게 아닐까, 뭐 이런 추측을 했죠.

아무튼 그런 저였기에 외과 의사가 되려고 마음먹었던 건 지극히 당연한 결정이었습니다.

하지만 한 가지 문제가 있었습니다.

제게 선단공포증이 있었던 겁니다.

네, 맞습니다. 날카로운 물체를 보면 공황에 빠지는 공포증이죠. 그 사실을 의과대학에 진학하고서야 알게 되었습니다. 의사가 되기에는 치명적인 결함이었지만 그래도 늘 신경안정제를 먹으며 어찌어찌 버텼습니다. 하지만 시간이 지날수록 증세가 심해지더군요. 나중에는 뾰족하게 깎은 연필만 봐도 머리가 어지럽고 진땀이 흐르는 지경에 이르렀습니다. 결국 견디다 못해 진로를 수정했습니다. 전공을 선택할 때 외과가 아닌 신경정신과에 지원한 거죠. 의사이긴 하되 날카로운 물체와 접하지는 않으니 그 당시 저로서는 최선의 선택이었습니다만 상실감은 이루 말할 수 없었습니다.

아버지처럼 되는 건 영영 물 건너가버렸으니까요. 그래서일까요, 의사 면허를 따고 개인 병원을 개업하고도 저는 늘 무료하고 재미가 없었습니다. 고백하건대 어려움을 호소하는 환자들을 진심으로 대한 적도 없었습니다.

그렇게 세월이 흐른 거지요.

저는 그냥저냥 의사가 되어 그냥저냥 살아왔고, 그날 B를 만나기 전까지는 평생 그런 삶이 계속될 줄로만 알았습니다.

B는 점심시간 30분 전에 찾아왔습니다.

새 환자가 왔다고 간호사가 알려주기 전까지 저는 무료함을 달래려고 창밖으로 하늘을 바라보고 있었습니다. 오전 내내 화창하게 갠 하늘이었는데 오후가 가까워지면서 점점 먹구름이 몰려오더군요. 일기예보에서는 하루 종일 맑음이라 했는데 어찌 된 일일까 참 이상하다, 뭐 이런 생각을 했습니다.

먹구름은 먼 하늘에서부터 차츰차츰 그 범위를 넓혀갔습니다. 마치 한지 위에 먹물을 떨어뜨린 것 같더군요. 그걸 보고 있자니 웬일인지 가슴이 두근거렸습니다. 불안하고 답답했습니다. 그 모든 것이 무의식이 제게 보냈던 경고였다는 걸 시간이 지나고서야 알게 되었습니다. 저는 알 수 없는 두려움에 창문 블라인드를 닫으려고 손을 뻗었는데 그때 마침 간호사가 노크를 하고 들어온 겁니다.

"선생님, 저기…… 오늘 초진인 환자분이 오셨는데……."

그렇게 말하던 간호사의 표정을 아직 잊지 못합니다.

여자의 냄새는 같은 여자가 더 잘 맡는다는 그리스 속담이 있다고 하죠. 어쩌면 간호사는 B가 내뿜는 악취에 저보다 더 예민하게 반응했는지도 모릅니다. 무언가 못마땅한, 어딘지 모르게 불편해 보이는 표정이 그걸 말해주고 있었습니다.

간호사는 경력이 오래된 베테랑이었습니다. 어떤 환자도 요령 있게 잘 다루는 믿음직한 사람이었죠.

그런 그녀가 이상한 표정을 짓고 있었던 겁니다.

저는 께름칙한 느낌을 애써 누르며 들어오시라고 했습니다.

그 순간, 문 바로 뒤에서 기다리고 있었던 건지 제 말이 떨어지기 무섭게 한 여자가 간호사를 비집고 진료실로 들어왔습니다.

푹 눌러쓴 하얀색 야구 모자, 커다란 잠자리 선글라스, 그리고 흰색 마스크까지 얼굴을 완벽하게 가린 여자, 그녀가 바로 B였습니다.

"안녕하세요?"

인상을 구긴 채 문을 닫고 나가는 간호사를 보며 저는 환자에게 인사를 건넸습니다. 그랬더니 대뜸 이렇게 말하더군요.

"선생님, 저 도플갱어를 봤어요."

처음에는 무슨 말인지 못 알아들었습니다.

"도플갱어를 봤어요."

B는 제 대답을 기다리지도 않고 재차 말하더군요.

그제야 상황 파악이 되었습니다. 여자가 말하는 '도플갱어'가 무엇인지도 기억났고요.

"아! 그러시군요. 일단 좀 앉으시죠."

그렇습니다. 그때까지 B는 문 앞에 서 있었습니다. 작은 주먹을 꼭 쥐고 불안한 듯 이리저리 고개를 돌려 진료실 구석구석을 살펴보면서요. 아니, 사실은 내내 고개를 저으면서도 제게서 시선을 떼지 않았던 건지도 모르겠습니다. 확신할 수는 없네요. 그 짙고 커다란 선글라스 너머를 엿볼 재주가 없었거든요.

"괜찮습니다. 마음 편히 가지고 앉아서 이야기하세요."

B는 천천히 의자로 다가오더니 한참을 망설이다가 앉더군요. 그러고는 입을 다물어버렸습니다. 가까이서 보니 키가 작긴 했지만 아름다운 몸매를 가진 여자였습니다. 얼굴을 가린 이유야 모르겠지만 아마도 미인이 아닐까, 그런 생각도 했죠.

꽤 오랫동안 아무 말도 없던 B를 바라보다가 저는 무심코 창가로 고개를 돌렸습니다. 어느새 먹구름이 바싹 다가와 하늘을 흙빛으로 물들였더군요. 벽시계의 초침 소리가 유독 크게 들렸습니다. 저는 점점 초조해졌습니다. 환자가 입을 열 때까지 기다리자는 게 평소 제 진료 철학이었고, 실제로 B보다 훨씬 과묵한 환자도 많았지만 이상하게도 그 순간만큼은 견디기가 힘들었습니다.

"선생님은 제 말을 믿으세요?"

한참 만에 B가 제게 묻더군요. 이번에는 제가 침묵할 차례였습니다. 대답할 말을 찾아야 했거든요.

믿음이라…….

정신과 의사에게 믿음이란 양날의 검과 같은 겁니다. 환자의 말을 백 퍼센트 다 믿을 수는 없는 노릇이지만 또 믿지 않았다가는 치료 효과가 반감되니까 말입니다. 그냥저냥 의사 생활을 했다고 말씀드리긴 했습니다만, 그래도 약물치료와 상담이 병행되어야 한다는 생각은 처음부터 지금까지 변함이 없습니다. 어찌 보면 약물보다도 더 중요한 게 상담인데, 이게 환자와의 믿음이 바탕이 되어야 효과를 발휘한다는 건 여기 계신 분들이라면 모두 잘 아실 겁니다.

하지만 허황된 말조차 모두 믿을 수는 없지요. 초능력이 생겼다는 등, 국가가 자신을 감시한다는 등, 하는 말들은 적당히 맞장구만 쳐줄 뿐이지 결코 믿는다고 함부로 말해서는 안 됩니다.

도플갱어라니, B의 말은 명백히 믿을 수 없는 것이었습니다.

그래도 못 믿겠다고 무 자르듯 대답할 수는 없었죠.

"제가 이해한 게 맞는지는 모르겠는데, 도플갱어라면 환자분과 똑같이 생긴 사람을 만났다는 건가요?"

B는 고개를 끄덕였습니다.

"조금 더 자세히 설명해주실 수 있을까요?"

저는 어느 정도 긴장을 풀고는 B에게 물었습니다. 첫인상과 달리 의자에 앉아 조용히 고개를 숙이고 있는 B는 평범한 이십 대 여성처럼 보였습니다. 단지 심각한 정도의 정신질환이나 불안장애를 앓고 있을 가능성이 컸습니다. 얼굴을 꽁꽁 싸맨 것도 그 때문인 것 같았고요.

본디 정신분석학에서 도플갱어라는 개념은 낯선 것이 아닙니다. 또 다른 나, 혹은 자신과 닮은 모습의 어떤 존재와 마주치는 일은 정신질환의 한 증상이기도 합니다. 여기서 말하는 '또 다른 나'는 자아의 분열을 의미합니다. 충격적인 사건이나 극심한 스트레스를 받았을 때 뇌는 그 고통을 이기기 위해 자아를 분열시키는데 이걸 두고 도플갱어 운운하는 사례를 학술지에서 몇 번 읽어보기도 했습니다. 물론 저는 처음 상대해보는 환자였습니다만 대응이 그다지 어렵지는 않으리라고 생각했습니다. 그래서였을까요, 처음의 그 께름칙한 느낌이 많이 옅어졌고 급기야는 전문의로서의 호기심이 생길 정도였습니다.

얼마나 안일한 생각이었던지…… 지금은 땅을 치고 후회하고 있습니다.

그때 그 순간, 당신의 말을 믿지 못하겠다며 쫓아냈다면 어떻게 되었을까, 하고요.

"며칠 전이었어요. 길을 걷고 있는데 이상한 느낌이 드는 거예요."

B는 차분하게 말을 이어갔습니다.

"복잡한 시내 한복판이었어요. 사람들이 많이, 엄청 많이 있었어요. 모두 바쁘게 지나다녔어요. 하지만 저는 알아요. 안 그런 척해도 모두 다른 사람의 얼굴을 살펴본다는 걸. 그거 아세요? 그런 느낌? 사람들의 힐끔거리는 시선이 얼굴에 꽂힐 때 벌레가 기어가는 것 같은 느낌, 혹시 아세요?"

"아뇨, 저는 보시다시피 워낙 못생겨서 다른 사람의 시선을 느껴본 적이 없네요."

내 나름 농담을 던졌지만 B는 웃지 않았습니다. 또 모르죠. 마스크 속에서 미소 정도는 지었을지도.

"전 그런 걸 잘 느껴요. 그날도 그랬죠. 사람들 사이에서 유독 찌르는 것 같은 시선이 느껴졌어요. 어떻게 설명해야 할까요, 그러니까 그건, 익숙했던 느낌들하고는 분명 달랐어요. 지금까지가 개미였다면 그건 바퀴벌레가 시커멓고 까끌까끌한 다리를 비비며 제 얼굴을 가로지르는 것 같은 느낌이었어요. 그래서 돌아봤어요. 평소에는 외면해요. 아무리 노골적인 시선이라도 고개를 푹 숙이고 지나갈 뿐이죠. 하지만 얼굴을 들고 확인했어요. 정체를 알고 싶었거든요. 그게 뭔지, 그 난폭하고 섬뜩한 기운이 뭔지 알아야만 했어요. 그런데……"

B는 거기까지 이야기하고는 한동안 말을 잊지 못하더군요. 떨고 있었습니다, B는. 마스크 너머로도 입술을 잘근잘근 씹고 있다는 게 똑똑히 느껴졌어요.

환자가 자신의 정신적인 트라우마를 고백하기까지 길게는 몇 달이 걸릴 때도 있죠. 제 환자 중에는 1년 넘게 한마디도 하지 않고 약만 받아 가는 중년 남자도 있습니다.

아무튼, 저는 B가 말을 멈추고 진료실 밖으로 나갈지도 모른다고 생각했습니다. 그만큼 동요가 심했죠. 그것이 환상이고 착각이었을지라도, 환자에게는 엄연히 현실입니다. B의 입장에서는 과거로 돌아가 그 현실과 다시 마주한다는 게 아주 끔찍한 일이었을 겁니다.

저는 기다리기로 했습니다. 기꺼이 그럴 준비가 되어 있었습니다. 눈치채셨는지 모르겠지만, B가 사용하는 단어와 표현하는 말은 꽤 지적이고 또 구체적이었습니다. 우울증이라면 단어를 효과적으로 선택하고 말을 조리 있게 하는 능력이 떨어지는 게 일반적입니다만, B는 전혀 달랐습니다. 고등교육을 받은 게 분명해 보였고 언어와 사고 능력이 발달된 무척 똑똑한 여자라는 느낌을 받았습니다.

제 호기심은 더욱 커졌습니다.

다행히 B는 회복이 빨랐습니다. 얼마간 마음을 추스르는가 싶더니 크게 심호흡을 한 후 전보다 더 또렷한 목소리로 다시 이야기를 시작했습니다.

"죄송해요, 갑자기 그만……. 제가 시선을 느꼈다는 것까지 이야기했죠?"

저는 괜찮다는 의미로, 그리고 맞으니 계속하라는 의미로 고개를 두 번 끄덕였습니다.

"네, 맞아요. 저는 분명히 느꼈고, 그래서 돌아봤고, 그리고 거기에…… 제가 있었어요."

"환자분이?"

"네, 제가요. 저하고 똑같은 얼굴을 한 여자가 저를 바라보고 있었어요. 아직도 생생해요. 시내의 굉장히 유명한 제과점 앞이었어요. 파란색 차양 아래 그 여자가 서 있었는데, 옷은 분명 저와는 다른 거였어요. 저는 그날 검은색 스커트를 입었는데, 그 여자는 새빨간 미니스커트였거든요. 그래도 닮았다는 사실은 변함이 없었어요. 아니요, 닮은 게 아니라 그건 바로 저였어요. 확실해요."

"그 사람의 반응은 어땠나요?"

저는 B에게 물었습니다. 사실 묻고 싶었던 말은 따로 있었죠. 쇼윈도에 비친 모습을 보고 착각한 건 아닌가요? 충분히 가능한 일이었습니다. B의 불안한 정신 상태로 봐서는 말이죠. 말을 잘한다는 것뿐, B의 행동은 의심할 여지없이 불안장애 환자였습니다. 말을 하는 동안에도 이리저리 고개를 돌리고 손가락을 만지작거렸으니까요. 무엇보다 인상적이었던 건 B가 수시로 자신의 얼굴을 만진다는 거였습니다. 마스크와 선글라스로 감싼 그 얼굴을요. 그녀가 짧고 뭉툭한 손가락으로, 그래요, B의 손가락은 참 볼품없었습니다. 얼굴을 더듬는 그 모습은 마치 자기 얼굴이 제대로 붙어 있는지 확인하는 것 같았습니다.

"그 여자는, 처음에는 놀란 표정이었다가 곧 얼굴을 구기기 시작했어요. 화가 난 표정이었어요. 엄청나게 화가 난. 저를 노려봤어요. 정말로 칼로 찌르는 것처럼, 그 여자의 시선이 닿은 제 얼굴 여기저기가 아프기 시작했어요."

"환자분은 어떻게 하셨나요?"

"저요? 도망쳤죠. 저는 도망쳤어요. 뒤돌아서 미친 듯이 뛰었어요. 그 여자가 잡으러 올 것만 같았거든요. 왜 아니겠어요? 도플갱어잖아요. 발견하면 상대방을 죽여야 하는 도플갱어……"

B의 망상은 참으로 심각해 보였습니다. 잠을 자다가 자신이 분리되어 관찰자적인 시점으로 침대에 누워 있는 자기를 본다거나 하는 걸 유체이탈이라고 하죠. B의 경우처럼 또 다른 자신과 마주쳤다는 환상에 빠지는 것은 모두 자아와 관련이 있습니다. 흔히 자아가 무너졌을 때 유체이탈이라는 유사 사망을 체험하거나 도플갱어라는 가상의 존재를 목격하게 되는 거죠. 그런 의미에서 대낮에, 그것도 번잡한 거리에서 자신과 똑같이 생긴 누군가를 봤다는 B의 망상은 이미 너덜너덜해진 그녀의 자아를 대변하는 거였습니다.

네, 참으로 쓸쓸한 일입니다. 저는 B의 차트를 확인했습니다. 스물여섯, 꽃다운 나이더군요. 도대체 어떤 일이 있었기에 젊은 아가씨가 우울증과 불안장애, 그리고 망상에 이르는 복합적인 정신질환을 앓게 된 것인지 저는 짐작도 할 수가 없었습니다. 오랜 상담이 필요하다 싶었고 당장은 약물 치료가 시급해 보였습니다.

"그런 일이 있으셨군요. 어려운 이야기를 해주셔서 정말 감사합니다."

저는 B에게 약을 먹어야 한다고 차근차근 설명했습니다. 도플갱어는 나중 문제라고, 별일 없었으니 다행이라고, 그러니 일단 B를 괴롭히는 우울감과 불안함부터 치료하자고 말했습니다.

B는 의외로 순순히 고개를 끄덕이더군요. 이야기를 마치고 난 뒤의 그녀는 건전지가 닳아버린 인형 같았습니다. 제 말에 긍정도 부정도 아닌 기계적인 반응을 보일 뿐이었죠. 저는 그게 마음에 걸렸습니다만, 어쨌든 약 처방을 하고 진료를 마쳤습니다.

"그럼 일주일 후에 뵙겠습니다. 아! 그리고 간호사한테 검사지 받아 가는 거 잊지 마세요."

B는 자리에서 일어나더니 들어왔을 때와는 정반대로 느릿느릿 진료실을 빠져나갔습니다. 저는 그런 B를 물끄러미 바라보고 있었죠. 어깨뼈가 드러날 정도로 앙상한 그녀의 뒷모습을 보고 있자니 웬일인지 처음에 느꼈던 그 께름칙함이 되살아나더군요. 저는 그 끈적끈적한 감정을 떨쳐버리려고 고개를 저었습니다. 그때 막 문을 닫고 나가려던 B가 멈춰 서더니 제게 이렇게 물었습니다.

"그런데 선생님, 선생님은 제 말, 믿으세요?"

저는 순간 당황해 아무런 말도 하지 않았습니다. B는 제 대답을 듣지도 않고 밖으로 나가더군요. 진료실에는 다시 정적이 찾아왔습니다. 시계를 보니 점심시간이 훌쩍 지나 있더군요. 배가 고프다는 생각도 들지 않았습니다. 이상하게 가슴이 두근거렸고 목덜미에 자작하게 땀이 올라왔습니다. 으르렁거리는 소리가 들려 창밖을 바라보니 드디어 비가 퍼붓기 시작하더군요. 저는 내리는 비를 한동안 말없이 바라봤습니다. 간호사가 노크를 하고 들어온 건 그때쯤이었습니다.

"선생님, 점심 안 드세요?"

간호사가 물었습니다.

"어, 난 별로 생각이 없네."

"어휴, 이상한 환자 때문에 힘드셨죠?"

"뭐, 다 그렇지. 별다른 일은 없었어. 그 환자는 갔어?"

제 질문에 간호사는 얼굴을 구기며 대답했습니다.

"말도 마세요. 만 원짜리 한 장을 휙 던지더니 약하고 검사지도 안 가지고 그냥 가버리는 거 있죠. 어찌나 짜증 나던지……."

"그랬어?"

저는 조금 당황했습니다. 진료실에서의 모습대로라면 순순히 치료를 받을 것만 같았으니까요. 제가 생각에 빠져 있는데 간호사가 이렇게 덧붙이더군요.

"성형한 게 무슨 자랑이라고 부기도 안 빠졌는데 돌아다니는지 몰라. 가려도 다 표시 나는데. 안 그래요, 선생님?"

"응? 성형?"

"어머! 모르셨어요? B 환자 성형한 거잖아요. 그래서 얼굴을

가린 거고. 우린 척 보면 알겠던데 선생님은 남자라서 모르시
는 건가?"

그렇습니다. 저는 정말로 몰랐습니다. B가 성형을 했다는 사
실을 알게 되니 서서히 윤곽이 잡히는 것도 같았습니다. 하지
만 정보가 부족했습니다. 진료하기 전에 B의 상태를 알았더라
면 좋았을 텐데. 저는 제 자신의 둔함을 자책했습니다.

앞서도 말씀드렸다시피 저는 그다지 좋은 의사가 아닙니다.
환자를 위해 열성적이지도 않습니다. 당연한 말이지만, 그래서
저는 곧 B를 잊었습니다. 그날 오후에는 이상할 정도로 환자가
많았던 것도 한몫했지만 말입니다. 물론 찜찜한 느낌은 있었습
니다. 그래도 그뿐이었습니다. 하루는 바쁘게 흘러갔고, 집으로
돌아가 잠자리에 들기까지 저는 더 이상 B를 떠올리지 않았습
니다.

그날 밤, 저는 태어나서 처음으로 가위에 눌렸습니다. 가위
가 수면 상태에서 오는 일종의 패닉인지, 아니면 사람들이 이
야기하기 좋아하는 귀신의 장난인지 이 자리에서 그 진위를 가
리기 쉽지는 않습니다. 다만 제가 겪은 일을 그대로 말씀드리
자면 가슴이 답답해 잠에서 깨어났는데 어둠 속에서 시커먼 형
체가 저를 내려다보고 있었습니다. 저는 숨이 턱 막혀 꼼짝도
할 수가 없었습니다. 이상하게도 도둑이라는 느낌은 없었습니
다. 그 형체는 저를 내려다볼 뿐이었고, 저는 그 시선에 사로잡
혀 아무것도 할 수가 없었습니다. 그때 번개가 쳤습니다. 네, 그
렇습니다. 그날은 밤 늦게까지 벼락과 천둥을 동반한 비가 내

렸습니다. 번갯불이 저희 집 안방을 훑고 지나가던 그 찰나의 순간, 시커먼 형제의 얼굴이 드러났습니다.

바로, 저였습니다.

저와 똑같이 생긴 남자가 저를 보며 무서운 표정을 짓고 있었습니다.

그제야 가위가 풀려 움직일 수가 있었습니다.

너무나 두려워 아내 쪽으로 돌아누웠습니다. 하지만 아내가 아니었습니다. 그녀였습니다. B. B가 바로 그 시커먼 선글라스와 마스크로 얼굴을 가린 채 제 옆자리에 누워 저를 바라봤습니다.

저는 비명을 지르며 깨어났습니다. B와의 악연이 본격적으로 시작되었다는 사실을, 아둔한 저는 그 순간까지도 알아채지 못했습니다.

일주일이 지나도 B는 나타나지 않았습니다. 그다음 주도 역시. 어느 정도 예상은 하고 있었습니다. 간호사에게서 B가 그런 식으로 병원을 나가버렸다는 이야기를 들었으니. 그래도 마음에 걸리는 건 사실이었습니다. 아무래도 그 강렬했던 꿈 때문이었겠지요. 그날 밤 이후에도 눈을 감으면 문득문득 떠올랐으니까요. 그러니까 그 얼굴 말입니다, 저를 닮은 얼굴.

하지만 그런 관심과 찜찜함도 시간이 흐르면서 점점 옅어지더군요.

일주일이 지나고 또 그다음 일주일이 지나면서 차츰 B를 떠올리지 않게 되었습니다. 꿈, 그래요, 그 꿈도 더 이상 저를 괴롭히지 않았습니다. 어쨌든 그날 한 번뿐이었으니까요.

다시 평범한 일상이 계속되었습니다. 저마다 사연을 가진 노인분들의 하소연을 들어주고 약을 처방하고 집으로 돌아가는, 평소와 똑같은 생활이 반복되었습니다. 어느새 제 기억 속에서는 B가 사라졌습니다.

아! 그러고 보니 딱 한 번 있었군요.

B를 떠올렸던 적 말입니다.

그 사건이 있은 후 2주쯤 흘렀을 때였는데 저녁에 대학 동기들을 만날 일이 있었습니다. 오랜만에 동창회를 하자고 신 나게 계획은 했지만 다들 병원 일이 바빠서인지 정작 그날에는 열 명 정도만 참석했더군요. 저야 뭐, 한가하기 짝이 없는 정신과 의사이니 일찌감치 병원 문을 닫고 털레털레 약속 장소로 향했죠.

동창회는 고민을 털어놓고 죽는소리를 해대는 시간이었습니다. 의사라고 하면 다른 사람들에 비해 돈도 잘 벌고 생활도 편하리라 생각하시겠지만 그래도 그 나름대로의 고충이 있습니다. 개업할 때 진 빚을 갚지 못해 허덕인다거나, 종합병원의 파벌 싸움에 얽혀 불이익을 받는다거나, 의료 사고로 소송에 휘말렸다거나 하는 것들이죠. 다른 사람들이라면 공감하지 못할 고민이기에 결국 털어놓을 상대는 같은 의사들뿐입니다. 대학 동기이니 더 편하기도 했겠죠. 게다가 술이 들어갔지 않습니까.

서로서로 자리를 바꿔가며 얼마간 술자리가 계속되었습니

다. 저도 오랜만에 마음을 풀어놓고 친구들과 술잔을 부딪쳤습니다. 그러다가 마침 옆자리로 온 친구 녀석과 이야기를 나누게 되었습니다. 서로의 안부를 묻고 한참 이런저런 사는 이야기를 하는데, 녀석이 성형외과 의사라는 사실이 퍼뜩 생각났습니다. 그러자 거짓말처럼 B가 떠올랐지요.

"물어볼 게 한 가지 있는데."

저는 그렇게 운을 뗐습니다.

"응, 뭐?"

"넌 성형과 우울증이 관계가 있다고 생각해?"

녀석은 피식 웃은 후 술잔을 내려놓더군요. 전문 분야 이야기가 나와서인지 술에 취해 흐리멍덩하던 눈도 반짝이기 시작했습니다.

"당연히 관계가 있지. 넌 그쪽 전문이니까 잘 알겠지만, 우울증이 왜 생기냐? 다 자기만족이 안 돼서 생기는 거잖아. 현실이 안 따라주니까, 욕심은 많은데 아주 좆같은 현실은 발목을 잡으니까 우울증도 생기고 그러는 거잖아. 근데 말이야, 이 얼굴이라는 건 제일 지긋지긋한 현실이다, 이거지. 얼굴을 떼어놓고 살 수는 없잖아. 안 그래? 그래서 뜯어고치는 거야. 모르긴 몰라도 우리 병원에 오는 사람 중 열에 일곱은 다 우울증일걸?"

저는 B가 심한 우울증을 앓고 있을 거라 생각했습니다. 그녀가 보였던 불안장애도 우울증에서 기인한 것이고요. 사실 정신질환의 대부분은 우울증에서 시작합니다. 그건 그러니까, 첫발을 내딛는 겁니다. 네, 첫발. 저는 그렇게 표현합니다.

조금 불편한 이야기가 될 수도 있겠습니다만, 인간이라면 누구나 정신 질환의 인자를 가지고 있습니다. 유전적일 수도 있고 후천적인 경험 때문일 수도 있습니다. 그 원인이야 어찌 되었건 특정한 계기가 생긴다면 멀쩡한 사람도 충분히 미칠 수 있다는 겁니다. 그 시작이 우울증이죠. 물론 우울증에도 그 정도가 있습니다. 경미한 우울증은 약간의 약물 치료만으로도 쉽게 고칠 수가 있죠. 하지만 치료의 시기가 조금이라도 어긋나면 쉽게 빠져나올 수 없는 늪에 발을 들여놓게 되는 겁니다. B의 경우처럼.

"그런데 무슨 일이야? 갑자기 그런 건 왜 물어? 너, 성형하게?"

제가 한동안 말이 없자 친구가 먼저 물었습니다.

"아니, 그런 건 아니고. 환자 중에 우울증이 꽤 심해서 환각까지 보는 여자가 있는데 성형을 했더라고……."

저는 친구에게 B에 대해서 이야기했습니다. 첫 만남부터 그녀의 외모, 그리고 기괴한 행동까지.

아! 혹시라도 오해하실까 봐 덧붙입니다만, 다른 사람에게 제가 맡은 환자에 대해 이야기한 건 그때가 처음이었습니다.

그리고 지금이 두번째네요.

그럼, 이야기를 계속하겠습니다.

말없이 듣고만 있던 친구는 제 말이 끝나자 조금 더 차분하고 낮은 목소리로, 거의 속삭이듯이 물었습니다.

"모자에다가 선글라스, 마스크까지 해서 얼굴을 가렸단 말이지? 그렇게 하고도 병원을 찾아온 거고."

저는 고개를 끄덕였습니다.

"잘 들어, 그렇다면 중증이야. 보통 성형을 처음 하는 사람들은 얼굴에 부기가 빠지기 전까지는 돌아다닐 생각을 못 해. 그런데 그게 몇 번 반복되면 있잖아, 그냥 그 상태로 어디든 가는 거야. 우리 병원에도 그런 환자들 많아. 그 여자 아마 성형 중독일 거야. 열 번은 넘게 했을걸?"

"열 번?"

저희 둘의 이야기는 거기서 끝나고 말았습니다. 누군가가 건배 제의를 했고, 쭉 술잔이 돈 후에는 자리가 다시 바뀌었거든요. 결국 그 친구와 이야기를 마무리하지 못하고 집으로 돌아왔습니다.

그렇게 또 시간이 흘렀고 저는 친구와 그런 이야기를 했다는 사실조차 잊고 말았습니다.

그러던 어느 날 B가 다시 찾아왔습니다.

저는 그날 감기에 된통 걸려 고생하고 있었습니다. 열에다가 몸살, 그리고 두통까지, 아무래도 병원에 가봐야겠다 싶을 정도로 상태가 안 좋았습니다. 대기 환자가 없다는 걸 확인하고 인터폰을 집어 들었습니다. 진료를 끝내자고 말할 참이었죠. 그런데 갑자기 문이 열리더니 간호사가 들어오더군요. 간호사의 표정은 잔뜩 일그러져 있었습니다. 그 순간 깨달았죠.

B가 왔다는 사실을.

"선생님, 그때 그 환자분이……."

이번에도 B는 무언가에 쫓기듯이 간호사를 거칠게 밀며 진료실로 뛰어 들어왔습니다.

"아직 접수도 안 했는데 막무가내로……."

저는 간호사에게 괜찮다는 뜻으로 손을 들어 보였습니다. 문을 쾅 닫고 나가버리더군요. B는 우두커니 서 있었습니다. 여전히 모자와 마스크, 선글라스로 얼굴을 가린 채로요.

"오랜만이네요."

제가 먼저 입을 열었습니다.

하지만 B는 대답이 없었습니다.

"앉으시죠, 앉아서 얘기하세요."

B는 잠깐 몸을 움직이더니 다시 굳어버렸습니다. 화들짝 놀란 것처럼 말이죠. 그러더니 말하더군요.

"그럴 시간이 없어요. 앉아서 느긋하게 이야기할 시간이 없다고요. 조금 있으면 그 여자가 찾아올 거예요. 그 전에 무슨 수를 써야 해요."

B는 한층 더 불안해 보였습니다. 목소리도 전보다 흐려졌고 한시도 가만히 있지 못하는 손은 훨씬 더 부산스레 움직였습니다. 치마를 만지작거렸다가, 주먹을 쥐었다 폈다가, 얼굴로 가져갔다가를 반복하는 그 손을 보고 있자니 멀미가 날 지경이었습니다.

"그 여자라면…… 도플갱어를 말씀하시는 건가요?"

제가 물었습니다. B는 말없이 저를 바라보더군요. 환상은 없어지지 않았던 겁니다. 그럴 수밖에요. 아무런 치료를 하지 않앉으니.

"또 언제 목격하셨죠? 이번에도 한낮의 시내 중심가에서?"

"저희 동네로 찾아왔어요."

"네?"

예상 밖의 대답이었습니다.

"저를 찾아서, 동네를 서성거리는 걸 목격했어요. 저랑 똑같이 생긴 그 여자가 저를 죽이려고 찾고 있었어요."

순간 으스스한 기운이 온몸을 훑고 지나가더군요. 감기 때문이었을까? 모르겠습니다. 확실히 열이 나고 있었고 상태가 점점 안 좋아졌지만 그 한기가 단지 감기 때문이었는지는 모르겠습니다.

"그쪽과 마주친 건가요?"

제 목소리가 왠지 낯설게 들렸습니다.

"네, 마주쳤어요. 해 질 무렵이었어요. 외출을 하려고 버스 정류장으로 가던 길이었죠. 골목을 돌아 나오는데 두리번거리며 걷고 있던 그 여자를 발견했어요. 짧은 순간이지만 우리는 서로를 알아봤죠. 저는 지난번과 마찬가지로 도망쳤어요. 하지만 여자는 달랐어요. 무서운 얼굴을 한 채 저를 쫓아왔으니까요."

꿈이 떠올랐습니다. 그 꿈. 저와 똑같이 생겼던 남자의 무서운 얼굴이 눈앞을 스치고 지나갔죠.

"그래서 어떻게 되었습니까?"

환상이라는 걸 알면서도, 모두 B가 만들어낸 이야기라는 걸 알면서도 멈출 수가 없었습니다. 왠지 끝까지 들어야만 할 것 같았습니다.

"여자는 계속 쫓아왔어요. 쌕쌕, 거친 숨소리를 내면서. 저는 달리다가 넘어지고 말았어요. 거의 집 앞까지 다 왔는데 그만 어딘가에 걸려 중심을 잃었던 거예요. 이젠 죽었구나 생각했어요. 도플갱어에게 죽는구나, 이렇게요."

B는 온몸을 떨며 서 있었습니다. 그래요, 그녀는 그때까지도 한 발짝도 움직이지 않았던 겁니다.

"그 여자가, 저를 내려다보며 이렇게 말했어요. 드디어 찾았다. 그러고는 깔깔대며 웃었어요. 웃는 모습도 저랑 똑같았죠. 여자는 핸드백에서 칼을 꺼내 들었어요. 칼에, 칼날에, 석양이 반사돼 붉게 빛나던 걸 아직도 기억해요. 여자가 칼을 휘둘렀어요. 저는 본능적으로 손을 들어 막았어요. 날카로운 통증이 손바닥을 스치고 지나갔어요. 금세 피가 흘러내렸어요. 그때 발소리가 들렸어요. 여자는 멈칫하더니, 아쉽다는 표정으로 저를 바라보다가 뒤돌아서 걸어가기 시작했어요. 저는 너무 놀라고 무서워 움직일 수가 없었어요. 때마침 누군가가 지나가지 않았더라면 피를 많이 흘려 그대로 죽었을지도 몰라요."

그렇게 말하며 B는 제게 오른손을 활짝 펴 보였습니다.

놀랍게도 그 손에는 최근에 생긴 게 틀림없는 진하고 흉측한 상처가 나 있었습니다. 저는 B의 손바닥을 뚫어져라 바라봤습니다. 여전히 정체 모를 한기가 피부를 쓰다듬고 있었고 눈두덩이 뜨거울 정도로 열이 올라 정신이 없었지만 상처를 보고 있자니 뒤죽박죽이던 머릿속이 조금은 정리되는 느낌이 들었습니다. 그리고 그제야 B를 정확히 진단할 수 있었습니다.

조현병.

아마 처음 들어보시는 병명일 겁니다. 쉽게 이야기하자면 정신분열증입니다. 텔레비전이나 영화 등의 매체에서 정신질환자의 전형처럼 묘사하는 바로 그 병이지요. 망상, 환각, 이상행동 등이 주요 증상입니다.

어떻습니까? B와 맞아떨어지지 않습니까?

아까도 말씀드렸다시피 처음 B를 봤을 때는 우울증과 불안장애, 그리고 그로 인한 자아 상실이 환각의 원인이라고만 생각했습니다. 물론 그것도 정도가 심한 것이지요. 하지만 정신분열증이라면, 그것도 자신의 망상을 현실화하기 위해 스스로 손바닥을 그을 정도의 중증이라면 남에게 피해를 줄 수도 있는 아주 심각한 상태를 뜻합니다. 아니나 다를까, B는 아주 섬뜩한 이야기를 하더군요.

"도플갱어는 또 저를 찾아올 거예요. 분명해요. 그래서 전 다짐했어요. 이번에는 제가 죽일 거예요. 당하고만 있지는 않을 거예요. 먼저 공격해서 그년의 재수 없는 얼굴을 갈가리 찢어놓을 거예요."

B는 그렇게 말하고 깔깔 웃었습니다. 자신의 망상 속 도플갱어처럼.

웃는 소리가 어떻게나 날카롭던지 머리가 쿡쿡 쑤셨습니다. 사실은 모든 걸 다 뒤로하고 눕고 싶은 마음뿐이었습니다. 그만큼 많이 아팠습니다. 하지만 B를 그냥 내버려둘 수는 없었습니다. 무언가 조치를 취해야 했습니다.

의사로서의 사명감이었을까요?

아닙니다.

그런 숭고한 의도가 아니었습니다. 물론 전문의로서 B의 증상에 호기심이 일었던 것도 사실이었고, 젊은 아가씨에게 찾아온 불행을 없애고 싶다는 생각을 했던 것도 사실이었습니다만 그래도 그게 진짜 의도는 아니었습니다.

그건, 뭐라고 하면 좋을까요, 이를테면 손거스러미를 떼어내는 일 같은 거였습니다.

사람이라면 누구나 거슬리고 불편한 것을 제거하고 싶지 않습니까?

만난 지 두 번 만에 B는 제게 그런 존재가 되었습니다. 손거스러미 같은. 어서 빨리 떼어내고 싶은.

"일단 진정을 하고 좀 앉으시죠."

이번에는 B도 순순히 제 말을 들었습니다. 의자에 앉더니 언제 웃었냐는 듯 또 꼼짝도 하지 않은 채 허공만 바라봤습니다. 움직임의 둔화, 저희 사이에서는 스위치를 내렸다고 표현합니다만, 갑자기 행동이나 동작을 멈추는 건 분열증의 전형적인 증상이죠.

"환자분 말씀은 잘 들었습니다. 얼마나 힘드셨는지도 알겠고요. 제가 한 가지만 묻겠습니다."

저는 힘주어 말했습니다.

"그런데 왜 병원에 찾아오신 거죠?"

B가 저를 바라봤습니다. 표정을 볼 수는 없었지만 왜냐고 묻는 게 틀림없었습니다. 저는 다시 한 번 말했습니다.

"왜 저희 병원에 오셨냐고요. 환자분 말씀대로라면 경찰서에 가셨어야죠. 아닌가요? 도플갱어는 정신과에서 해결할 수 있는 문제가 아니라고 생각하는데, 환자분 생각은 어떠세요?"

"무슨 말인지 저는 잘……."

B는 동요하는 기색이 역력했습니다. 환자의 마음을 뒤흔드는 것 또한 상담 치료의 한 방법입니다. 저는 더 세게 나가기로 했습니다.

"아니요, 환자분께서는 제가 무슨 말을 하는지 잘 알고 계실 겁니다. 스스로도 그 사실을 알고 있고요. 그랬으니 정신과를 찾은 거겠지요. 진짜 문제가 뭡니까? 도플갱어 말고 B씨를 괴롭히는 진짜 문제가 뭐죠?"

"아니요, 저는 그저 다른 사람은 아무도 제 말을 믿어주지 않을 것 같아서……."

"그런 건 없습니다."

"네?"

"도플갱어 같은 건 없다고요."

어쩌면 너무 성급했는지도 모르겠다고, 그 말을 뱉은 직후에는 그렇게 생각했습니다. 하지만 효과는 있었습니다. B가 울기 시작했으니까요.

"아니에요, 있어요. 진짜 있어요. 저랑 똑같이 생긴 여자가 절 죽이려고 했어요. 전 너무 무서워요."

"도플갱어는 환자분이 만들어낸 환상입니다. 지금 중요한 건 도플갱어가 아니라 환자분이 아프다는 사실입니다. 본인도 그 걸 알기 때문에 정신과를 찾은 거 아닌가요?"

B는 아무 말도 하지 못했습니다.

"환청이 들리지는 않나요? 다른 사람들은 못 듣는 소리를 들은 적 있으시죠?"

고개를 끄덕이더군요.

"가슴이 답답하고 가끔 자기 자신이 누구인지 모를 때가 있고 분노나 불안감이 조절 안 될 때가 있죠?"

이번에도 역시 B는 말없이 고개만 끄덕였습니다. 저는 좀 부드럽게 나가기로 했습니다. 평소와는 다르다는 사실을 스스로도 느끼고 있었습니다. 너무 공격적이었어요, 그날의 저는.

"괜찮아요. 정확히 진단을 해봐야 알겠지만 현재 환자분은 가벼운 분열증을 앓고 계신 것 같아요. 아직 늦지 않았으니 충분히 치료할 수 있습니다. 게다가 스스로 찾아오셨잖아요. 그게 고무적인 일입니다."

제 말을 묵묵히 듣고만 있던 B가 천천히 입을 열었습니다.

"그러니까 선생님 말씀은 도플갱어는 없다는 거죠? 다 제가 만들어낸 환상이란 거죠?"

저는 고개를 끄덕였습니다.

"제 얘기를 받아들이기 힘들 거라는 걸 잘 압니다. 하지만 이성적으로 인정할 필요가 있습니다. 그게 치료의 시작이니까요."

"그럼 그게 환상이라면, 저는 왜 그런 걸 보는 걸까요?"

"음······ 몇 가지 이유가 있겠는데, 제일 첫번째는 아마 우울증에서 온 자아 상실감일 겁니다. 어때요? 자신감이 없는 성격인가요? 다른 사람 앞에서 쉽게 위축되는?"

B는 대답 없이 멍하니 앉아 있었습니다. 짙은 선글라스 속 눈동자가 어디를 향하고 있는지 도무지 알 수가 없었습니다. 마스크 아래 입은 어떤 모양을 하고 있는지도. 저는 그것들을 벗겨내고 싶었습니다. B의 맨 얼굴을 확인하고 싶다는, 의사로서 품어서는 안 되는 잔인한 충동이 제 자신도 믿기 어려울 정도로 강하게 들었습니다.

"왜 늘 얼굴을 가리고 다니시는 거죠? 그 마스크와 선글라스를 벗고 환자분의 얼굴을 보여주실 수 있을까요?"

B는 눈에 띄게 당황하기 시작했습니다.

"괜찮습니다. 치료를 위해서 그러는 거예요. 그러니 한번 보여주시죠."

네, 맞습니다. 저는 그때 한 마리 악마였습니다.

B는 바들바들 떨고 있었습니다.

"성형수술······하셨죠? 다 알고 있으니까 제게만 보여주세요."

성형이라는 단어가 신호였을까요? B는 손을 덜덜 떨면서도 마스크와 선글라스를 벗기 시작했습니다. 저는 터질 듯한 호기심에 몸이 앞으로 쏠리는 걸 간신히 참았습니다. 그녀의 입과 코, 그리고 눈이 뱀이 탈피를 하듯이 차례로 드러났습니다. 이윽고 B는 진료실의 차가운 형광등 아래 맨얼굴을 드러낸 채 안절부절못하며 앉아 있게 되었습니다.

저는 B의 얼굴을 봤습니다.

그걸, 어떻게 설명해야 할까요?

못생긴 건 아니었습니다.

그러니까 B의 얼굴 말입니다.

여기저기 부어서 흉측하리라는 제 예상과도 달랐습니다.

다만, 어딘가 부자연스러웠습니다. 지나치게 오똑한 콧날, 숟가락으로 움푹 떠낸 듯한 커다란 눈, 주름 하나 없이 팽팽하게 당겨진 피부, 솟아오른 광대뼈, 위로 치켜 올라간 입술.

B의 얼굴은 마치 지나치게 밝고 컬러풀한 그림 같았습니다. 팝아트, 라고 하던가요? 제가 그쪽으로는 잘 모릅니다만 현란한 색을 써서 일부러 과장되게 그려놓은 그림이라 하면 좀 설명이 될까요.

인공적인 요소들이 모여 만들어내는 아름다움은 기괴한 매력을 뿜어냈습니다.

혐오스러워 눈을 돌리고 싶으면서도 자꾸만 빠져들게 하는 마력. 현대 의학이 만들어낸 B의 얼굴은 바로 그런 모습이었습니다.

저는 간신히 정신을 차리고 더듬더듬 물었습니다.

"수술은 몇 번이나⋯⋯."

"모르겠어요. 열다섯번째 이후로는 세는 걸 포기했어요."

B는 금방이라도 꺼질 듯한 작은 소리로 말했습니다. 성형에 문외한인 저로서는 저 작은 얼굴 어디에 열다섯 번 넘게 칼날을 댔는지 도무지 알 수가 없었습니다. 그리고 원래 얼굴이 어

땠는지 짐작조차 할 수 없었습니다.

"도대체 왜 그렇게 많이 하신 거죠?"

"마음에 안 들었어요."

"네?"

"제 얼굴이 마음에 안 들었다고요."

지금은 어떤가요?

저는 그렇게 묻고 싶었습니다. 지금은, 마음에 드시나요? 돌아올 대답이 뻔하다 싶어 저는 다른 질문을 던졌습니다.

"가장 최근에 수술을 하신 게 언제죠?"

"지난달."

"왜 또……."

"도플갱어 때문이에요. 그 여자와 닮지 않으려고 자꾸 얼굴을 고치게 돼요."

이 얼마나 안타까운 이야기입니까. 저는 순수하게 한 명의 성인으로서 B를 동정했습니다. 그 순간만큼은 의사와 환자의 관계가 아니었습니다. 자신의 얼굴과 자아를 동시에 잃어버린 스물여섯 처녀의 처지에 정말이지 가슴이 아팠습니다. 얼굴을 고쳐봐도 떨쳐낼 수 없었던 환상, 그녀의 도플갱어는 적어도 심적으로만은 B를 죽이기에 충분할 정도였던 겁니다.

"멈추고 싶으세요?"

제가 말했습니다. B가 저를 바라보더군요. 흘러내릴 것만 같은 커다란 눈동자가 저를 향했습니다. 오싹한 느낌이 목덜미를 스치고 지나갔습니다.

"본인도 아시죠, 성형 중독이라는 거? 조금 더 살펴봐야겠지만 환자분을 괴롭히는 모든 증상이 성형 중독 때문일 수도 있습니다. 그걸, 멈추고 싶으세요? 아무리 고통스럽더라도?"

잠시 생각하는 듯하더니 B가 입을 열었습니다.

"정말로 가능할까요?"

"가능합니다, 가능해요."

"도플갱어도 없어지는 건가요?"

"네, 꾸준히 치료를 받으면 제일 먼저 그런 환상이 사라질 겁니다. 우선 제일 중요한 건 환자분의 자아를 찾는 겁니다. 본인이 아름답다는 자각을 가지고……."

"아름다운가요, 제가?"

그 순간 B의 말투가 살짝 변했습니다. 당황한 제가 대답할 타이밍을 놓친 사이 B가 다시 질문을 던졌습니다.

"선생님은 아름다움이 뭐라고 생각하세요?"

네, 바로 그 질문입니다. 제가 여러분에게 드렸던.

여러분과 마찬가지로 저도 할 말을 잃고 말았습니다. 글쎄요, 정말 아름다움이란 뭘까요? 그 순간 뭐라고 대답했어야 할까요? 아름다움은 내면에서 나온다는 고리타분한 말이라도 했어야 됐던 걸까요? 저는 지금까지도 그때 그 순간 제가 아무런 대답도 하지 못했다는 사실이 마음에 걸립니다.

하지만 B는 제 반응과는 상관없이 폭풍처럼 말을 쏟아내기 시작했습니다.

"저는 뚱뚱하고 못생긴 년이었어요. 초등학교 때부터 고등학교 때까지 쭉 그랬어요. 별명은 돼지 아니면 오크. 오크라고 아세요? 나무 말고 판타지 영화에 나오는 덜떨어지게 생긴 괴물. 제가 봐도 신기할 정도로 딱 닮았었어요. 그래서 죽어라 공부만 했어요. 못생긴 년이 공부도 못한다는 말은 듣기 싫었거든요. 결국 좋은 대학에 합격했어요. 누구나 이름만 들으면 고개를 끄덕일 그런 대학의 국어국문학과. 하지만 달라진 건 아무것도 없었어요. 전 여전히 뚱뚱하고 못생긴 년이었으니까요. 알바도 한 번 못 해봤어요. 과외 자리도 안 들어왔죠. 그게 다 제 외모 때문이었어요. 그래도 학교 다닐 때까지는 그럭저럭 견딜 만했어요. B는 성격이 참 좋아. 누구든 그렇게는 말해줬으니까요. B는 참 똑똑해. 시험 기간이라도 되면 생전 알은척도 안 하던 연놈들이 그런 말을 하며 다가오긴 했으니까요. 그런데 졸업을 하고 사회에 나가니 정말 장난이 아니었어요. 면접만 수십 번 떨어졌어요. 어쩌다 취직을 해도 차별이 너무 심했어요. 조금이라도 편하게 입고 출근을 하면 당장 신경 좀 쓰라는 말이 날아왔어요. 한껏 꾸미고 간 날에는 호박에 줄 긋는다고 수박 되냐고 다들 놀리기 바빴어요. 뚱뚱하고 못생긴 년한테는 감정이 없는 줄 알아요. 대놓고 놀려도 되고, 눈에 띄게 차별해도 되고, 회식 자리에서 아무도 술잔을 건네지 않아도 되고, 짓궂은 장난을 쳐도 되는 줄 알아요. 오크니까요. 커다란 몸집에 호두만 한 뇌를 가진 추하고 아둔한 괴물이니까요. 결국 어렵게 들어간 출판사를 그만두었어요. 그러고는 교정이나 교열 일을 받아 프리랜서로 근근이 먹고살았어요. 처음 성형

을 한 건 아주 우연한 기회 때문이었어요. 어느 날부턴가 눈꺼
풀이 처지는 느낌이 들고 속눈썹이 눈을 찔러서 안과에 가보니
안검하수라고 하더군요. 비교적 쉬운 수술인데 자기가 아는 성
형외과를 소개해줄 테니 이왕 하는 거 쌍꺼풀하고 같이 해보라
는 안과 의사의 말이 시작이었어요. 호기심 반 기대 반으로 수
술대에 올랐어요. 요즘은 누구나 하니까요. 쌍꺼풀 정도는 뭐.
그리 큰 변화가 있을 거라고는 기대도 하지 않았어요. 그런데
아니었어요. 수술 후 바뀐 눈은 제가 봐도 예뻤어요. 주위 사람
들도 칭찬을 했어요. 진작 하지 그랬니. 눈만 바뀌어도 인상이
훨씬 좋아 보인다. 생전 들어본 적 없는 그런 칭찬이 저를 황홀
하게 만들었어요. 저는 다시 성형외과를 찾아갔어요. 코를 좀
세웠어요. 그 수술도 성공적이었어요. 의사가 조심스레 양악
수술을 권유했어요. 완전히 바뀔 수 있다고 말하면서. 그건 너
무 큰 유혹이었어요. 의사가 펼쳐 보이는 카탈로그 속 여자들
처럼 변할 수만 있다면 뭐든지 하겠다 싶었어요. 적금을 깨고
대출을 받았어요. 수술대에 누웠을 때, 마취약이 제 혈관을 타
고 차갑게 비집고 들어올 때 제가 뭐라고 기도했는지 아세요?
지금 죽이지는 말아주세요. 죽더라도 바뀐 얼굴, 예뻐진 얼굴
을 다른 사람들한테 한 번이라도 보여준 다음 죽고 싶어요. 제
기도가 통했는지 저는 무사히 깨어났어요. 그런데 미칠 것같이
아팠어요. 시골에 사는 부모님께 전화하고 싶다는 유혹을 얼마
나 참았는지 몰라요. 저는 얼굴에 붕대를 둘둘 감은 채 두 달
반 동안 반지하 골방에서 한 발자국도 나가지 않고 다이어트를

시작했어요. 하루에 한 끼만 먹었어요. 그 후의 일은 지금 생각해도 꿈만 같아요. 두 달 반이 지나서 부기가 모두 빠진 제 얼굴은 눈물이 날 만큼 아름다웠어요. 몸매도 얼마나 날씬해졌는데요. 제가 제일 먼저 한 일이 뭔지 아세요? 맞아요. 늘씬하게 차려입고 제가 다녔던 출판사에 찾아간 거였어요. 아무도 저를 못 알아보더군요. 제가 교정을 다 한 원고를 책상에 내려놓자 그제야 모두 깜짝 놀랐어요. 그때부터 제 인생은 달라졌어요. 모든 사람이 제게 친절하게 대해주었죠. 심지어는 제가 성형을 했다는 사실을 아는 사람들조차도 대우가 달라졌어요. 재미있는 이야기 하나 해드릴까요? 그 출판사 사장이 제게 직접 전화를 했다는 거 아세요? B씨의 능력을 높이 평가해서 다시 한번 기회를 주고 싶은데 재입사할 생각 없어요? 그 새끼가 그렇게 묻더라고요. 어떻게나 통쾌하던지. 제 인생은 장밋빛이었어요. 남자친구도 여럿 갈아치워보고, 클럽이라는 곳에도 가보고, 어딜 가서나 여왕 대접을 받았죠. 그런데요, 그런데 말이에요, 선생님. 그렇게 대우를 받을 때마다 기분이 좋으면서도 한편으로는 씁쓸했어요. 제 속은 여전히 오크처럼 생긴 못난이인데 사람들은 바뀐 겉모습에 호감을 보이는 거예요. 저는 점점 제가 옛날의 그 뚱뚱하고 못생긴 년이었다는 사실을 사람들이 어느 순간엔가 기억해낼까 봐 두려워졌어요. 그리고 보니 저를 대하는 태도가 예전만 못한 것 같았어요. 그 이유가 뭘까 생각했죠. 얼굴은 아직 그대론데, 도대체 이유가 뭘까. 그러다가 알게 되었어요. 전 너무 흔한 얼굴이었던 거예요. 어딜 가나 마주칠 수 있는 흔한 얼굴. 또다시 버려지지 않으려면 더 아름다워질 필요가 있었어요. 그래서 눈을 더 크게 만들고, 애교 살을 더 두툼하게 만들고, 코를 더 높게 세우고, 입술을 더 도톰하게 만들고, 가슴에 보형물을 넣었어요. 성형은 말이에요, 선생님. 해도 해도 끝이 없어요. 세상에 완벽한 아름다움이란 없으니까요. 해놓고 거울을 보면 항상 누군가와 닮은 것 같다니까요. 언제나 부족한 구석이 보여요. 그래서 또 할 수밖에 없어요. 남과 다르게 더 아름답게. 충분히 아름답다고 하셨죠? 그건 입에 발린 소리예요. 저는 알아요. 아름다움에는 정답이 없는 것 같아요. 그래서 계속 붙잡고 풀어보는 거죠. 답을 찾을 때까지, 제 얼굴을 연습장 삼아."

 B의 기나긴 이야기가 계속되는 동안 저는 꼼짝도 하지 못했습니다. 숨을 쉬기도 힘들었습니다. B가 그 큰 눈으로 저를 계속 바라보고 있었기 때문입니다. 새까맣고 커다란 눈동자가 저를 옭아맸습니다. 그 눈은 마치 취조실에나 걸려 있을 법한 매직미러 같았습니다. 한쪽에서만 일방적으로 들여다볼 수 있는 그것 말입니다. 저는 B의 눈을 읽을 수가 없었습니다. 대신에 B 안의 어떤 존재, 네, 이렇게밖에 표현할 수 없군요. 그 존재는 B의 눈동자 너머로 저를 바라보고 있었습니다. 저는 그걸 느낄 수 있었습니다. 더 끔찍했던 건 이야기를 털어놓는 내내 B의 표정이 한 번도 바뀌지 않았다는 사실입니다. 가면 같았습니다. B가 이야기를 마친 후 얼굴을 벗어 던질지도 모른다는 말도 안 되는 생각이 제 머릿속을 계속 맴돌았습니다. 그 때문에 저는

충분히 가슴 아픈 이야기였음에도 B가 말을 마친 후 의자에서 일어날 때까지 불쾌한 기분을 떨쳐버릴 수 없었습니다.

"정말 많은 이야기를 했네요. 혼자 떠들어서 죄송합니다."

B는 긴 독백을 마친 연극배우처럼 다시 마스크를 쓰고 선글라스를 끼며 퇴장할 준비를 했습니다. 저는 대답하지 않았습니다. 너무 추웠습니다. 턱이 덜덜 떨릴 정도였으니까요. 불과 몇 분 전 가졌던 알량한 동정심 같은 건 오래전에 사라졌습니다.

"선생님, 도플갱어는 정말 없는 거죠?"

그 질문을 마지막으로 B는 진료실을 나갔습니다. 저는 오랜 잠수 끝에 수면으로 올라온 사람처럼 숨을 거칠게 몰아쉬었습니다.

인정하고 싶지는 않지만, 저는 그때 두려움에 떨고 있었습니다. B의 이야기는 하등 이상할 게 없었습니다. 환자가 자신의 속내를 털어놓는다는 건 아주 고무적인 일이기도 합니다. 제게 공포심을 불러일으켰던 것은 B 그 자체였습니다. 그녀에게는 분열증으로는 설명할 수 없는 무언가가 있었습니다. B의 눈동자와 무표정한 얼굴이 눈앞에서 떠나질 않았습니다. 머리가 깨질 듯이 아파 견딜 수가 없었습니다. 맑은 공기를 쐬면 좀 나아지지 않을까 싶어서 창가로 갔습니다.

그때, 막 거리로 나선 B의 모습이 보이더군요. 그녀는 완벽하게 얼굴을 가린 그 모습 그대로 정신없이 주위를 두리번거리며 점점 멀어졌습니다.

저는 그런 B를 보며 이런 생각을 했습니다.

한 마리 뱀 같다. 탈피에 탈피를 거듭하는 뱀.

그날 밤, 두번째 악몽이 저를 찾아왔습니다.

이번에는 더 끔찍하고 구체적이었습니다.

저는 B와의 진료 이후로 병원 문을 닫고 집으로 돌아왔습니다. 그러고는 약을 먹고 그대로 잠들어버렸습니다. 얼마나 잤을까요, 서늘한 기운이 들어 일어나보니 안방 창문이 조금 열려 있었습니다. 어느새 밤이더군요. 차가운 밤바람이 문틈으로 쉬익, 쉬익 소리를 내며 비집고 들어왔습니다. 분명히 밤인데, 이상하게도 아내가 없었습니다. 저는 거실로 나갔습니다. 잠든 사이 열이 조금 내렸는지 몸이 가벼웠습니다.

"여보."

아내를 불러봤지만 돌아오는 건 침묵뿐이었습니다.

저는 화장실에서 불빛이 새어 나오는 걸 발견했습니다.

"여보, 여기 있어?"

아무런 대답이 없었습니다.

"여보?"

문은 잠겨 있지 않았습니다. 손잡이가 기우뚱 돌아갔습니다. 화장실 문을 열었습니다. 그제야 물줄기가 쏟아져 내리는 소리가 들렸습니다. 샤워 커튼 안에서 누군가가 물을 틀어놓고 있었습니다. 저는 아내가 아니라는 사실을 직감적으로 알아챘습니다. 실루엣이 달랐습니다. 아내는 단발머리인데, 커튼 너머의 누군가는 머리카락이 길어 허리까지 닿았습니다.

실루엣은 무언가에 열중한 모습이었습니다. 결코 샤워를 하는 게 아니었습니다.

저는 살금살금 다가가 커튼을 붙잡고 한 번에 열어젖혔습니다.

"누구야?"

그렇게 소리쳤나 봅니다.

그런데 그렇게 외치기 전, 저는 이미 누구인지 알고 있었던 것 같습니다.

맞습니다. B였습니다.

그녀가 저를 바라보고 히죽 웃었습니다. 완전히 달라진, 극단적으로 망가진 얼굴이었습니다. 눈은 얼굴의 절반을 차지할 정도로 커졌고, 코는 콧구멍이 들릴 정도로 높아졌습니다. 그게 다가 아니었습니다. 턱이 없었습니다. 그리고 얼굴은 피투성이였습니다.

"선생님, 턱을 깎으려는데 잘 안 되네요."

B는 피로 물든 칼을 들어 보였습니다. 한 손에는 방금 깎아낸 뼛조각이 들려 있었습니다. B는 웃었습니다. 깔깔대며 웃었습니다. 뱀처럼 매끈한 얼굴은 조금도 변하지 않은 채 시커멓게 벌린 입속에서만 웃음이 새어 나왔습니다. B 안의 어떤 존재가 웃고 있었던 겁니다.

제 기억은 거기에서 끝났습니다.

누군가가 몹시 흔들어 일어나보니 병원이더군요. 아내의 말로는 제가 화장실에 쓰러져 있었답니다. 그래서 구급차를 부른

거지요. 악몽을 꾸었다는 이야기를 아내에게는 하지 않았습니다. 괜히 걱정을 끼치기도 싫었거니와, 무엇보다도 제가 그게 꿈이라는 확신이 서지 않았기 때문입니다.

병원에서는 이틀 정도 있었습니다. 다행히 감기는 빨리 나았습니다. 하지만 B가 남겨놓은 불쾌함과 께름칙함은 가시지 않았습니다. 저는 여기저기 수소문을 해 동창회에서 만났던 그 친구에게 전화를 했습니다.

"어쩐 일이야?"

서로 전화 통화를 한 건 그때가 처음이었습니다.

"응, 좀 물어볼 게 있어서."

"그때 그 여자?"

친구는 눈치가 빨랐습니다. 덕분에 쉽게 본론으로 들어갈 수 있었습니다.

"수술을 열다섯 번 넘게 했다는데 그런 게 가능해?"

"당연하지, 훨씬 더 많이 하는 사람들도 있어. 어떻게 그 여자는 치료를 받기로 한 거야?"

"응, 치료가 필요하겠더라고. 너 말대로 성형 중독인데, 거기에다가 분열증까지 겹쳐서……."

"난 어려운 그쪽 분야 이야기는 모르겠고, 성형 중독은 진짜 무서운 거야. 솔직히 말하면 우리야 장사가 잘되니까 좋지. 그런데 심각하다 싶을 정도로 성형을 해대는 사람들은 의사들도 다 꺼려. 나중에 문제가 생길까 봐."

"어떤 문제?"

"성형이 한두 푼 드는 게 아니잖아. 갑부 집 자식이 아니고서는 그 비용을 다 감당 못 하지. 처음에는 대출도 했다가 주변에도 빌렸다가 그러는데, 하다 하다 안 되면 결국 사채도 끌어 쓰더라. 그랬는데도 돈이 없잖아? 그러면 그때부터 셀프 성형에 들어가는 거지."

"혼자서 한단 말이야?"

"그렇다니까. 야, 넌 텔레비전에서 선풍기 아줌마도 못 봤냐?"

"또 하나만 질문할게. 성형을 하면 다들 그렇게 얼굴이 비슷비슷해지는 거야?"

"그건 어쩔 수가 없어. 원하는 얼굴이란 게 다 거기서 거기거든. 코는 어떻게, 눈은 어떻게, 다 자기 나름대로 설명을 하는데 그게 전부 비슷한 거지. 그러니까 해놓고 보면 쌍둥이처럼 닮는 거고. 인터넷에도 많이 나오잖아. 의란성 쌍둥이라나 뭐라나. 내가 이런 말 할 처지는 못 되지만 진짜 씁쓸한 일이지."

친구의 설명을 들으니 뒤섞인 퍼즐 조각이 조금씩 제자리를 찾아가는 느낌이 들었습니다. 어쩌면 B는 자신과 비슷한 얼굴을 가진 사람을 정말로 본 건지도 모를 일이었습니다. 그런 일이 몇 번 반복되면서 B의 망상이 도플갱어 쪽으로 자리 잡은 게 아닐까, 그때의 저는 그렇게 짐작했습니다.

하지만 제 짐작을 입증해볼 기회는 오지 않았습니다.

B는 다시 소식이 없었습니다. 진료 기록지에 적힌 그녀의 전화번호로 연락을 취해보기도 했지만 없는 번호라는 이야기만 흘러나왔습니다.

또 시간이 흘러갔습니다. 이번에는 절대 B를 잊지 않았습니다. 오히려 하루에도 몇 번씩 생각했습니다.

그러던 어느 날, 거짓말처럼 B가 다시 나타났고 세번째인 그 만남 이후 저는 그녀를 다시 보지 못했습니다.

이제 그날의 이야기를 하겠습니다. 그 끔찍하고 기괴했던 날의 이야기를 가감 없이 털어놓겠습니다.

B와의 두번째 만남이 있고 몇 달이 지난 어느 날 밤이었습니다. 저는 학회에 발표할 논문을 쓰느라 늦게까지 병원에 남아 있었습니다. 간호사들은 일찌감치 퇴근했습니다. 모니터를 바라보며 한참 앉아 있었지만 진도가 잘 나가지 않았습니다.

그즈음에는 늘 그랬습니다. 어느 한 곳에 집중하기도 어려웠고 멍하니 앉아만 있는 시간도 많았습니다. 오죽하면 아내가 병원 문을 닫고 잠시 쉬면 어떻겠냐고 했겠습니까.

이유가 무언지는 정확히 알고 있었습니다.

B.

B 때문이었습니다.

저는 하루에도 몇 번씩 B를 생각했습니다. 그녀가 제 머릿속 깊고 축축한 곳에 똬리를 틀고 떠날 생각을 하지 않았습니다. B의 어떤 점이 저를 두려움에 떨게 만들었는지 지금에 와서 생각해봐도 잘 모르겠습니다. B는 그저 성형 중독에 걸려 정신분열증까지 일으킨 불쌍한 아가씨였을 뿐인데 말입니다.

그 밤에 저는 꽤 늦은 시간이 되어서야 병원에서 나왔습니다. 마음은 여전히 갈피를 못 잡고 싱숭생숭했습니다. 밤바람이 무척 차가웠던 걸로 기억합니다. 네, 어느덧 계절이 바뀐 겁니다.

옷깃을 여미며 1층의 현관문을 잠그려는데 누군가가 저를 불렀습니다.

"선생님, 안녕하세요?"

익숙한 목소리였는데, 그 사실을 알아채는 것보다 몸이 먼저 반응했습니다. 등줄기를 시작으로 목덜미까지 소름이 쫙 돋았으니까요. 천천히, 고개를 돌렸습니다.

B가 서 있더군요. 활짝 웃는 모습으로.

분명히 B였습니다만, 미묘하게 어딘가가 달랐습니다. 인공적이고 부자연스러운 얼굴은 그대로였습니다. 차갑고 섬뜩한 기계적인 아름다움도 변하지 않았습니다. 그러나 온전히 B는 아니었습니다. 적어도 몇 달 전 제가 본 그 모습과는 차이가 있었습니다. 과연 B에게 온전함이라는 단어가 어울릴지는 모르겠지만 전에 얼굴이 성형 미인이라고 불러줄 정도였다면, 지금은 지나치다 못해 징그럽게 보일 정도였습니다.

제일 눈에 띄는 건 이마였습니다. 툭 튀어나온 이마가 가로등 불빛을 받아 거대한 눈알처럼 번들거리고 있었습니다.

"아, 안녕하세요?"

저는 당황해서 말을 더듬었습니다. B는 전혀 생각지도 못한 시간에 나타난 겁니다. 우연히 마주친 걸까요, 아니면 쭉 저를 기다렸던 걸까요?

"오랜만이에요. 잘 지내셨죠?"

B는 생글생글 웃었습니다. 전에 볼 수 없던 모습이었습니다. 그러고 보니 목소리에도 생기가 가득했습니다.

"네, 좋아 보이시는데요? 건강은 좀 어떠세요?"

"괜찮아요. 고민이 다 해결되니 덩달아 건강도 좋아진 거 있죠."

B는 정말로 건강을 되찾은 사람처럼 보였습니다. 표정이나 행동에도 안정감이 넘쳤습니다. 달라진 얼굴만 아니라면 정신 분열증도 사라진 게 아닐까 생각될 정도였습니다.

그러고 보니 B에게서 느껴지던 공포감이라고 해야 될까요, 압박감이라고 해야 될까요, 아무튼 그런 불쾌한 느낌도 사라졌습니다.

"그거 잘된 일이군요. 그런데 여기는 어떻게……."

하지만 저는 여전히 찜찜함을 떨쳐버릴 수 없었습니다. 그게 쉽게 낫질 않거든요. 정신분열증 말입니다.

"축하할 일이 생겼거든요. 그래서 선생님께 알려드리고 싶었어요."

생긋 웃을 때마다 B의 입술이 부자연스럽게 움직이며 뺨까지 당겨 올라갔습니다.

"진료 시간에 오셔도 됐을 텐데, 허허."

"그건 중요하지 않아요. 그것보다 시간 있으세요?"

"시간요?"

"네, 괜찮으시면 술 한잔 하러 가요. 제가 살게요."

환자와의 사적인 만남은 있을 수 없는 일이었습니다. 저는 그 원칙을 잘 지키고 살아왔습니다. 하지만 그 순간 제 마음이 흔들렸습니다. 결코 B에게 흑심을 품었다거나 그런 건 아니었습니다. 다만, 몇 개월간 저를 끈질기게 괴롭혔던 이 여자를 제 마음속에서 확실히 지우고 싶었습니다. 그러자면 대화가 필요했습니다. 진료실이 아닌 자연스러운 상황에서 이루어지는 속 깊은 대화. 그래서 확인하는 거죠. B가 괴물이 아니라는 사실을. 더 이상 무서운 존재가 아니라는 사실을 말입니다.

"잠깐이면 괜찮겠군요. 가까운 곳으로 가죠."

"아뇨, 제가 자주 가는 집이 있어요. 우리 거기로 가요."

B는 웃으며 말하더니 냉큼 팔짱을 끼더군요. 저는 놀라서 B를 바라봤습니다. 진하고 농염한 향수 냄새가 코를 찔렀습니다.

저는 끌려가다시피 B의 뒤를 따랐습니다. 단 몇 개월 만에 다른 사람처럼 변한 그녀의 모습에 혼란스러움을 느낄 수밖에 없었습니다. 물론 사람의 정신이라는 건 참으로 예측 불가여서 전환점이 될 만한 특별한 일이 있다면 극적으로 회복되기도 하지만 B의 경우는 조금 달라 보였습니다. 어떻게 표현을 해야 할지 잘 모르겠는데, 마치 B 속에 숨어 있던 어떤 존재가 껍질을 깨고 밖으로 나온 것 같았습니다. 그래서 저는 마음을 놓을 수 없었습니다.

B와 저는 분위기 좋은 바에 자리를 잡았습니다. 조명은 적당히 어두웠고 음악은 잔잔했습니다. B는 처음 들어보는 이름의 술을 주문한 후 제게 물었습니다.

"제가 갑자기 나타나서 당황하셨죠?"

"네, 그렇긴 하죠. 게다가……."

"환자와 술 마시는 것도 처음인가 봐요? 걱정 마세요. 전 엄연히 말하면 선생님 환자가 아니에요. 제가 약을 먹길 했나요, 검사를 받길 했나요? 안 그래요?"

분명 말장난이긴 했지만 조금은 짐을 덜었던 건 사실이었습니다. 저도 경계심을 조금 풀고 B에게 물었습니다.

"그런데 무슨 축하할 일이 있기에 이 밤에 저를 찾아오셨어요?"

"아이 참, 그런 중요한 이야기는 맨 마지막에 해야죠. 전 선생님이 정말 고마웠을 뿐이에요."

"뭐가요?"

"저를 그렇게 걱정해준 건 선생님뿐이었거든요. 덕분에 위로를 받았어요."

"저는 당연히 할 일을 했을 뿐입니다."

"그래도요. 자, 그런 의미에서 건배!"

B는 분위기를 주도했습니다. 거듭 말씀드리지만 얼굴을 가린 채 제 병원에 찾아와 히스테리 섞인 고백을 하던 B의 모습은 어디에서도 찾아볼 수 없었습니다. 그래서였을까요? 잔뜩 긴장했던 마음이 스르르 풀어지며 저도 한 잔 두 잔 술을 털어넣기 시작했습니다. B의 속을 캐보리라는 애초의 계획은 술에 풀어져 자취를 감췄습니다.

술자리는 무르익었습니다. 우리는 세상 돌아가는 이야기를 했습니다. 그랬던 걸로 기억합니다만, 워낙 취했었기에 정확하지는 않습니다. 한 가지 확실한 건 도플갱어 이야기는 한마디도 꺼내지 않았다는 사실입니다.

저는 원래 술이 센 사람은 아닙니다. 그렇다고 해서 터무니없이 주량이 약하지는 않습니다.

그런데 그날 밤 저는 조금 이상했습니다. 넉 잔째부터 벌써 취기가 오르더니 얼마 후에는 혀가 꼬이기 시작했습니다.

"선생님, 취하니까 진짜 귀엽네요."

B가 잔뜩 젖은 목소리로 그렇게 말했던 게 기억납니다. 저는 웃었습니다. 자꾸 웃음이 나왔습니다. 눈앞이 빙글빙글 돌고 얼굴이 달아올랐습니다. 반면 B는 끄떡도 없는 모습이었습니다. 오기가 생겨 몇 잔을 연거푸 들이켰습니다. 결국, 그게 치명타가 되고 말았지요.

"그러니까 도대체 축하할 일이 뭐야?"

그 말을 끝으로 저는 테이블에 고개를 떨어뜨리고 말았습니다. 몸을 가눌 수가 없었습니다. 잠이 쏟아졌습니다. 수마가 제 의식을 붙잡고 어두운 곳으로 자꾸만 끌어내렸습니다. 그때, B의 목소리가 제 귓속을 파고들었습니다.

"축하할 일이요? 제가 드디어 B를 처치했어요. 저희 집에 잡아 가뒀다니까요."

그게 제가 기억하는 마지막 말입니다.

머리가 깨질 듯이 아파 눈을 떴을 때는 사방이 어두웠습니다. 저는 천천히 몸을 일으켰습니다. 제일 먼저 눈에 들어온 건 달빛이 희미하게 맺혀 있는 낯선 천장이었고, 그다음은 한 번도 본 적이 없는 기하학무늬의 벽지가 저와 마주했습니다. 벽에도 새빨간 달빛이 엉겨 붙어 있었습니다.

저는 정신을 차리려고 몇 번이나 눈을 감았다 떴습니다.

제가 몸을 일으킨 곳은 침대 위였습니다. 역시나 처음 보는 것이었습니다. 저는 벌거벗은 상태였습니다. 가슴이 철렁 내려앉았습니다. 하지만 진짜 악몽은 옆을 돌아봤을 때 찾아왔습니다.

B가 누워 있었습니다. 그녀 역시 알몸이었습니다. 어둠 속에서도 B의 새하얀 몸뚱이는 묘하게 밝은 빛을 내뿜고 있었습니다. 그래서 더 비현실적으로 보였습니다. 마치 마네킹 같았습니다.

끔찍한 실수를 저질렀구나!

그 생각이 제일 먼저 들었고, 뒤이어 어떻게 수습하면 좋을지 머리를 굴리기 시작했습니다. 환자와 부적절한 관계를 맺은 유부남 정신과 의사라니, 이 얼마나 한심한 노릇입니까?

저는 B를 주시하며 살그머니 몸을 움직였습니다. 그 순간 B와 눈이 마주쳤습니다. 숨이 멎을 것 같았습니다. 게슴츠레 뜬 그녀의 눈이 다 안다는 듯 저를 노려보고 있었습니다.

B가 여전히 자는 상태라는 건, 한참 동안 꼼짝도 하지 못하고 그녀를 바라본 뒤에야 눈치챘습니다. 다만 눈을 반쯤 뜨고 있을 뿐이었습니다. 아니, 과도한 성형 탓에 눈을 감지 못한다

는 게 더 맞는 말이겠지요.

서치라이트 같은 그 눈빛을 피해 침대에서 내려왔습니다. 심장은 미친 듯이 뛰었습니다. 무서웠습니다. 저를 술집으로 데려가 끝내 집에까지 끌어들인 B의 행동 속에서 정체를 알 수 없는 조롱과 악의가 느껴져 무서웠고, 혹시라도 마음속 어딘가에 이런 일이 벌어지기를 바랐던 또 다른 제가 존재할까 봐 그게 무서웠습니다.

방법은 하나뿐이었습니다. 쥐도 새도 모르게 도망치는 것.

다행히 옷가지는 침대 밑에 떨어져 있었습니다. 챙겨 입을 틈도 없이 둘둘 말아 들고 조용히 거실로 빠져나왔습니다. 서늘한 공기가 제 벗은 몸을 비웃듯 휘감아 들었습니다. 그러고 보니 B의 집은 제법 넓었습니다. 침대가 놓여 있는 방과 거실, 그리고 문이 닫힌 또 다른 방 하나와 화장실까지 구조로 봐서는 오피스텔 같았습니다. 성형 때문에 빚을 냈다더니 무슨 돈으로 이런 집에서 살까? 정신없는 중에도 그런 궁금증이 일었습니다. 하지만 머뭇거리고 있을 수는 없었습니다. 저는 옷을 주워 입기 시작했습니다.

그때 제 눈을 사로잡는 게 있었습니다.

바로 벽에 붙은 사진들이었습니다.

거실은 방에 비해 더 밝았고 덕분에 사물이 제법 똑똑히 보였습니다. 거실 벽에는 사진들이 빽빽하게 붙어 있었습니다. 저도 모르게 홀린 듯 다가가 사진을 들여다봤습니다. 모두 B였습니다. 사진 속에는 한결같이 B로 보이는 사람의 얼굴만 찍혀 있었고 그 밑에는 꼼꼼하게 날짜도 적혀 있었습니다.

눈치채셨는지 모르겠지만 저는 방금 '보이는'이라고 말했습니다. 그렇게밖에 표현할 수 없었던 이유는 사진 속 얼굴이 모두 도려내진 상태였기 때문입니다. 모두 똑같았습니다. 이목구비가 사라진, 뻥 뚫린 얼굴의 B가 사진 속에서 저를 물끄러미 바라보고 있었습니다. 단 하나, 가장 최근의 날짜가 적힌 사진만은 달랐습니다. 거기에는 B의 얼굴이 똑똑히 나와 있었습니다. 바로 그날 밤 제가 마주했던 그 얼굴 그대로의 B였습니다.

저는 몸서리치며 옷을 마저 입었습니다. B는 확실히 정상이 아니었습니다. 1초라도 빨리 탈출하고 싶었습니다. 더 이상 머물다가는 산 채로 삼켜질지도 모른다는, 황당하기 그지없는 공포감이 마음을 짓눌렀습니다.

거실을 가로질러 현관으로 막 나가려는데 신음이 들려왔습니다. 저는 움직임을 멈추고 가만히 귀를 기울였습니다. 소리는 문이 닫힌 또 다른 방에서 들려왔습니다. 고통에 찬 가냘픈 신음이었습니다. 그 소리에 이끌려 방으로 한 발 다가갔습니다. 분명히 멍청한 행동이었지만 그날의 저는 워낙 멍청한 짓을 많이 했기에 정신이 하나도 없었습니다. 어쩌면 술이 덜 깼던 걸지도 모르겠습니다. B라는 요물에 홀려 이성을 상실했을지도 모르지요.

방문에 귀를 가져다 대니 확실히 그 소리가 들렸습니다. 저는 문손잡이를 잡고 조용히 돌렸습니다. 꾹꾹 압축되어 있던 뚜껑이 열릴 때처럼 공기의 마찰음이 들리더니 뒤이어 악취가 날아들었습니다.

끔찍하고 지독한 악취. 그것은 분명 무언가가 썩어 들어가는 냄새였습니다.

저는 어둠과 악취가 지배하고 있는 방 안으로 몸을 반쯤 밀어 넣었습니다. 본능은 당장 현관으로 달려가 뒤도 돌아보지 말고 도망치라고 외치고 있었지만 몹쓸 호기심이 저를 놓아주지 않았습니다.

맞습니다. 그제야 저는 떠올렸던 겁니다. 제가 정신을 잃기 전 B가 했던 마지막 말을.

"축하할 일이요? 제가 드디어 B를 처치했어요. 저희 집에 잡아 가뒀다니까요."

어둠 속에 누군가가 누워 있었습니다. 작고 가녀린 실루엣이었습니다. 떨고 있었습니다. 악취의 근원은 바로 거기였습니다. 속이 울렁거렸습니다. 저는 한 발 한 발 다가갔습니다. 바닥은 축축했습니다. 걸음을 옮길 때마다 찰박찰박 소리가 들렸습니다. 목이 탔습니다. 다리가 떨렸습니다. 발에 무언가가 차였습니다. 허리를 숙이고 살펴보니 모자였습니다. 새하얀 모자.

"으으으."

쓰러진 사람은 다시 한 번 신음을 뱉었습니다. 여자라는 사실을 알 수 있었습니다. 조금씩 다가갔습니다. 심장이 두근거리기 시작했습니다. 명치가 아플 정도였습니다. 여자의 얼굴 위에는 이불 같은 게 덮여 있었습니다. 무언가를 가리려는 듯이. 미칠 것 같은 두려움에 당장이라도 도망치고 싶었습니다.

하지만 제 손은 의지와는 다르게 천천히 이불로 향했습니다. 이불 끝을 잡았습니다. 힘을 주면, 조금만 힘을 주면 여자의 정체를 확인할 수 있을 것 같았습니다. 확인하고 싶었습니다. 아니, 확인해야 했습니다.

여자가 제 손을 잡았습니다. 너무 놀라서 뒤로 나자빠졌습니다. 그러고는 그대로 엉금엉금 기다시피 그 방을 빠져나왔습니다. 간신히, 정말로 간신히 비명을 눌렀습니다. 현관에 놓인 제 구두를 대충 구겨 신고 그 집을 빠져나왔습니다. 엘리베이터를 기다리지 못하고 비상계단으로 내려오다가 그대로 구르고 말았습니다. 아픈 줄도 몰랐습니다.

거리로 나오자 비로소 숨을 쉴 수 있었습니다. 저는 가로수에 먹은 걸 다 토해냈습니다. 속이 쓰리고 눈물이 나왔습니다. 모두 게워낸 뒤, 마음이 조금 진정됐다는 걸 느끼며 저는 위를 올려다봤습니다.

B의 집이라 짐작되는 곳에서 누군가가 밖을 내다보고 있었습니다.

저는 달려서 도망쳤습니다. 힘껏 새벽 거리를 달렸습니다. B와 조금이라도 더 멀어지기 위해서 말입니다.

자, 이제 제 이야기는 끝났습니다. 처음에도 말씀드렸던 것처럼 제 이야기는 재미있지도, 그렇다고 오싹하지도 않습니다. 어떻게 보면 심약한 정신과 의사의 과대망상쯤으로 들릴 수도 있겠지요. 정작 치료가 필요한 사람은 저일지도 모른다고 생각할 수도 있고요. 그래서 다른 누구에게도 털어놓지 못했습니다. 지금까지는 말입니다.

다행히 B는 그 후로 제 앞에 모습을 나타내지 않았습니다. 하지만 그게 문제가 아닙니다. 정말로 저를 두렵게 하는 건, 그래서 내내 신경이 쓰여 정상적인 생활을 할 수 없게 만드는 건 그날 밤 제가 만났던 B가 진짜 B였을까 하는 겁니다.

정말로 B였을까요?

진짜 B였을까요?

병원을 찾아왔던 그 B가 맞는 걸까요?

도플갱어란 정말 존재하지 않는 걸까요?

애초에 B는 왜 저를 찾아왔던 것일까요?

아니면 이 모든 게 저 혼자만의 망상일까요?

어떻습니까? 여러분은 어떻게 생각하십니까?

저는 언젠가는 B가 다시 저를 찾아올지도 모른다고 생각합니다. 그때가 되면 확실히 물을 생각입니다. 정체가 무엇인지, 정말로 B가 맞는지.

남자의 이야기가 끝났다. 길고 긴 이야기였다. 나는 그때까지 참고 있던 숨을 내쉬었다. 특별할 것 없는 내용이었지만 듣는 내내 기분이 나쁘고 소름이 돋았다.

"선배, 어땠어요?"

나는 대호 선배에게 살짝 물었다.

"재미있는데."

어둠 속에서 무뚝뚝한 선배의 목소리가 되돌아왔다.

"그런데 좀 이상하지 않아요? B라는 여자의 정체도 끝내 밝혀지지 않고, 뭔가 뒷맛이 구리네요. 찜찜해요."

나는 속삭였다.

"모든 게 딱 들어맞으면 이야기가 될 수 없어. 그건 소설이지. 너 실화와 소설의 차이가 뭐라고 생각해?"

대호 선배의 질문에 나는 생각에 빠졌다.

"실화는 아무래도 진짜 있었던 이야기니까 더 현실적이고, 반대로 소설은 지어낸 거니까 더 비현실적이지 않나요?"

"틀렸어. 더 비현실적인 쪽은 실화야. 도무지 일어날 것 같지 않은 일들이 버젓이 일어나는 게 이 세상이지. 그래서 소설은 결코 실화를 따라잡을 수 없어."

"하지만……."

내 말은 노인의 목소리에 가로막히고 말았다.

"이것 참, 기묘하면서도 서글픈 이야기군요. 이 이야기가 사이코 여자의 해괴한 짓거리인지 아니면 정말로 도플갱어가 나타난 건지 알기 위해서는 B가 다시 등장하는 수밖에 없겠군요. 그런데 그게 언제가 될지. 무시무시한 내용과 놀랄 만한 반전이 가득한 이야기도 좋습니다만 이렇게 알 듯 말 듯 끝맺는 모호한 이야기도 그 나름대로 재미가 있지요. 제 개인적인 바람이라면 그때 그 순간 이불을 걷어냈다면 어땠을까 하는 겁니다. 그러면 모든 게 밝혀지지 않았을까요?"

노인의 말에 동의하는 사람들의 웅성거림이 어둠을 훑고 지나갔다. 이야기가 끝날 때마다 품평을 하듯 자기 생각을 더하는 건 마음에 안 들었지만 이번만은 내 생각도 마찬가지였다. 이불을 잡아당겨서 그 아래 누워 있던 여자의 정체를 확인했다면 어땠을까?

"아마 사실대로 말하지 않은 걸지도 몰라."

불쑥 대호 선배가 그렇게 말했다.

"네?"

"이불을 걷고 그 안을 확인했지만 일부러 말하지 않은 걸 수도 있다고."

"왜요?"

"두 가지 이유가 있겠지. 하나는 너무 충격적이라 받아들일 수 없는 경우."

"나머지 하나는?"

"너무 끔찍해서 차마 말할 수 없는 경우."

대호 선배는 거기까지 이야기하고 다시 입을 닫아버렸다.

사람들의 동요에도 아랑곳없이 이야기를 한 남자는 내내 침묵을 지켰다.

"어쨌든 아주 특별한 이야기였습니다. 감사합니다. 다시 B를 만나게 된다면 그때도 꼭 이야기를 들려주시죠. 자, 그러면 세 번째 이야기의 주인공은 누가 되겠습니까?"

"이번에는 제가 이야기하죠."

노인의 말이 떨어지기가 무섭게 다른 남자가 일어섰다. 네번째로 인사한, 억양이 무미건조했던 바로 그 사람이었다.

"좋습니다. 한번 들어보죠."

노인이 말했다.

"제 이야기는 집에 관련된 겁니다. 집, 얼마나 중요합니까? 다들 어떤 집에 사시는지 모르겠지만 한 가정의 가장이라면 식구 모두가 두 다리 쭉 펴고 잘 수 있는 그런 집을 구해주려고 노력하기 마련이지 않습니까? 저희 부모님이 그러셨습니다. 그리고 저도 그랬습니다. 하지만 문제는 그런 간절한 마음을 품는 게 저뿐만이 아니라는 사실이죠. 그래서 늘 싸움이 발생하는 거죠."

남자의 목소리에는 특징이 없었지만 그 안에 숨은 옅은 광기의 냄새만은 충분히 맡을 수 있었다.

나는 자세를 바로잡았다. 몇 시간이나 흘렀는지 알 수가 없었다. 허리가 뻐근한 걸로 보니 적어도 두 시간은 지났으리라.

"저도 이야기를 시작하기 전에 한 가지만 묻겠습니다. 혹시 파랑새를 보신 적이 있습니까? 아니면 파랑새에 관해 들어본 적이 있다거나? 파랑새는 절대 둥지를 짓지 않는답니다. 대신에 다른 새들의 둥지를 뺏죠. 어찌나 그악스러운지 파랑새보다 몸집이 몇 배나 큰 새들도 할 수 없이 자기 둥지를 버리고 도망간답니다. 어떻습니까? 흥미롭지 않습니까? 이 파랑새 이야기를 꼭 기억해두시기 바랍니다. 자, 그러면 본격적으로 이야기를 시작하겠습니다. 제 이야기는 이사를 하던 그 순간에서 시작합니다. 더없이 행복했던 그날, 비극적인 이야기가 탄생한 겁니다."

남자가 이야기를 시작했다. 이야기가 하나씩 끝날 때마다 공기는 더 무거워지고, 기대감은 상승했다. 가슴이 두근거렸다. 어느새 나는 '밤의 이야기꾼들'에 푹 빠져들고 있었다.

홈, 스위트 홈

이사는 순조로웠습니다.

더위가 한풀 꺾인 늦여름이라 다행이었지요. 날씨는 선선했고 한층 깊어진 바람이 부드럽게 불었습니다. 아침부터 짐을 싸서 이사할 집으로 향했습니다. 새로 구한 집은 변두리에 있는 낡은 복도식 아파트였어요. 그래도 34평이라 전세금이 꽤 비쌌죠. 솔직히 말해서 가난한 전업 작가가 살기에는 무리가 있는 집이었습니다. 석 달 전 출간한 책의 반응이 좋지 않았다면 엄두도 못 낼 판이었죠. 물론 전세 대출도 받았고요. 집이 사람을 부른다고, 모든 일이 일사천리로 해결되는 걸 보고 당시에는 그렇게 생각했습니다.

새집에 도착했을 때는 정오쯤 되었습니다. 전에 살던 방 두 개짜리 연립주택과는 비교도 할 수 없는 외관에 딸아이는 환호

성을 질렀죠. 놀이터도 있다는 말에는 입이 함지박만 해지더군요. 그런 딸을 보고 있으니 저도 덩달아 기분이 좋아졌습니다. 글 쓴답시고 가족들을 고생시키는 것 같아 늘 마음이 무거웠거든요. 특히 지난번 집은 곰팡이가 심해서 가족 모두가 기관지염을 달고 살았습니다. 전세금 충당하느라 무리를 했지만, 그만한 값어치가 있다는 생각을 했죠.

이사할 집에는 전에 살던 세입자가 한창 짐을 들어내고 있었습니다. 웬일인지 약속보다 시간이 늦었더군요. 약속이라고 해봐야 세입자와 한 것은 아니었습니다. 집을 보러 갔을 때도, 계약서를 쓸 때도 그네들을 만날 수 없었거든요.

"집에 우환이 많아서 드문드문해."

부동산 사장의 말을 듣고는 그냥 그런가 보다 했습니다. 누구나 우환 하나쯤 달고 사는 게 인생이지 않습니까? 결혼 10년차쯤 되면 자연스레 알게 되는 법이지요, 그런 건.

아무튼 전에 살던 사람들과 마주친 것은 이사 때가 처음이었습니다. 이삿짐센터 직원들에게는 미안하다고 말을 한 뒤 짐을 싣고 있는 현관 앞으로 갔습니다. 인사도 할 겸, 정중하게 재촉도 할 겸 해서였죠.

이상하게도 짐 싣는 트럭이라고는 파란색 1톤이 전부였습니다. 포장이사를 하지 않는 건 그렇다 쳐도, 34평짜리 집에서 나오는 짐이 1톤 한 대 분량이란 사실을 선뜻 이해할 수 없었어요. 그마저도 꽉 차지 않은 상태였죠. 차 한 대는 먼저 떠났나 했지만 그런 것 같지도 않았습니다. 주인 남자로 보이는 사람이 트럭 옆에 서 있었거든요.

왜 그런 느낌을 받았는지는 지금에 와서 생각해도 모르겠습니다. 그러니까 트럭 옆에 멍하니 서 있던 그 남자, 후줄근한 남방을 밖으로 빼 입고 계절에 어울리지 않는 두꺼운 코듀로이 바지를 입은 그 남자가 주인이라 짐작했던 것 말입니다. 그저 어딘지 모르게 초점이 맞지 않는 듯 보이는 그 남자의 인상과 살풍경한 이사 장면이 어울렸기 때문이 아니었나, 생각해봅니다. 아무튼 제 짐작은 맞았습니다. 그 남자가 전에 살던 세입자, 그 집의 가장이었어요.

저는 곧바로 다가갔습니다. 남자는 연신 입을 움직이고 있었습니다. 달싹달싹, 마치 무언가를 씹는 것처럼. 가까이 가서야 노래를 부르고 있다는 사실을 깨달았죠.

즐거운 곳에서는 날 오라 하여도
내 쉴 곳은 작은 집 내 집뿐이리…….

익숙한 멜로디에 익숙한 가사인데 제목이 떠오르지 않더군요. 노래 제목이 혀끝에서 맴돌았어요. 아릿한 매운맛처럼 말이죠. 하지만 고민도 잠시, 곧 이상하다는 생각을 했습니다. 이사하는 날 주인 남자라는 사람이 태연히 노래를 부르고 있다니. 그것도 추레하고 야윈 겉모습에 어울리지 않게 굵은 바리톤으로 동요라니.

내 나라 내 기쁨 길이 쉴 곳도

남자는 낯선 사람인 제가 앞에서 얼쩡거려도 노래를 멈추지 않았습니다. 마치 안중에도 없다는 듯 허공의 한 지점을 바라볼 뿐이었습니다. 검은자위가 유독 넓었습니다. 그래서일까요, 눈빛 속에서 심중을 읽어내기가 힘들었습니다. 글쟁이 밥을 먹고 살면서 내 나름대로는 다른 사람 생각을 읽는 일에는 인이 박였다 생각했습니다만, 그 남자는 예외였죠. 눈빛 읽기를 포기하고 남자의 시선을 따라 고개를 돌렸어요. 구름 한 점 없는 빈 하늘이 새파랗게 질린 얼굴로 펼쳐져 있었습니다. 그때였습니다. 남자가 말을 걸어온 건.

"좋은 집입니다."

예상외의 일격을 받았다고 할까요, 그야말로 깜짝 놀라서 남자를 돌아봤습니다. 여전히 초점 없는 눈이긴 했지만 저를 똑바로 바라보고 있더군요. 어둠을 베어 먹은 듯 빼꼼히 벌린 입 안이 무척 검었다고 기억합니다.

"네, 깨끗하게 잘 쓰셨더라고요."

마땅히 할 말이 없어 그렇게 대답했습니다.

"오래오래 살 계획이었습니다."

남자가 말했습니다.

그래 봐야 전셋집 아니냐고 대답하려다가 너무 심술궂게 들릴지도 모른다는 생각에 급히 말을 바꿨습니다. 맞습니다. 그때쯤에는 이미 그 남자가 정상이 아니라는 사실을 깨달았습니다. 보고만 있을 때는 반신반의했는데 대화를 나눠보고서는 확신이 섰습니다. 설명하기는 어렵지만 말투나 눈빛, 그리고 말을 할 때마다 주억거리는 고갯짓에서 그런 냄새가 풍겼습니다. 우환이 있다더니만 이건가 싶기도 했죠.

저는 미소를 지으며 대답했습니다.

"저희도 여건만 되면 그럴 생각입니다."

그 순간을 어떻게 설명할까요? 대답을 듣는 것과 동시에 돌변한 남자의 태도를…….

검어서 답답해 보이던 눈은 끝을 알 수 없는 분노를 내뿜었고, 나사 풀린 인형처럼 벌리고 있던 입은 한일자로 꽉 닫힌 채 적개심을 드러냈습니다. 먹이를 뺏긴 육식동물, 남자의 빈약한 인상이 한순간에 그렇게 변했습니다.

저는 놀라서 한 발 뒤로 물러섰습니다. 그때 트럭 짐칸이 닫히는 '텅' 하는 소리가 들렸습니다. 그러고는 늙수그레한 인부가 저희 쪽으로 다가왔죠.

"끝났으니까 어서 갑시다."

그 말이 신호라도 되었는지, 아니면 어딘가에서 지켜보고 있었는지 남자의 아내로 보이는 여자와 유치원 가방을 멘 사내애가 슬그머니 나타났습니다. 여자의 얼굴은 무척이나 어두웠습니다. 아무렇게나 풀려서 산발을 한 파마머리가 그런 인상을 더 짙게 만들더군요. 두 사람은 인부의 도움을 받아 짐칸에 오르더니, 마치 쓸모없어진 짐짝처럼 구겨져 앉았습니다. 남자는 나를 한 차례 더 노려본 후 몸을 돌렸습니다.

"즐겁고 행복하게 잘 사십시오."

쥐어짜내듯 뱉은 말을 마지막으로 남자는 트럭에 올랐습니다. 파란색 1톤은 덜컹덜컹 요란한 소리를 내며 아파트 주차장을 빠져나갔습니다. 저는 멀어지는 트럭을 끝까지 눈으로 좇았어요. 금방이라도 남자가 뛰어내려와 멱살을 잡고 목덜미를 물어뜯을지도 모른다는 당치도 않은 생각이 들었기 때문에요.

남자를 다시 만난 것은 이튿날 밤이었습니다.

포장이사를 했다고는 하지만 정리할 것이 한두 가지가 아니라 다음 날까지도 정신없이 바빴습니다. 아내는 신이 나서 가구 배치를 하고 이곳저곳 청소를 했습니다. 저도 밤늦도록 책장 정리를 하고 있었습니다. 그런데 귀에 익은 소리가 들렸습니다. '즐거운 곳에서는'으로 시작하는 노래. 바로 남자가 불렀던 그 노래였습니다.

가사는 없이 멜로디만 들리는 그 노래가 초인종 소리라는 사실은 한참 후에야 깨달았습니다. 정리하다 만 책을 그대로 든 채 현관으로 나갔어요.

부엌일을 하던 아내가 누구냐는 얼굴로 고개를 내밀더군요.

"누구세요?"

저는 그렇게 물으며 현관문을 열었습니다. 아침에 왔다 간 반장이거나 기껏해야 수위가 아닐까 생각했습니다만, 제 예상은 보기 좋게 빗나갔습니다. 문 앞에 서 있던 사람은 바로 그 남자였습니다. 전날 입고 있던 옷 그대로, 양손에는 어항을 들고서 저를 향해 웃고 있더군요.

"어, 어떻게……?"

문을 열다 만 어정쩡한 자세로 남자에게 물었습니다.

"정리는 잘하셨나 싶어서요."

남자는 그렇게 말하고는 열린 문틈으로 집 안을 기웃거렸습니다. 그 본새가 정신 줄을 놓은 사람이라고는 믿기지 않게 기민했습니다. 남자의 사정, 그러니까 전에 살던 세입자의 내력은 그날 오전 중에 반장을 통해 들었던 터였습니다. 동네 입구에서 몇 해 동안 잘 꾸려가던 자그마한 슈퍼가 대형할인점의 등장으로 문을 닫게 되었다는 이야기였죠.

"문만 닫았으면 괜찮게? 빚더미에 올라앉아서 싹 빨간딱지가 붙었다니까. 주인 남자는 충격으로 아예 정신 줄을 놓았어요. 밤마다 죽일 놈, 살릴 놈 하면서 고래고래 소리를 지르는데 시끄러운 건 둘째 치고 무서워서 혼났다니까요. 뭔 일 날까 봐."

반장 아줌마는 마누라랑 애만 불쌍하다며 혀를 끌끌 차고는 돌아섰습니다.

그 말을 듣고 왠지 모르게 꺼림칙해 있던 참에 남자를 다시 만난 거죠. 그러니 행동이 곱게 보일 리가 없었습니다.

"잘했습니다만, 무슨 용건으로……."

자연스레 퉁명한 말투가 튀어나왔습니다.

남자는 개의치 않는지, 아니면 눈치를 채지 못했는지 속도 없이 헤벌쭉 웃었습니다. 모이를 쪼는 비둘기처럼 눈알을 뒤룩거리며 이리저리 살펴보던 방금 전의 모습은 온데간데없이 사라졌습니다. 남자가 누런 이를 드러내며 말하더군요.

"부탁드릴 게 있어서 왔습니다. 실례인 줄 압니다만."

"부탁이요?"

저는 돈 얘기를 꺼내는 게 아닐까 내심 생각했습니다. 하지만 남자의 부탁은 전혀 다른 것이었습니다.

"이걸 좀……."

주저하듯 말하며 남자가 내민 것은 내내 들고 있던 어항이었습니다. 저는 엉겁결에 받아 들었습니다. 동그란 모양에 주둥이 부분에는 물결무늬가 새겨진 놈이었죠. 남자가 복도의 어둠 속에서 들고 있을 때는 몰랐는데, 막상 들어보니 크기와 무게가 꽤 나갔습니다. 게다가 빈 어항도 아니었습니다. 빨간색 금붕어 다섯 마리가 들어 있었습니다.

이 사람은 어디서부터 이걸 들고 온 걸까?

순간, 그런 의문이 들더군요.

"혈앵무라고, 제가 키우던 열대어입니다. 가족처럼 소중한 녀석들이죠."

"이걸 왜?"

"사서 기른 지 한 3년 정도 됐죠. 처음에는 집 안이 너무 삭막하다 싶어서 기르기 시작했는데 아, 하루가 갈수록 정이 붙더라 이 말입니다. 붕어 대가리네 뭐네, 하는 말 많이 들으셨죠? 근데 이놈들은 꽤 머리가 좋답니다. 주인을 알아보거든요. 자, 보세요."

남자는 어항을 손가락으로 톡톡 쳤습니다. 물고기들이 일제히 그쪽으로 몰려들더군요.

"잠깐만요! 그러니까 왜 가지고 오셨는지 말씀을 해주세요."

슬슬 짜증이 나기 시작했습니다. 제가 언성을 높인 것이 이상했는지 아내가 "무슨 일이야?" 하고 물었습니다. 그때 허리를 숙여 어항을 바라보던 남자가 고개를 들었습니다.

"좀 키워주십시오."

"네?"

의외의 부탁에 대답할 말을 찾지 못했습니다. 농담을 하는 것 같지는 않았습니다. 오히려 미소가 싹 걷힌 표정이 지나칠 정도로 진지했죠.

"이사 간 저희 집에는 이놈들을 둘 데가 없습니다. 단칸방이라서, 저희 세 식구 발 뻗을 공간도 안 나오거든요."

남자의 목소리는 들릴 듯 말 듯 잠겨 들었습니다.

"왜 이사 갈 때 보면 전에 살던 사람이 가구를 두고 가는 경우도 있지 않습니까? 그렇다고 생각하고 그냥 키워주시면 안 되겠습니까? 마땅히 다른 데 줄 곳도 생각이 안 나고 그냥 하수구에 흘려버리자니 마음이 아프고……."

남자는 생각보다 이상한 사람도, 나쁜 마음이 있거나 해코지를 할 사람도 아니라는 생각이 들었습니다. 물고기를 걱정하는 마음이 진하게 느껴졌어요. 슈퍼가 망하기 전에는 그렇게 자상하고 부드러운 남편이었다는 반장 아줌마의 말이 새삼 떠올랐습니다. 역시 정신이 무너져도 사람의 본성은 변하는 게 아닌가 보다 하고 생각하니까 모나게 대했던 일이 부끄럽게 느껴질 정도였습니다. 저는 남자를 향해 말했죠.

"알겠습니다. 주시는 거니 고맙게 받고 잘 키우겠습니다."

남자의 얼굴이 금세 밝아졌습니다.

"감사합니다, 감사합니다."

연신 허리를 숙이는 남자의 모습을 보니 갑자기 콧날이 시큰했습니다. 어항 하나 둘 곳 없는 반지하 방에서 식구 세 명이 살아가야 한다는 사실에 같은 가장으로서 마음이 아팠습니다.

"무슨 일이냐니까?"

참다못한 아내가 현관 쪽으로 다가왔습니다. 아내가 어항을 본다면 화를 내는 건 둘째 치고 당장에 돌려주라고 말할 게 뻔했거든요. 그래서 저는 남자에게 속삭였습니다.

"빨리 가시는 게 좋을 것 같습니다. 아내가 알면 좀……."

"네, 네. 그럼……."

남자는 다 안다는 투로 고개를 끄덕이더니 다시 한 번 인사를 한 후 등을 돌렸습니다. 구부정한 어깨가 어둠 속에서 무척이나 왜소해 보였습니다. 남자는 휘적휘적 복도를 걸어갔습니다. 복도에 노랫소리가 울려 퍼지더군요. 바로 그 노래 말입니다.

즐거운 곳에서는 날 오라 하여도
내 쉴 곳은 작은 집 내 집뿐이리…….

그것으로 남자와의 만남이 마지막이었다면 얼마나 좋았을까요? 하지만 남자는 다음 날도 찾아왔습니다. 이번에는 낮이었습니다.

"아이고, 안녕하십니까?"

재활용 쓰레기를 버리고 막 돌아서려는데 누군가가 불러 세우더군요. 뒤를 돌아보니 화단 건너편에 그 남자가 서 있었습니다. 오른손은 바지 주머니에 찔러 넣고 왼손은 저를 향해 번쩍 치켜들더군요. 아니, 아니에요. 어쩌면 손 위치는 반대였을지도 모르겠네요. 남자의 손이 어땠는지 잘 기억나지 않는 것처럼 남자를 다시 만난 그 순간 제가 어떤 표정을 지었는지도 사실 가물가물합니다.

아마 웃는 얼굴은 아니었겠죠.

"아, 네……. 안녕하세요?"

"저희 새끼들은 잘 큽니까?"

남자가 저를 향해 걸어왔습니다. 출입금지 팻말이 세워진 화단을 가로질러서 말입니다. 남자의 발길에 차인 잔디가 풀썩풀썩 옆으로 쓰러졌습니다.

남자가 준 혈앵무들은 아내의 잔소리를 한 바가지나 들은 뒤에야 거실에 자리를 잡을 수 있었습니다. 여덟 살인 은정이는 박수를 치며 좋아했습니다. 마침 하루가 멀다고 애완동물을 사자고 조르던 참이었거든요. 딸아이가 좋아하는 바람에 아내의 표정도 조금 누그러졌죠. "밥 주고 물 가는 건 당신이 해"라고 단단히 못을 박긴 했지만요.

남자에게 시시콜콜한 속사정을 털어놓을 필요는 없었기에 저는 간단히 대답했습니다.

"어젯밤 일이긴 하지만, 어쨌든 잘 큽니다."

"그거 다행이네요. 깜박하고 안 드린 게 있어서요."

제 앞으로 다가온 남자는 어제도 보고 그제도 본 그 코듀로이 바지의 주머니를 뒤지기 시작했습니다. 불룩하던 주머니가 쑥 가라앉는다 싶더니 열대어 사료가 모습을 드러냈습니다.

"녀석들이 이 사료를 제일 좋아하거든요. 집에 있던 걸 가지고 왔습니다."

과연, 쓰던 거라는 걸 금방 알 수 있었습니다. 가위로 자른 듯 보이는 주둥이 부분이 반으로 접힌 채였거든요. 새의 부리 같다, 그런 어울리지 않는 생각을 잠시 했던 것 같습니다. 남자의 말을 놓친 것은 바로 그 때문이었어요.

"…… 집이야."

"네?"

그때 그 순간, 남자가 무슨 말을 했는지 더 꼬치꼬치 캐물었어야 했다고 지금에 와서도 후회합니다. 만약에 그랬다면, 상황이 조금 달라지지 않았을까요?

하지만 저는 못 듣고 흘려버린 말보다도 남자의 표정에 더 집중했습니다. 남자는 검은자위가 넓은 눈으로 제 등 뒤를 뚫어져라 바라보고 있었어요. 집중하느라 그랬는지 눈동자가 가운데로 몰린 데다 새빨간 혀로 연신 입술을 핥아대고 있었습니다. 남자의 시선을 따라 저도 고개를 돌렸습니다. 그 끝에 무엇이 있었는지 아시겠습니까?

네, 맨 꼭대기 20층에 있는 바로 저희 집이었습니다.

"하루에 두 번씩 주시면 됩니다. 아침저녁으로, 아셨죠?"

다시 남자를 쳐다봤지만 표정은 어느새 웃는 낯으로 바뀌어 있었습니다. 극적이라 해도 좋을 만큼 큰 변화였어요. 양옆으로 말려 올라간 입술 안에 날름거리던 혀가 도사리고 있다 생각하니 뱀이라도 지나간 것처럼 등에 소름이 돋더군요.

남자가 제 손에 사료를 쥐여주더군요. 서늘한 손끝이 몸에 닿는 순간, 저도 모르게 움찔했습니다. 아무튼 사료를 받아 들고 인사도 하는 둥 마는 둥 서둘러 자리를 뜨려는데 뒤에서 귀에 익은 목소리가 들렸습니다.

"아빠."

딸아이, 은정이가 아파트 현관 앞에 서서 저를 바라보고 있었습니다. 올해 생일에 사준 노란색 원피스를 입고 나뭇잎 같은 손을 마구 흔들면서요.

"엄마가 빨리 올라오래."

"알았어."

저는 은정이를 향해 다가가며 힐끗 뒤를 돌아봤습니다. 남자는 바지 주머니에 두 손을 찔러 넣고는 다가왔을 때처럼 휘적휘적 멀어지고 있었습니다. 위태로운 그 뒷모습을 보며, 저는 이것으로 끝이 아닐지 모른다는 불길한 예감이 들었습니다.

사료 봉투의 뾰족하게 접힌 부분이 제 손바닥을 찔렀다는 걸, 아직도 기억합니다.

제 예감은 틀리지 않았어요.

다음 날, 아내와 함께 아파트 근처 슈퍼에 다녀오던 길이었습니다. 어느새 귀에 익은 노랫소리 '즐거운 곳에서는'으로 시작하는 그 노래가 들린다 싶어 돌아봤더니 아니나 다를까, 그 남자였습니다. 남자는 경비실 옆 평상에 앉아 있었습니다. 이번에는 말을 걸어오는 대신에 저희를 눈으로 좇으며 슬며시 웃기만 하더군요.

"뭐야, 저 남자? 전에 살던 사람 맞지? 우리 집에 금붕어 맡기고 간."

아내가 기분 나쁘다는 얼굴로 말했습니다.

"놔둬. 머리가 이상해졌다고 하잖아. 나쁜 사람은 아닌 것 같던데……."

그렇게 말은 했지만 뒤통수에 꽂히는 남자의 시선을 느끼며 마음속 깊은 곳에서 스멀스멀 불안감이 피어오르는 건 어쩔 수 없더군요. 그리고 그 불안감은 집에 도착하고서 더 커졌습니다.

좋아하는 만화영화를 보겠다며 집에 남아 있었던 딸아이가 금방이라도 울 것 같은 표정으로 저희를 맞이했거든요.

"아빠, 모르는 아저씨가 계속 초인종을 눌러서 무서웠어."

"모르는 아저씨라니, 누구?"

전날, 남자의 뒷모습을 보면서 느꼈던 것과 같은 종류의 예감이 머릿속을 스치고 지나갔습니다.

"몰라, 초인종 소리가 나서 누구냐고 물어보니까 자꾸 이상한 소리만 했어."

"그러니까 누가 어떤 이상한 소리를 했냐고?"

저도 모르게 목소리가 커졌습니다.

"아니, 당신은 왜 애를 다그치고 그래요."

아내가 나무라는 소리도 귀에 들어오지 않았습니다. 딸아이는 겁먹은 표정으로 저를 바라보더니 조용히 대답했습니다.

"여기가 자기 집이라고…… 그러니까 빨리 문 열어달라고…… 안 열면 그냥 들어올 거라고."

"은정아, 그 아저씨 얼굴 봤어?"

아내의 물음에 딸아이는 한참 생각하는 표정을 지었습니다. 아파트에 사는 게 처음이라 인터폰 사용법을 모르는 은정이가 아저씨란 사람의 얼굴을 알 리 만무했습니다. 저는 흥분을 가라앉히고 다시 물었습니다.

"혹시, 목소리는 기억나니?"

"목소리는 모르겠고, 내가 문을 안 열어주니까 노래를 부르면서 그냥 갔어."

"노래?"

아내와 제가 동시에 물었습니다.

"응, 노래. 왜 있잖아, 즐거운 나의 집, 그 노래."

그날 밤이었습니다. 아내와 딸은 잠들었고 저는 서재로 꾸며 놓은 방에서 새로 구상 중인 소설을 썼습니다. 저만의 공간에서 글을 쓰기는 작가가 된 후 처음이었습니다. 당연히 설레고 기뻐야 했지만 제 마음속에는 미처 버리지 못한 불안이 앙금처럼 남아 있었습니다.

남자는 단순히 미친 걸까, 아니면 어떤 의도가 있어서 계속 찾아오는 걸까……. 아무리 생각해봐도 갈피를 잡을 수 없더군요. 저는 한 자도 쓰지 못하고 모니터만 바라본 채 생각에 빠져들었습니다.

그때였습니다. 거실에서 이상한 소리가 들려온 건.

딸깍딸깍, 쇠와 쇠끼리 부딪치는 기분 나쁜 마찰음이 어둠을 타고 들리기 시작하더군요. 저는 한동안 귀를 기울이다가 조용히 거실로 나갔습니다. 두껍게 쌓인 어둠 말고는 아무것도 없었어요. 소리도 어느새 사라졌고요. 소리가 들렸을 만한 곳을 찾아 두리번거리다가 저도 모르게 어항에 시선이 머물렀습니다. 다섯 마리 혈앵무는 마치 빨간 경고등을 켜놓은 것처럼 어둠 속에서도 유독 두드러지더군요.

저는 끌리듯 어항으로 다가갔습니다. 조명과 산소발생기는 주말에 딸아이와 함께 사러 가자고 약속한 터라 어항은 남자가 준 그 모습 그대로 텔레비전 옆에 놓여 있었습니다. 혈앵무들은 도톰한 몸을 꿈틀거리며 조용히 헤엄쳤습니다. 저는 허리를 굽혀서 그것들을 바라봤습니다. 툭 튀어나온 눈이 뒤룩뒤룩 움직였어요. 저는 오른손 검지를 들어서, 남자가 그랬던 것처럼 어항 가장자리를 톡톡 건드렸습니다. 그 순간 혈앵무들이 한 곳으로 모여들었습니다. 제 손가락이 있는 곳과는 전혀 다른 방향이었죠. 이상하다는 생각이 들어 혈앵무들의 시선을 따라 고개를 돌렸습니다.

거기에는 현관이 있었습니다. 그 현관 쪽에서 딸깍딸깍 하는 소리가 다시 들리기 시작했습니다. 현관을 향해 다가갔죠. 한 발 한 발 움직이는 동안 표현할 수 없는 긴장감이 온몸에 스며들더군요. 드디어 현관 앞에 다다랐을 때, 어둠 속에서 믿을 수 없는 장면을 보게 되었습니다. 아시겠습니까? 자물쇠가 돌아가고 있었어요.

잘못 본 게 아닌가 싶어 급히 한 발을 더 내디뎠습니다. 그 순간 현관 센서 등이 켜졌어요. 딸깍거리던 소리도, 그리고 자물쇠의 움직임도 딱 멈춰버렸습니다. 저는 달려가서 문에 뚫린 외시경에 눈을 가져다 댔습니다. 바깥을 살피려 했지만 복도가 원체 어두운 탓인지 까만색 말고는 아무것도 보이지 않았습니다. 네, 그렇게만 생각했어요. 복도가 어두운 탓이다……라고만.

눈을 바꿔가며 얼마 동안 들여다보고 있었을까요, 꿈틀거리는 무언가가 희미하게 보였습니다. 저는 눈을 더 바싹 가져다 댔습니다. 그 무언가는 어둠 속에서도 뚜렷한 질감을 가지고 춤을 추듯이 움직이더군요. 사람은 분명 아닌데…… 뭐지? 두려움보다도 궁금증이 앞서 문을 열어보자고 마음먹었을 때였습니다.

갑자기, 눈앞으로 하얀 김이 피어오른다 싶더니 외시경이 흐려지더군요.

저는 튕기듯 물러났습니다. 제가 본 것이 무엇인지 알아채기도 전에 몸이 먼저 반응한 거예요. 그리고 곧, 엄청난 공포가 몰려왔습니다. 비명이 터져 나오려는 걸 간신히 참았습니다.

제가 무엇을 봤는지 아십니까?

그것은 입이었습니다. 누군가의 크게 벌린 입안…….

꿈틀거렸던 것은 혀고, 외시경을 흐리게 만든 것은 바로 입김이었습니다. 누군가가 어두운 복도에 서서 한껏 벌린 입을 외시경에 대고 있는 기괴한 모습이 눈앞에 그려졌습니다. '하아.' 내뿜는 숨소리가 현관문을 넘어 생생하게 들리는 듯했습니다.

얼굴은 못 봤지만, '누군가'는 말할 것도 없이 그 남자였습니다. 심장을 내리누르는 공포만큼 선명하게, 그런 확신이 들더군요. 저는 서재로 뛰어 들어가 휴대전화를 들고 다시 현관으로 나왔습니다.

"경찰서죠? 지금 집 앞에 이상한 사람이 있어요."

경찰한테 일부러 더 큰 소리로 주소까지 불러준 후 전화를 끊었습니다. 복도는 조용했지만 문을 열어볼 용기는 나지 않았습니다. 10분쯤 흘렀을까요, 요란한 사이렌 소리가 들리더군요. 경찰관 두 명이 초인종을 눌렀을 때는 이미 복도에 아무도 없었습니다. 경찰관과 저는 복도 끝에서 끝까지, 그리고 비상계단까지도 살펴봤습니다. 남자의 흔적은 보이지 않았지만 저는 등 뒤에 느껴지는 끈적끈적한 시선을 떨쳐버릴 수 없었습니다.

그 후에도 남자는 계속해서 주위를 맴돌았습니다. 담배를 사러 동네 편의점에라도 갈라치면 어김없이 불쾌한 시선이 따라붙었죠. 돌아보면 언제나 그 남자가 서 있었어요. 멀리서 별다른 말도 없이 그냥 지켜볼 뿐이었습니다. 제가 다가가면 남자는 천천히 물러났죠.

왜 그거 있잖아요, 〈동물의 왕국〉 같은 데서 보면 하이에나가 자기보다 덩치 큰 사냥감 주위를 자꾸 맴도는 거. 남자를 보면 바로 그 장면이 떠올랐습니다.

참! 하이에나 이야기가 나와서 하는 말인데요, 그놈들이 짖는 소리가 생겨먹은 거하고는 다르게 꽤 우렁차고 사나워서 깜짝 놀랐던 적이 있습니다. 언제 한번 들어보세요. 역시 외모만 가지고는 모른다는 생각을 하게 될 테니까요.

아무튼 남자의 시선은 끔찍할 정도로 우직하게 저희를 따라다녔습니다. 네, 바로 그게 문제였어요. 제가 아니라, '저희'라는 게.

마트에 간다던 아내가 겁에 질린 얼굴로 다시 돌아온 건, 여름이 완전히 물러가고 초가을의 농익은 바람이 불어대던 어느 날 저녁이었습니다. 파랗게 질려 있기에 제가 물었죠.

"왜 그래? 무슨 일 있었어?"

"당신, 그 남자 알지? 전에 살던 남자 말이야."

저는 꺼림칙한 예감을 느끼며 고개를 끄덕였습니다. 사실 그때까지도 아내에게는 자세한 이야기를 하지 않았습니다. 괜한 걱정을 끼치고 싶지도 않았지만 무엇보다도 제 자신이 인정하고 싶지 않았거든요. 악질적이긴 하지만 시간이 지나면 해결될 단순한 장난이 아닐까, 어느 정도는 그런 기대를 품고 있었던 거죠.

"내가 지금까지 말을 안 했는데 얼마 전부터 밖에 나가면 괜히 뒤통수가 근질근질한 거야. 왜 그럴 때 있잖아. 누가 지켜보고 있는 것 같은. 그래서 돌아보면 꼭 그 남자가 서 있었어. 처음에는 우연이다 했는데, 오늘은 아예 나를 향해 다가오는 거야. 겁나서 도망쳤어."

아내는 신경이 예민한 여자예요. 겁도 많고요. 입술까지 허옇게 변해서 소파에 걸터앉는 걸 보니 분노가 치밀더군요.

"내 이 자식을 그냥!"

"어, 어딜 가게?"

"방금 전 일이었다며? 그럼 지금도 주위에 있을 거 아냐. 가서 따끔하게 말을 해야지."

저는 밖으로 달려 나갔습니다. 남자를 만나야겠다, 그 생각뿐이었습니다. 하지만 남자는 이미 사라지고 없었습니다. 거리에는 이제 막 내리기 시작한 땅거미가 기괴한 모양의 그림자를 만들고 있었습니다. 그것은 금붕어처럼도, 새처럼도, 그리고 누군가의 얼굴처럼도 보였습니다.

그리고 결정적인 사건이 터졌어요. 며칠 후 새벽녘이었습니다. 딸아이의 비명에 아내와 저는 놀라서 달려갔습니다.

"아빠! 저기 무섭게 생긴 아저씨가……."

은정이 방은 아파트 복도 쪽으로 붙어 있습니다. 창문도 그쪽이고요. 은정이 말로는 창살이 쳐진 그 창문 너머로 어떤 아저씨가 방 안을 들여다보고 있더래요. 놀라서 비명을 질렀더니 도망가더라고, 그 작은 몸을 떨면서 이야기하는데 미치겠더군요.

"자고 있는데 노랫소리가 들리는 거야. 그래서 일어나 보니까……."

은정이가 울먹이면서 말을 했어요.

"노래? 무슨?"

대답을 듣지 않고도 알 것 같았습니다. 아마 아내도 마찬가
지였을 거예요. 그러니까 제 팔을 그렇게 세게 쥐었죠. 뼈마디
가 드러날 정도로 세게.

"어떻게 된 거야? 왜 그 남자가 자꾸 우리 주위를 알짱대는
데?"

잠든 은정이를 안방에 눕혀놓은 뒤 아내가 묻더군요. 할 수
없이 모든 걸 털어놓았습니다. 사실은 내 주위도 계속 맴돈다,
밤중에 문을 열려고 했던 지난번 일도 취객이 아니라 그 남자
짓 같다, 정확히는 모르겠지만 망해서 이사하게 된 원망을 우
리한테 쏟는 것 같다, 이렇게요.

"이사해, 우리."

아내는 그 한마디를 남기고는 방으로 들어가버리더군요. 저
는 거실에 앉아서 생각하고 또 생각했습니다. 어떻게 할까, 어
떻게 하면 좋을까 하고요. 결론은 한 가지였습니다.

아내와 결혼한 지 올해로 10년째입니다. 그 긴 시간 동안 죽도
록 고생하며 지켜온 행복인데 갑자기 나타난 미친놈 때문에 그
걸 무너뜨릴 수는 없었습니다. 어렵게 구한 집을 포기하고 싶
지도 않았고요.

저는 다짐하고 또 다짐했죠.

내 손으로 가족을 지켜서 '즐거운 나의 집'을 만들자고요.

158

가장이라면, 당연히 그래야 되는 거 아니겠습니까?

그때부터 저는 남자를 찾아다녔습니다. 물론 경찰에 신고도 했는데 직접적인 사건이 일어나지 않았다고 미온적이더군요. 순찰을 강화하겠다는 게 전부였습니다.

"그 양반이 나타나면 연락 주세요. 현장에서 체포를 해야 뭐라도 할 수 있거든요."

그즈음 남자는 자취를 감추었습니다. 저희 앞에 더 이상 나타나지 않았어요. 제가 신고할 걸 예상이라도 했다는 듯이 말이죠. 남자는 정신이 나갔을지언정 바보는 아니었던 겁니다. 그 사실이 저를 더 오싹하게 만들었고요.

저는 반장 아주머니한테도 자세히 물어봤습니다.

"왜, 무슨 일이라도 있대?"

"아니요. 그게 아니라 동네에서 몇 번 마주쳤는데, 좀 특이하다 싶어서요. 겉으로 보기엔 멀쩡한 것 같기도 하고."

"멀쩡하다고? 아이고, 말도 마요. 내가 일전에는 처음 이사 온 사람 뒤숭숭할까 봐 말을 안 했는데 얼마나 난리를 피웠으면 집값 떨어진다고 아파트 사람들 다 걱정을 했겠어요."

"그 정도였어요?"

"그렇다니까. 미쳐가지고는 지 마누라고 애고 할 것 없이 팼던가 봐. 식구들 얼굴에 멍 가실 날이 없었다니까. 가게 망한 건 마트 탓인데도 그렇게 식구를 괴롭혔어요. 하기야 그 인간 깜냥에 다른 사람한테 화풀이나 했겠어. 좌우지간 그러다가 덜

컥 살인이라도 났어봐, 아이고 지금 생각해도…….”

“그 사람, 혹시 어디로 이사 갔는지 아세요?”

“그걸 내가 어떻게 알아. 복덕방 김 사장님이야 알지도 모르지만.”

그길로 부동산으로 찾아갔습니다. 제가 그 남자 이야기를 꺼내자 사장의 얼굴이 일그러지더군요. 저는 지금까지 있었던 일을 다 이야기했습니다.

“이것 참, 뭐라 할 말이 없구먼. 미안하네. 내가 좀 더 자세히 이야기를 했어야 하는데, 사실 나도 뭔 일이야 있겠냐고 생각했거든.”

“그 사람이 사장님한테도 해코지를 했습니까?”

“아니, 해코지랄 건 없고……. 돌았다, 돌았다, 이야기는 들었는데 직접 보니까 정도가 심하더라고. 눈도 어째 좀 흐리멍덩하고 자꾸 헛소리를 하는 거야.”

“헛소리라면?”

“주인이 집을 내놨다는 이야기를 전하려고 직접 찾아갔을 때였어. 처음에는 뭔 소린지 못 알아듣는 거야. 그래서 내가 설명했지. 계약 기간이 끝났는데 집주인은 연장할 생각이 없다, 전세 계약금 중에 미리 빌려 간 일부를 빼고 나머지를 내줄 테니 빨리 다른 집을 구해봐라. 요렇게 말이야. 아, 그랬더니 이 양반이 여기는 우리 집이에요, 이러는 거야.”

그 남자의 말투와 목소리, 그리고 새처럼 주억거리던 고갯짓이 눈앞에 그려졌습니다. 초점 안 맞는 그 검은 눈이 어딘가에서 저를 바라보고 있는 것만 같았죠.

"이 양반이 이해를 못 했나 싶어 다시 설명을 하려는데, 그 뭐냐, 눈이 희뜩 변하는 거야. 무섭더라고. 그러면서 이렇게 말하더라고."

사장은 천천히 눈을 감았다 떴어요. 눈동자가 흔들리더군요.

"누구든지 집을 뺏으려는 인간은 죽여버릴 거라고……."

"정말 그랬습니까?"

"그렇다니까. 어찌나 섬뜩하던지. 하기야, 그 양반 사정도 딱하긴 했어. 작년까지만 해도 매주 한 번씩 우리 부동산을 찾아왔거든. 돈을 조금만 더 모으면 지금 살고 있는 집을 살 수 있으니까 집주인한테 잘 좀 말해달라고."

"그 말이 사실이었군요. 저한테도 오래오래 살 계획이었다고 말하더군요."

"그래, 집 욕심이 대단했다니까. 못살아서 그랬을 거야, 못살아서. 들리는 말로는 젊었을 때 그렇게 고생을 했다더라고. 겨우겨우 조막만 한 슈퍼 하나 열어서 입에 풀칠도 하고 돈도 좀 만지고 그랬나 봐. 부동산에 놀러 와서도 자기 집 갖는 게 꿈이었다며 참 좋아하더라고. 그랬는데 쫄딱 망했지 뭐. 빚잔치 벌이느라 집이고 뭐고 다 날아가버렸어. 충격이 컸던가 봐, 결국 정신 줄을 놓은 걸 보면."

정신 나간 사람이 한 가지 사물이나 행동에 과도하게 집착한다는 것쯤은 저도 알고 있었습니다. 아니, 어쩌면 과도하게 집착했기에 정신이 부서지는 건지도 모르지요. 남자의 집착 대상이 '집'이라는 사실만은 분명해 보였습니다. 그리고 집착이 심해지면 심해질수록 더 과격해지고 폭력적으로 변한다는 사실도 충분히 짐작할 수 있었죠.

"사장님, 혹시 그 사람 어디로 이사 갔는지 아십니까?"

"있어봐. 내가 적어놓은 게 있을 거야. 참! 열쇠는 받았어요?"

사장은 문득 생각났다는 듯 묻더군요.

"열쇠야 받았죠. 사장님이 두 벌 주셨잖아요."

"아니, 아니, 그거 말고. 세입자가 가지고 있던 거 말이요. 당연히 줬을 거라 생각했는데 못 받았나 보네."

달그락거리며 돌아가던 자물쇠가 떠올랐습니다. 그때, 그 남자는 열쇠로 문을 열려던 거였어요. 그 사실을 깨닫는 순간, 조금 식상한 표현이긴 합니다만 피가 거꾸로 솟았습니다.

부동산 사장에게서 주소를 받아 들고 저는 집으로 돌아왔습니다. 어느덧 저녁이 다 되었더군요. 제 머릿속은 복잡했습니다. 주소를 안다고 해서, 알아서 찾아간다고 해서 무엇을 할 수 있을지도 모르겠더군요.

우리 집이라고 말했다던, 집을 뺏는 인간은 죽여버릴 거라고 말했다던 그 남자의 광기 어린 외침이 귓가에 들리는 듯했습니다.

저는 옷깃을 여몄습니다. 공기가 제법 쌀쌀했습니다. 그 공기 속에 알싸하다고 할까요, 아무튼 무언가 매캐하고 불길한 냄새가 섞여 있었습니다. 아마 그런 게 있다면 제 몸속 어딘가의 본능이 위험을 감지했던 건지도 모르지요.

그 남자와 갑자기 마주치게 됐으니까요.

생각에 잠겨 있다 보니 어느새 엘리베이터 앞이더군요. 마침 문이 닫히려기에 뛰어서 올라탔습니다. 거기에 바로, 그 남자가 타고 있었습니다.

"저…… 그……."

당황해서 말이 안 나오더군요.

"아이고, 안녕하십니까?"

남자는 태연하게 말을 걸어왔습니다. 저는 인사를 무시하고 남자에게서 돌아섰습니다. 그때 눈에 들어오더군요. 20층에 빨간불이 들어와 있는 게. 재빨리 남자를 쳐다봤습니다.

"저희 집, 잘 있나 보려고요."

미소까지 짓는 남자의 모습에 분노가 치밀었습니다. 저는 남자에게 한 걸음 다가섰습니다. 시큼한 냄새가 풍기더군요. 그러고 보니 남자의 몰골은 말이 아니었습니다. 머리는 마구 헝클어졌고, 얼굴에도 땟국이 가득했어요. 게다가 처음 마주쳤을 때 옷차림 그대로였습니다.

"저희 집? 이것 봐요. 도대체 무슨 이야기를 하는 겁니까?"

남자는 말이 없더군요. 초점 없는 눈으로 멍하니 서 있을 뿐이었습니다. 딱히 저를 바라보는 것 같지도 않았어요.

"여긴 우리 집이에요. 내 집이란 말입니다. 당신은 이사 갔잖아요."

남자가 고개를 갸웃거렸습니다. 뭐라고 할까, 도무지 이해할 수 없다는 몸짓이었습니다.

"여긴 우리 집이야."

"뭐라고?"

"우리 집, 조금 있으면 내가 살 거야. 그래서 도배도 직접 했지. 얼마나 힘들었는데. 작은방 띠벽지는 애 엄마가 직접 골랐어. 싱크대 페인트칠도 내가 했고. 장판에 흠집 날까 봐 진짜 조심해서 썼지. 그래서 새집 같아. 마누라도 행복하다고 했어. 이런 집에서 살 수 있어서. 애도 얼마나 좋아했다고. 만날 노래를 불렀어. 즐거운 곳에서는 날 오라 하여도, 내 쉴 곳은 작은 집 내 집……."

남자의 눈동자가 좌우로 흔들렸습니다. 지나치게 넓은 그 검은자위에 광기가 어른거렸습니다.

"저, 정신 차려요. 다시 한 번 말하지만 여긴 내 집, 내 집이에요. 당신, 한 번만 더 우릴 괴롭히면 그땐 정말 가만 안 있을 거니까 알아서 하세요."

그래요, 맞습니다. 솔직히 전 그때 겁을 먹었어요. 턱이 떨리려는 걸 억지로 참고 있었죠. 남자가 노래를 뚝 그치더니 저를 똑바로 바라보더군요. 처음으로 초점이 맞았어요. 그러고는 시커먼 입을 다시 벌렸죠.

"파랑새를 본 적이 있어."

"뭐요?"

"어릴 적 할아버지와 할머니가 사시던 시골에 놀러 갔을 때였어. 동네 어귀에 있는 커다란 나무 꼭대기에서 새들이 그악스럽게 다투는 소리가 들리는 거야. 파랑새와 까치였지."

"뭐라는 거예요? 갑자기 왜?"

남자는 제 반응에는 아랑곳없이, 마치 미리 감아놓은 카세트 테이프를 틀기라도 한 것처럼 줄줄 말을 늘어놓더군요.

"자그마한 파랑새는 껙껙 쇳소리를 내며 까치에게 달려들었어. 파랑새의 용기에 감탄하려는데 할아버지가 이렇게 말씀하셨지."

"그만 못 해요?"

"파랑새가 까치 둥지를 뺏으려고 싸움을 거는 거란다."

"어디서 자꾸 딴소리를 해요? 그만하라니까!"

"그 말을 듣고 다시 나무를 올려다봤는데, 도망가는 까치를 쫓아 파랑새가 눈앞으로 날아들었지. 샛노란 눈알이 무섭도록 빠르게 희번덕이더군."

"이 사람이."

"다음 날 까치 둥지에는 파랑새가 살고 있었어."

남자가 제게 달려들었습니다. 힘이 세더군요. 도저히 감당할 수가 없었습니다. 저는 엘리베이터 벽에 부딪혀 주저앉았습니다. 저를 내리누르며 남자가 말하더군요.

"이 파랑새 같은 새끼!"

온 힘을 다해 남자를 밀어냈습니다. 죽는다, 죽을지도 모른다, 그런 위기감에 몸이 떨렸습니다.

"여긴 우리 집이야."

남자가 소리쳤습니다, 시커멓고 탁한 입을 한껏 벌리면서. 그 안에서 혈앵무처럼 새빨간 혀가 꿈틀거리더군요. 그 순간 엘리베이터가 20층에 멈추며 잠시 덜컹거렸습니다. 저는 있는 힘껏 남자를 밀었습니다. 엉거주춤 뒷걸음질 친다 싶던 남자가 엘리베이터 손잡이 모서리에 머리를 부딪혔습니다. 남자는 이마에서 피를 흘리며 쓰러지더군요. 그걸 본 순간 퍼뜩 정신이 들었습니다. 엘리베이터 조명을 받은 새빨간 피가 자동차의 깜박이처럼 번쩍였어요.

"괘, 괜찮아요?"

남자는 쓰러진 채 저를 바라봤습니다. 웃고 있더군요. 피처럼 끈적끈적하게 달라붙는 남자의 시선을 뒤로하고 저는 엘리베이터에서 도망쳐 나왔습니다. 하지만 부동산 사장의 말이 생각나 엘리베이터로 다시 들어갔죠. 남자는 반쯤 풀린 눈으로 바닥에서 버둥거리고 있었습니다. 저는 남자의 바지 주머니를 뒤져서 열쇠를 찾아냈습니다. 비릿한 쇳내가 풍기더군요. 허공에서 허우적거리는 남자의 손을 뿌리치고 집으로 달려 들어갔습니다. 심장이 튀어나올 것 같더군요.

"하루 종일 어딜 갔다가 이제 온 거야?"

아내가 저를 보며 물었습니다.

"어, 그게……."

"이사 가는 거 생각해봤어?"

저는 소파에 주저앉았습니다. 머릿속이 울리더군요. 어딘가의 나사가 헐거워져서 자꾸만 겉돌고 있는 것 같았습니다. 덜그럭, 덜그럭. 아내의 말도 그렇게 들렸어요.

"왜 대답이 없어? 당신 돈 때문에 그러는 거지? 나도 알아. 지금 우리 가진 돈으로는 다른데 연립 구하기도 빠듯하다는 거. 그래도 이렇게 불안해하면서 여기서 살 수는 없어. 그러게 잘 다니던 직장은 왜 그만둬!"

불똥은 엉뚱한 데로 튀었습니다. 아내는 제가 작가 생활 하는 걸 못마땅하게 여겼거든요.

"다달이 월급 주고 보너스도 주는 델 그만두니까 빼도 박도 못하게 된 거 아냐."

"시끄러워."

소리를 질렀습니다. 믿으실지 모르겠지만, 그런 식으로 아내에게 소리친 건 결혼하고 처음이었어요. 아내가 놀란 얼굴로 바라보더군요. 저는 눈을 감았습니다. 잠시 후, 쾅 하고 방문 닫는 소리가 들렸어요.

점점 무너지고 있다.

그런 생각이, 한지에 먹이 번지듯 서서히 제 마음을 잠식해나갔습니다.

다시 눈을 뜨니 그놈들이 저를 쳐다보고 있더군요. 마치 조롱이라도 하듯이, 아니면 감시라도 하듯이. 혈앵무 그놈들이 말이에요.

다음 날 아침, 밤새 악몽에 시달리느라 비몽사몽이던 제 귀에 아내의 비명이 들리더군요. 무거운 몸을 일으켜 달려가보니 아내가 새파랗게 질린 얼굴로 현관 앞에 서 있었습니다.

"무슨 일이야?"

"저기 좀 봐."

아내가 현관문을 가리키더군요. 검은 비닐봉지가 문 앞에 놓여 있었습니다.

"아침에 우유 가지러 나갔는데 저런 게 있더라고."

아내가 울먹이며 말했습니다. 저는 조심스레 비닐봉지를 열었습니다. 훅, 피비린내가 인다 싶더니 새빨간 다리가 모습을 드러내더군요.

"욱."

비닐봉지에 든 것은 머리가 잘린 새의 몸통이었습니다. 마치 금방이라도 날갯짓을 할 것처럼 따뜻한 기운이 가시질 않았더군요. 원래는 파란색이었을 깃털 곳곳에 피가 묻어 있었습니다.

아내는 또 비명을 질렀어요.

"이 새끼가……."

누구 짓인지는 뻔했습니다. 분명 어젯밤의 복수다 싶었죠. 그리고 자신의 집에서 나가라는 경고였겠죠. 저는 서둘러 옷을 챙겨 입었습니다. 남자를 찾아가야겠다고 마음먹으면서요.

개새끼, 씨팔놈. 가만두지 않겠어, 어제처럼 대가리에 빵구를 내버리겠어.

저는 속으로 중얼거렸습니다. 그런데 어떻게 된 일인지 아내 얼굴이 파랗게 질리더군요.

"당신 무슨 말을 하는 거야?"

저는 아내 말을 무시하고 신발장 공구함에서 망치를 꺼내 들었습니다. 허공에 대고 몇 번 휘둘러보자 마음이 든든해지더군요. 망치를 점퍼 주머니에 넣고 복도로 나갔습니다. 저를 부르는 아내의 목소리가 들렸지만 상관하지 않았죠.

문득 간밤에 저를 괴롭혔던 꿈이 떠오르더군요. 문을 열고 집으로 들어갔는데 주방에서 가족들의 웃음이 들렸어요. 아내와 은정이, 그리고 낯선 남자의 웃음. 주방으로 가보니 그 남자가 제자리를 차지하고 웃고 있었습니다. 마치 자기 집인 것처럼.

그 남자의 집은 버스로 여섯 정거장이나 떨어진 곳에 있었습니다. 아직 개발이 덜 된 달동네였죠. 부동산 사장이 적어준 주소를 보고 물어물어 찾아갔습니다. 실타래처럼 꼬불꼬불 얽힌 골목을 서너 개인가 지나고 나서야 남자가 사는 낡아빠진 다세대주택이 나타났습니다. 남자는 다세대 중에서도 맨 아래, 반지하에 살고 있었습니다.

현관문이 열려 있기에 성큼 안으로 들어갔습니다. 쥐 죽은 듯 조용했어요. 삐걱삐걱하는 소리만 희미하게 들려왔죠.

"누구요?"

갑작스러운 목소리에 놀라서 올려다보니 할머니 한 분이 2층에서 내려다보고 있었습니다.

"사람을 찾으러 왔습니다. 그런데 여긴 아무도 안 사시나 봐요?"

"안 살긴. 다들 새벽부터 나가거나, 아니면 일하고 새벽에 들어와서 한밤중인 거지. 나 같은 구들더께야 깨어 있지만. 그런데 누굴 찾아?"

"몇 달 전에 이사 온 사람인데요, 부부하고 유치원 다니는 사내애가 한 가족인데⋯⋯."

"아! 지하에 들어온 사람들. 그네들 못 본 지 며칠 됐어. 바깥
양반은 아예 얼굴도 모르는걸. 뭐 그리 바쁜지 집에 붙어있질
않는 모양이더라고."

"못 본 지 며칠 됐다고요?"

"그래, 내가 종일 할 일이 뭐 있어. 아침 댓바람부터 나와서 해
질 때까지 여기 앉아서 사람들 들고나는 거 보는 게 유일한 낙이
야. 그런데 그 집 애고, 애 엄마고 한 며칠 안 보였지, 아마?"

그 말이 왜 그렇게 불길하게 들렸을까요? 괜스레 가슴이 두
근거렸습니다. 삐걱삐걱하는 소리가 점점 커졌습니다. 마당을
돌아 반지하로 내려가는 입구까지 갔습니다. 소리의 진원지도
바로 그곳이었습니다. 어서 와, 어서 와, 하고 저를 부르는 것만
같았죠. 입구는 이상하리만치 어두웠습니다. 계단 끝에서 혀를
날름거리는 어둠, 그 어둠 속에서 누군가가 저를 지켜보고 있는
것만 같았어요. 천천히 입구에서 물러서며 창문 쪽으로 다가갔
습니다. 방 안 상황을 살필 요량이기도 했지만, 그 삐걱대는 소
리가 신경 쓰여서 견딜 수가 없더군요. 창문은 무척 작았습니다.
손바닥만 하달까요? 과연 그 안으로 빛이 새어 들어갈 수 있을
까 싶을 정도였는데요, 거기에도 쇠창살은 박혀 있더군요. 그 쇠
창살 중 한 곳에 새빨간 나일론 줄이 묶여 있었습니다. 줄은 방
안으로 이어졌는데, 그게 흔들리더군요. 좌우로, 천천히, 규칙적
으로. 그때마다 쇠창살이 삐걱대며 신음을 쏟아냈습니다.

"계십니까?"

창문에 대고 물어봤지만 돌아온 대답은 역시나 삐걱거리는 소리뿐이었어요. 창문이 너무 작아 안을 들여다볼 수도 없었고요. 저는 다시 입구로 다가갔습니다. 그리고 계단을 내려갔죠. 그때의 심정을 어떻게 표현할까요? 보이지 않는 손이 몸을 뚫고 들어와 심장을 쥐었다 폈다 하는 느낌이었습니다. 목이 타서 몇 번이나 마른침을 삼켰습니다.

"아무도 안 계세요?"

문 앞에 서서 다시 한 번 불러도 묵묵부답이었습니다. 초인종은 아예 울지도 않더군요. 어디서 그런 용기가 났는지 저는 살며시 손잡이를 돌려봤습니다. 잠겨 있질 않았어요. 마치 저를 기다리고 있었다는 듯이 맥없이 열리더군요, 그 문이 말입니다.

"실례합니다."

실없는 말 한마디를 흘리며 좁고 어두운 단칸방으로 발을 들여놓았습니다. 축축하고 아릿한 공기가 온몸에 달라붙었습니다. 그리고 냄새, 아직도 콧속에 맴도는 그 악취가 훅 하고 끼치더군요. 하지만 냄새에 코를 막을 겨를도 없었습니다. 믿을 수 없는 광경이 제 몸은 물론이고 의식마저도 사로잡았거든요.

조막만 한 빛이 비집고 들어오는 창문, 그 창문에 박힌 쇠창살, 그리고 그 쇠창살에 묶인 새빨간 줄 아래 여자가 매달려 있었습니다. 그녀의 목을 동그란 매듭이 죄고 있더군요. 절대 살려주지 않겠다는 듯이, 단단하게. 여자의 혀가 턱 끝까지 내려왔어요. 어두웠던 낯빛은 이제 하얗게 변해 비현실적으로 생생해 보였습니다. 치켜뜬 두 눈이 어둠 속을 응시했습니다. 바람이 들어오지 않는데도 여자의 몸은 좌우로 흔들렸습니다. 파국을 예고하는 시계추처럼 규칙적으로. 그때마다 그 삐걱대는 소리가 들렸습니다.

저는 뒷걸음질을 쳤습니다. 다리가 뻣뻣해서 움직이기가 힘들었어요. 그래서 처음에는 몰랐습니다. 발이 뭔가에 걸렸거나 빌어먹을 다리가 제멋대로 경련을 일으킨 거라고만 생각했습니다. 아래를 내려다보니 깎아놓은 생강처럼 하얗고 비쩍 마른 작은 손이 제 바짓단을 쥐고 있더군요. 아이였습니다. 유치원복을 입고 있던 그 사내아이. 아이의 팔은 현관 앞에 놓인 앉은뱅이책상 아래에서 뻗어 나왔습니다. 놀란 마음을 추스르고 아이의 팔을 쑥 잡아당겼습니다.

책상 밑에 들어찬 비릿하고 끈적끈적한 어둠 속에서 빠져나온 아이는 피투성이가 된 채로 입을 벌리고 있었습니다. 자기 아빠를 닮아서 검은자위가 또렷한 눈도 치켜뜬 상태였고요. 저는 아이가 살아 있다고 생각하고 얼른 허리를 굽혔습니다. 당연한 일이었죠. 제 바지를 그토록 세게 쥐고 있었으니까요. 하지만 숨을 쉬지 않았습니다. 가늘고 하얀 목에는 칼날이 가로지른 날카로운 상처가 새겨졌고, 그 벌어진 틈으로 생명의 기운이 죄다 빠져버린 후였습니다. 아이의 얼굴을 바라봤습니다. 그제야, 아빠를 닮은 건 눈만이 아니라는 사실을 깨달았습니다. 아이 역시 입안이 까맸거든요. 그 안에서, 혀가 꿈틀거렸습니다.

저는 놀라서 일어났습니다. 죽은 아이의 손을 뿌리치고 화장실이라 짐작되는 곳의 문을 열었습니다. 신물과 함께 구토가 올라왔습니다. 넘어질 듯 화장실 안으로 뛰어들었지만 저는 또 얼어붙을 수밖에 없었습니다.

화장실 변기에 그 남자가 앉아 있었거든요.

그때의 공포를 어떻게 표현할까요? 금방이라도 바지를 추스르며 일어날 것만 같은 자세로 앉아 있던 남자는, 머리가 거의 잘려 나간 상태였습니다. 도대체 어떤 종류와 깊이의 광기여야만 스스로 자기 목을 자를 수 있는지, 남자의 손에 들린 부엌칼을 바라봐도 도무지 알 수가 없었습니다, 그 당시에는.

남자는 나머지 한 손에 파랑새의 머리를 쥐고 있었습니다. 그 끔찍한 새가 빨간색 부리를 여닫으며 저를 향해 울더군요. 귓가에 〈즐거운 나의 집〉이 울려 퍼졌습니다. 삐걱삐걱 소리가 더 커졌습니다. 떨어질 듯 위태위태하게 매달린 남자의 머리가 웃음을 터뜨렸습니다.

"아빠, 우리 집에 가자."

아이가 제 뒤에 서 있었습니다.

그 집을 어떻게 빠져나왔는지 잘 기억이 나지 않습니다. 너무 충격을 받아 정신이 하나도 없었거든요. 집으로 돌아올 때는 택시를 탔습니다. 몸이 떨려서 버스 정류장까지 갈 수가 없었거든요. 택시 기사가 어디 아프냐고 물을 정도였습니다. 저는 뒷좌석에 앉아 곰곰이 생각했죠.

'남자가 자기 가족을 죽인 건 분명한 사실이다. 하지만 왜?

왜, 가족을 무참히 살해하고 자살을 했을까?'

아무리 머리를 굴려봐도 도무지 그 이유를 알 수 없었습니다. 미쳤다고는 하나 그 정도일 줄은 정말 상상도 못 했거든요. 남자의 끔찍한 범죄에 제가 빌미를 제공한 걸까요? 어떻게 생각하십니까? 제가 이사를 오지 않았더라면, 남자에게 폭력을 휘두르지 않았더라면, 상황은 달라졌을까요?

설령 그랬을지도 모르지만, 저는 후회하지 않았습니다. 솔직히 말하자면 다행이라는 생각이 들었습니다. 등허리와 팔뚝에 돋아난 소름은 가시지 않았지만 마음속 깊은 곳에서부터는 안도감이 번져나갔습니다. 그럴 수밖에요. 저희 가족을 괴롭히던 제일 골치 아픈 문제가 해결됐으니까요. 성질 나쁜 주인보다도, 끈덕지게 달라붙는 곰팡이보다도, 시커먼 바퀴벌레보다도, 그 남자, 아니 그놈은 더 짜증 나는 존재였습니다. 앓던 이가 빠진 기분이었습니다. 그 집에서 경험한 섬뜩한 일은 충격에 빠진 나머지 헛것을 보고 헛소리를 들은 거라 생각해버렸습니다. 저는 웃었습니다. 택시 안이라 참으려 해도 제 입을 우악스럽게 비집고 터져 나온 웃음은 좀체 줄어들지 않았습니다. 파랑새를 물리친 겁니다. 그래요, 그 남자에게는 제가, 저에게는 그 남자가 파랑새였던 셈이지요.

하지만, 하지만 말입니다. 불안감이 가시지 않았습니다. 체한 것처럼 명치끝이 묵직했습니다. 그래서일 거예요, 아내에게 전화를 한 건. 그러나 받질 않았습니다. 몇 번을 다시 걸어도 마찬가지였어요. 마음이 급해지더군요. 물속 저 깊은 곳에서 헤엄치고 있던 불안감이 빌어먹을 헐앵무들처럼 수면으로 떠올라 눈을 뒤룩거리는 것 같았습니다.

저는 빌고 또 빌었습니다. 제발 아무 일이 없기를. 간밤의 꿈이 또 떠오르더군요. 제 자리를 차지한 그 남자의 모습은 저와 똑같았습니다. 그 남자가 저를 향해 묻더군요. 파랑새 본 적 있어? 물리치지 못하겠다면 내가 파랑새가 되는 거야, 어때? 아내와 은정이는 노래를 불렀어요. 즐거운 곳에서는 날 오라 하여도.

어느새 택시가 집 앞에 도착했습니다. 엘리베이터를 탈 생각도 못 하고 집까지 달려 올라갔죠. 숨이 차올랐던 건 가파른 계단 때문만은 아니었습니다.

"여보."

아내를 부르며 집 안으로 뛰어 들어갔습니다. 아내와 은정이는 식탁 앞에 앉아 있었습니다. 꿈과 똑같은 상황이라 순간 섬뜩했지만 시계를 보니 점심 먹을 시간이긴 했습니다.

"뭐야? 밥 먹는 거야? 전화는 왜 안 받아?"

제가 물었습니다. 아내와 은정이는 말없이 고개를 숙이고 있더군요. 저는 둘을 향해 다가갔습니다. 집 안은 어두웠습니다. 남향이라 저녁 늦게까지도 햇살이 넉넉하게 들어오던 집이, 장막이라도 드리운 듯 컴컴했습니다.

"여보, 괜찮아? 은정아?"

두 사람이 고개를 돌리더군요. 똑같았습니다. 똑같았는데, 당연하고 멍청한 말처럼 들리겠지만 아내와 은정이는 어딘지 모르게 달라 보였습니다. 아내가 입을 열었습니다.

"파랑새야."

"왜 이렇게 어두워? 불 좀 켜지."

저는 괜스레 신소리를 했습니다. 아내의 뜬금없는 말에도 놀랐지만 차갑고 날카로운 그 목소리가 더 충격적이었습니다. 아내는 의자에서 일어나 천천히 다가왔습니다. 10년 내내 한 번도 보지 못한 미소를 지으면서 말이죠. 아내는 귀 옆머리가 희끗희끗했습니다. 아직 흰머리가 올라올 나이는 아닌데 자꾸 새치가 난다고 속상해하던 아내의 모습이 떠올랐습니다. 그게 다 못난 제가 고생시켜 그런 것만 같아 마음이 아팠습니다. 반지하 단칸방으로 시작해서 늘 고만고만한 집으로 쫓기듯 이사를 하며 10년을 보내는 동안 아내는 늘 제 편이었습니다. 전업 작가가 되겠다는 절 못마땅하게 여기긴 했어도 끝내 눈감아 주던 아내였습니다. 갚아나가야 할 빚이 산더미이긴 하나 평생 살아보지 못한 좋은 집에 이삿짐을 풀면서, 아내는 딸아이보다도 더 좋아했습니다. 그랬던 아내가 저에게 말하더군요.

"나가. 여기는 우리 집이야."

파랑새처럼 꺽꺽거리면서.

"무슨 소리야?"

"파랑새 같은 놈."

아내는, 아내가 아니었습니다. 그리고 은정이도 마찬가지였습니다.

즐거운 곳에서는 날 오라 하여도
내 쉴 곳은 작은 집 내 집뿐이리……

딸의 노랫소리가 어둠이 내려앉은 집 안에 울려 퍼졌습니다.
저는 그제야 눈치챘습니다. 파랑새, 그러니까 그 남자가 쥐도
새도 모르게 우리 집을 빼앗았다는 사실을요. 아내와 딸은 이
미 파랑새의 날갯짓에 홀려버린 뒤였습니다. 두 사람이 걸어왔
습니다. 아내는 저를 노려보며, 은정이는 노래를 부르며. 저는
뒷걸음질 쳤습니다. 숨이 막혀왔습니다. 눈앞이 어지럽고 머리
가 못 견디게 아팠습니다. 쓰러지기 일보 직전이었죠. 등이 거
실 벽에 닿았습니다. 아내와 딸이 얼굴을 바싹 들이대고는 크
게 입을 벌렸습니다. 아아아. 시커먼 입속에서 핏빛 혀가 꿈틀
거렸습니다.

저는 주저앉았습니다. 그때 점퍼 주머니에서 망치가 떨어졌
습니다. 텅 하는 육중한 소리에 정신을 차렸습니다. 아니, 정신
을 잃었다고 할까요? 망치를 집어 들었습니다. 손잡이 부분의
오톨도톨한 고무에서 전해지던 감촉이 아직도 생생하네요. 그
리고 망치를 휘두를 때의 그 느낌도.

네, 저는 망치를 휘둘렀습니다. 평생 펜대만 놀리던 팔이 경
련을 일으킬 정도로 힘껏. 아내와 딸을 향해서. 파랑새 이야기
의 뒷부분을 아십니까? 저는 남자에게서 파랑새에 대해 듣고
난 후 직접 찾아봤습니다. 파랑새에게 둥지를 뺏긴 까치는 말
이죠, 파랑새가 먹이를 찾으러 간 사이 몰래 둥지로 찾아와 자

기가 낳은 알을 모두 던져버린답니다. 파랑새의 노리개로 둘 수는 없다는 마음으로.

제 심정도 똑같았습니다. 얼굴에 튀는 두 사람의 피만큼이나 뜨거운 눈물이 뺨을 타고 흘러내렸습니다. 하지만 못된 파랑새에게서 우리 집을 지켜야 했습니다. 집을, 가정을, 가족을. 설령 그것이 둥지 밖으로 알을 밀어내는 일이라 해도 말입니다.

망치를 휘두르고 또 휘둘렀습니다. 퍽퍽 하는 파열음 사이로 은정이의 비명을 들은 듯도 했습니다. 왜 이러느냐는 아내의 절규도 귓가를 스친 것 같았습니다. 착각이었을까요? 착각이겠죠? 식탁 위에 차려져 있던 점심을 보지 못한 건, 세 벌의 수저를 발견하지 못한 건 정신이 없었기 때문이겠죠? 휴대전화에 아내 이름으로 부재중 전화가 잔뜩 걸려와 있던 건 누군가의 장난이 아니었을까요?

이제 제 이야기는 끝났습니다. 네, 저는 범죄를 저질렀습니다. 가장 사랑하는 아내와 딸을 죽인 끔찍한 살인마입니다. 파랑새에게서 지키려고 그랬다지만 엄연히 살인입니다. 그러고는 도망을 친 뻔뻔한 인간입니다. 아마 여기 계신 분들도 저희 집에서 일어난 사건에 대해 신문이나 텔레비전에서 떠드는 걸 보고 들으셨을 겁니다. 제게 지명수배가 내려졌다는 사실도 아실 테지요. 저는 그동안 찜질방과 심야 만화방을 전전하며 근근이 숨어 다녔습니다. 밥을 못 먹은 지도 벌써 사흘이 지났습니다. 돈도 없었지만, 땅에 떨어진 음식이라도 주워 먹을라치면 아내와 딸이 제 손을 잡고 놓아주지 않았습니다. 저는 이제 살아가야 할 이유를 모두 잃었습니다. 그럼에도 비루하게 도망 다닌 것은 오로지 한 가지 이유 때문입니다. 바로 여기, '밤의 이야기꾼들'에서 제 이야기를 전하고 싶었기 때문입니다. 이 모임의 존재는 소설 자료를 수집하다가 우연히 알게 되었습니다. 이곳에서라면 누구도 제 이야기를 의심 없이 들어주리라는 생각, 그 믿음 하나로 힘든 도피 생활을 해왔습니다. 그리고 이 제 저는 여러분께 마지막 고백을 하고 자수를 할 생각입니다. 그러니 역겹더라도 조금만 참아주십시오.

남자를 처음 만났던 그날, 솔직히 말씀드리자면, 저는 검은 자위가 가득한 남자의 눈 속에서 제 모습을 발견했습니다. 집 착과 광기가 망쳐놓은 남자의 모습은, 전세 기간 만료가 코앞 에 닥쳐와 집을 구하기 위해 정신없이 뛰어다니던 저와 별반 다르지 않았습니다. 그래서일지도 모르겠네요. 우리가 서로에 게 파랑새가 되어버린 건. 저와 남자는 똑같이 미쳐버렸습니 다. 그런 것쯤은 압니다. 제정신이 아니죠. 미쳐도 단단히 미쳤 다고 생각하실 겁니다. 가족을 망치로 때려죽이다니. 하지만 후회하지는 않습니다. 단 한 가지, 남자에게 즐거운 나의 집을 뺏겼다는 사실만 빼고는요.

그러고 보니 이야기 하나를 빠뜨렸군요.

제가 망치질을 멈추고 나자 집 안에는 고요가 찾아왔습니다. 저는 망치를 내려놓고 집 안 구석구석을 둘러보았습니다. 불과 얼마 전까지만 해도 장밋빛 미래를 꿈꾸게 만들어주었던 집을,

질릴 때까지 바라보았습니다. 운 것도 같고, 웃었던 것도 같습니다. 쿨렁하는 자맥질 소리를 들은 것은 방과 화장실을 다 돌고 다시 거실로 나왔을 때였습니다. 저는 어항 쪽으로 고개를 돌렸습니다. 혈앵무들이 모두 한곳으로 모여 있더군요. 현관을 향해. 그리고 남자가 들어왔습니다. 혀를 길게 빼문 여자도, 머리가 깨진 아이도 따라 들어왔습니다.

그들이 굳게 닫힌 현관문을 통과해 집으로 들어오는 걸 보며 저는 알아챘습니다. 그 남자가 왜 가족을 죽이고 자살을 했는지를. 열쇠를 뺏긴 남자가 집으로 들어올 수 있는 방법은, 그래서 우리 집을 차지할 수 있는 방법은 그게 유일했겠죠. 죽어서 귀신이 되는 것.

기쁜 표정으로 집을 둘러보는 세 식구를 보며 저는 서둘러 현관을 빠져나왔습니다. 그러고는 마지막으로 우리 집을 바라보았습니다. 그리고 노래를 불렀습니다. 머릿속에서 끊임없이 울리는 그 노래, 즐거운 나의 집을요.

즐거운 곳에서는 날 오라 하여도
내 쉴 곳은 작은 집 내 집뿐이리.
내 나라 내 기쁨 길이 쉴 곳도
꽃 피고 새 우는 집 내 집뿐이리.
오 사랑 나의 집.
즐거운 나의 벗 내 집뿐이리.

남자는 껵껵대는 목소리로 노래를 불렀다. 높은 음에서는 목이 갈라져 쇳소리가 나왔다. 마치 새가 지저귀는 것 같았다. 남자가 그토록 자주 언급하던 파랑새가 그악스레 울어대는 모습이 눈앞에 펼쳐졌다.

완전 사이코잖아?

나는 당장이라도 일어나 노래를 부르는 남자의 멱살을 틀어쥐고 얼굴을 확인하고 싶었다. 모녀 살해 사건은 며칠 전부터 세간을 떠들썩하게 만들고 있었다. 주요 용의자로 모녀의 남편이 지목되었고 현상금이 붙은 채로 몽타주도 나돌았다. 이야기를 한 남자가 정말로 그 남편이라면 당장 경찰서에 끌고 가야 했다.

"선배, 이건 너무 심하잖아요?"

목소리를 줄일 생각도 못 하고 대호 선배에게 쏘아붙였다. 이 상황에서도 꿀 먹은 벙어리처럼 앉아 있는 선배를 이해할 수 없었다.

"조용히 하고 앉아."

선배가 말했다.

"어떻게 조용히 해요? 완전히 범죄잖아요. 이딴 이야기를 듣고 그냥 감탄만 하고 있으라고요? 지금 저 사람은 자기 범죄를 정당화하려고 말도 안 되는 이야기를 한 거라고요. 저 이야기를 믿어요? 아니, 믿는다고 해도 살인을 저지른 건 맞잖아요!"

그사이 남자는 노래를 끝내고 앉았다. 나는 쥐새끼처럼 어둠 속에 숨어든 그를 노려봤다. 내 상식으로는 도무지 이해를 할 수 없었다. 멀쩡하게 이런 이야기를 하는 사람도, 그리고 아무 이의 없이 듣고 있는 사람들도.

"오늘 처음 오신 기자분, 혹시 무슨 문제라도?"

노인이 나섰다.

흥, 무슨 문제라도? 노인의 의뭉스러운 말에 속이 뒤집힐 것 같았다.

"네, 문제가 있네요. 전 지금 당장 나가서 경찰에 신고를 해야겠습니다. 저분이 자수를 할지, 그대로 도망을 갈지 알 수가 없으니까요."

"그건 안 됩니다."

"안 된다니 그게 무슨 말이죠?"

"말 그대로입니다. '밤의 이야기꾼들'이 진행될 때는 그 누구도 자리를 뜰 수 없습니다."

"그런 규칙은 들어본 적이 없는데요."

"암묵적인 거죠. 예전부터 경험을 통해서 내려온."

노인은 그렇게 말하고는 기분 나쁜 웃음을 곁들였다. 나는 부아가 치미는 걸 꾹 눌렀다. 대호 선배는 여전히 아무 말 없이 앉아만 있었다. 그것 때문에 더 화가 났다.

뭐야, 이 곰탱이는!

"만약에 그 규칙이라는 걸 어기면 어떻게 되죠?"

최대한 도발적으로 들리게끔 이야기를 했지만 효과는 미지수였다. 새까만 어둠 속에서 혼자 떠들다 보면 모든 말이 자신 없게 마무리된다. 아니나 다를까, 노인은 우스워서 못 참겠다는 듯 한참 동안 키득거리더니 입을 열었다.

"자리를 떠서 나갈 수야 있겠죠. 몸싸움을 하면서까지 말릴 수는 없으니까요. 하지만 그 후에 벌어질 일은 저도 책임 못 집니다. 지금까지 쭉 이야기를 들으셔서 알겠지만 세상에는 참 이상하고 해괴한 일들이 많이 벌어지잖아요?"

협박인가?

노인의 말투로 보아서는 협박처럼도, 진심으로 걱정하는 것처럼도 들렸지만 어쨌든 효과는 확실했다. 나도 모르게 멈칫했으니까.

그때 대호 선배가 조용히 내 손을 잡았다. 앉으라는 신호였다.

"한 가지만 말씀드리겠습니다. 이곳에서는 그 어느 것보다도 이야기가 우선입니다. 이야기가 진리이고, 이야기가 곧 생명입니다. 재미있는 이야기를 들려줄 수만 있다면 그 사람이 절도범이건, 희대의 살인마건, 이 세상 사람이 아니건 상관하지 않습니다."

처음에 나를 괴롭혔던 정체 모를 공포가 슬금슬금 다시 몰려왔다.

'밤의 이야기꾼들'은 무엇일까?

새삼 그 사실이 궁금해졌다.

허황된 이야기를 진실로 믿는 정신병자들의 모임일까, 아니면 세상에 떠도는 괴담의 이면裏面을 소개하는 특별한 사람들의 모임일까?

'밤의 이야기꾼들'의 규칙은 자신과 관련된 이야기를 하는 것. 그렇다면 모두 진짜 벌어졌던 이야기라는 뜻이다. 소원을 들어주는 난쟁이도, 도플갱어도, 그리고 집에 집착해 끔찍한 일을 저지른 두 남자도 모두 실재하는 것이다.

나는 그 사실을 믿을 수도, 받아들일 수도 없었지만 지금까지의 이야기들에는 분명 진실만이 가질 수 있는 힘이 느껴졌다. 비참한 패배감을 느끼며 자리에 주저앉았다.

"어쨌든, 아주 흥미진진한 이야기를 해주신 남자분께는 감사를 드립니다. 노래도 잘 들었고요."

노인이 너스레를 떨었지만 아무도 따라 웃지 않았다. 내 머릿속은 혼란스러웠다. 초반에 느껴졌던 불길함과 불안감은 착각도 아니고 노파심도 아니었다. 대호 선배를 바라봤다. 고개를 두어 번 까딱하는 모습이 희미하게 보였다. 이 이상한 모임이 끝나면 당장 따져야겠다. 아무리 입을 다물고 있어도 어떻게든 모조리 캐내리라. '밤의 이야기꾼들'의 정체에 대해. 나는 입술을 깨물었다.

"오늘의 네번째 이야기를 들어보겠습니다. 자, 누가 하시겠습니까?"

노인의 말이 끝나기가 무섭게 누군가가 일어섰다. 순간, 차가운 공기가 뺨을 스치고 지나갔다. 빈틈없이 들어차 있던 공기가 일그러진 느낌이었다.

"제가 해도, 될까요?"

그 여자다. 목소리만으로도 섬뜩함을 불러일으켰던 여자. 팔뚝에 소름이 돋았다. 벌레가 기어오르는 것만 같았다. 여자의 목소리는 살아 있는, 그것도 독을 가득 품은 생명체 같았다.

"물론입니다. 어서 시작하시죠."

노인은 자리에 앉았다. 여자의 시선이 느껴졌다. 눌러놓은 압정처럼 한 명 한 명을 날카롭게 바라본다. 나는 여자의 입가에 걸려 있을 미소를 생각했다. 분명히, 웃고 있을 것이다.

"저는 제 이야기를 하겠습니다. 제가 이런 존재가 될 수밖에 없었던 이유를, 여러분에게 털어놓겠습니다. 제가 어떻게 영원한 웃음을 가지게 되었는지, 어떻게 다른 사람들에게도 웃음을 선사했는지……."

나는 여자의 목소리 속에서 한 가지 단서를 발견했다. 그것은 고통과 미움, 그리고 분노였다. 여자의 내면은 오랜 가뭄에 시달린 저수지처럼 썩어가고 있으리라. 그리고 얼마 남지 않은 수면에는 온갖 나쁜 감정이 부유하고 있으리라. 그곳에서 뻗어 나오는 고약한 냄새가 목소리를 타고 사방으로 퍼져 나간다.

이번 이야기는 위험하다, 그런 확신이 들었다.

웃는 여자

쥐를 잡아보셨나요? 미끈한 꼬리와 분홍빛 주름투성이 코를 가진 시궁쥐 말이에요. 회색 털은 생각보다 부드럽죠. 쥐들이 찍찍거릴 때마다 코를 찡긋거린다는 사실은 아세요?

초등학교 시절, 제가 살던 집 다락에는 쥐들이 많았습니다. 쥐 떼가 천장을 뛰어다니면 양철 지붕 위로 빗방울이 떨어지는 것처럼 '후드득' 하는 소리가 났어요. 저 작은 몸 어디에서 싱싱한 생명력이 뿜어져 나오는 걸까, 어린 마음에도 그게 참 신기했습니다.

저는 아버지를 피해 하루의 대부분을 다락에서 보냈습니다. 다락에는 오래된 잡동사니와 먼지가 가득했습니다.

아버지 이야기를 잠깐 할까요? 그 양반은 인간이 아니었습니다. 뱃일을 하다가 바다에 빠진 뒤로는 미쳐버렸어요. 폭풍이 몰아치는 밤이었는데 소주 두 병을 마시고 뱃전에서 오줌을 누다가 바다로 떨어졌답니다. 어찌어찌 구해냈지만 머리에 큰 구멍이 나서 한동안 병원 신세를 져야 했지요.

아버지는 항상 술을 끼고 살았습니다. 드럼통 같은 몸 구석구석 술이 들어차면 사람들을 때리고 물건을 부쉈지요. 그러고는 머리에 뚫린 구멍 안으로 물귀신이 들어왔다고 입버릇처럼 말했어요, 물귀신이 자기를 조종한다고.

엄마는 늘 어딘가가 부어 있거나 멍들어 있거나 부러져 있었습니다. 저는 아버지 앞에서는 항상 웃어야 했어요. 웃지 않으면, 솥뚜껑 같은 손이 사정없이 날아왔거든요.

5학년 여름방학 때였을 거예요. 그 며칠 전부터 아랫배가 묵직했는데 자고 일어나 보니 속옷이며 이불이 온통 빨갛게 물들어 있었습니다. 초경初經이었어요. 저는 아버지를 닮아서 몸집이 컸는데, 그게 빠른 초경하고 관련이 있는지는 모르겠네요. 아무튼, 처음 당하는 일에 놀라서 저는 울음을 터뜨렸습니다. 이대로 죽는 건 아닌지, 어디가 잘못된 건 아닌지 걱정이 되더군요. 그때 아버지가 방문을 열고 들어왔습니다.

"왜 우냐?"

어디서 밤새 술을 마셨는지 거나하게 취한 아버지는 대뜸 그렇게 물었어요.

"왜 아침부터 청승맞게 우냐고?"

저는 울음을 그쳐야 한다는 걸 알았지만 마음대로 되지 않았습니다. 고장 난 수도꼭지처럼 계속 눈물이 흘러내렸어요. 아버지는 손가락을 뚜두둑 꺾었습니다. 그건 때리기 전의 신호였어요. 이제부터 무자비한 폭력이 시작되니 기대하라는.

"잘못했어요, 안 울게요."

뒤늦게 빌어봤지만 소용이 없었습니다. 아버지의 주먹과 발이 연달아 날아왔습니다. 그날은 좀 이상했어요. 보통 몇 대 정도만 후려치고는 잠자리에 들었는데 그날은 한 시간이 넘게 계속됐거든요. 제 피가 아버지를 더 흥분시켰는지도 모르겠습니다.

아버지는 제가 쓰러진 후에야 자기 방으로 돌아갔습니다. 빌어먹을 년이 말이야, 어디서 물귀신처럼 질질 짜고 있어, 라는 말을 남기고서요. 방 안은 온통 피범벅이었습니다. 제 몸의 모든 구멍에서 피가 쏟아졌어요. 시큼하고 비릿한 냄새가 풍기는 피바다 위로 파리들이 달려들었죠. 그때부터였습니다, 귀가 잘 들리지 않게 된 건.

이런, 이야기가 옆으로 새고 말았네요. 다시 쥐 이야기를 들려드릴게요.

저는 어릴 때부터 친구가 없었습니다. 미친놈 자식새끼하고는 어울리지 말라고 마을 어른들이 자기 아들딸들을 단속하고 다녔으니까요. 그래서 많은 시간을 혼자 보냈습니다. 곰팡내 나는 다락과 그 안에 깃들어 있던 끈적끈적한 어둠이 제 안식처였죠.

저는 다락에서 책을 읽기도 하고 헝겊을 둘둘 뭉쳐 인형을 만들기도 했습니다. 하지만 제일 많이 했던 건 역시 피에로와의 장난이었습니다. 피에로는 유일한 친구였어요. 아버지가 젊었을 적에 바다 건너 다른 나라에서 사 왔다는 피에로는 주황색 곱슬머리에 자두 같은 빨간 코를 달고 날렵한 미소를 짓고 있는 인형이었죠. 눈 대신 갈색 단추 두 개가 달려 있었고 흰바탕에 남색 가로줄이 그어진 티셔츠와 검은색 멜빵바지를 입었어요.

저는 피에로에게 이런저런 고민을 털어놓았어요. 피에로는 항상 여러 가지를 가르쳐주었습니다. 웃는 법을 알려준 것도 피에로였어요.

'나처럼 웃어봐. 그러면 네 아빠는 물론이고 친구들도 다 좋아할 거야.'

피에로는 쥐를 잡는 법도 가르쳐주었습니다.

'심심하지? 그러면 우리 쥐를 가지고 놀까?'

방법은 간단했어요. 아버지의 낚싯줄을 조금 끊어서 올가미 모양으로 만든 다음 쥐가 다니는 길목에 걸어놓는 겁니다. 물론 올가미 너머에는 쥐포 같은 걸 놓아두고요. 그렇게 해서 쥐들을 잡았습니다. 버둥거리는 그 모습이 얼마나 웃기던지, 저는 올가미에 걸려 발버둥치는 쥐를 시간 가는 줄 모르고 바라봤습니다. 하지만 그것만 가지고는 금방 싫증이 났어요.

'그럼 수염을 잘라보는 건 어떨까?'

피에로의 제안에 저는 쥐의 수염을 잘랐습니다. 엄마의 바느질 가위를 훔쳤죠. 수염이 없어진 쥐들은 방향을 잡지 못하고 여기저기 부딪치다가 결국에는 쓰러져버리더군요. 처음에는 신기했지만 그것 또한 점점 시시해졌습니다.

'이번에는 꼬리를 잘라볼까? 다음에는 귀, 그다음에는 코와 다리, 또 그다음에는 눈을 파내는 거야.'

피에로는 새로운 놀이를 많이, 아주 많이 가르쳐주었습니다. 저는 쥐를 제대로 가지고 노는 법을 깨우치게 되었어요. 더 이상 심심하지 않았습니다. 외롭지도 않았고요. 제 얼굴에는 거짓이 아닌, 진심이 담긴 미소가 걸리게 되었습니다. 피에로는 제 미소가 예쁘다며 칭찬을 했습니다.

'쥐와 놀 때 네가 짓는 미소를 한번 봐봐, 얼마나 아름다운지.'

죽어버린 쥐들은 옛날 우표며 공책 같은 것이 들어 있던 상자에 넣었습니다. 곧 그 상자로도 부족해서 마을 구멍가게에서 라면 박스 하나를 몰래 가져와야 했지요. 그렇게 시간은 흘렀고 저는 중학생이 되었습니다.

제가 다녔던 중학교는 읍내에 있었습니다. 초등학교 때 친구들이 그대로 진학을 했고 그 때문에 새로운 친구는 한 명도 사귈 수가 없었습니다. 다른 마을에서 온 친구들 사이에서도 제 소문이 삽시간에 퍼졌습니다. 아빠가 미쳤다, 미친놈 집 딸하고 놀면 지랄병이 옮는다, 라고요. 저는 여전히 외톨이였어요. 항상 혼자 다니고 혼자 밥을 먹었습니다.

하지만 2학기가 되면서부터 상황이 조금 변했습니다. 초등학교 때까지는 그저 무관심으로만 일관하던 친구들이 사춘기를 겪으면서 심경에 변화가 생겼는지, 아니면 잠자고 있던 악마성이 눈을 뜬 건지 저를 구체적으로 괴롭히기 시작했습니다. 남자애들이 서랍에 개구리를 넣어둔다든가 칠판에 낙서를 한 다든가 하는 단순한 방법으로 괴롭혔다면 여자애들의 괴롭힘 은 더 치밀하면서도 잔인했습니다. 예를 들면 이런 식이었어요.

"무슨 냄새 나지 않니?"

한 친구가 말하면 모여 있던 다른 여자애들이 일제히 저를 바라봅니다.

"그러게. 아우, 진짜 지독하다."

그러면서 모두 맞장구를 치죠. 한번은 이런 일도 있었습니다. 누가 제 생리대를 훔쳐 간 겁니다. 당황스러웠지만 어떻게 할 방법이 없었어요. 사러 나갈 돈도 없었고, 남자인 담임선생님에게 말씀드릴 용기도 없었습니다. 결국 끈끈한 피를 속옷에 묻힌 채로 온종일을 버텨야 했어요. 이상한 냄새가 난다며 남자애 여자애 할 것 없이 놀려댄 건 두말할 것도 없었죠.

당연한 말이지만 저는 여자애들 쪽의 괴롭힘이 더 참기 힘들었어요. 지금에 와서 생각해보면 저는 그때 참 바보 같은 아이였습니다. 덩치만 컸지 머리는 아둔하고 행동은 굼뜨고 말도 더듬고 숫기도 없고 게다가 귀도 잘 들리지 않아 늘 되묻곤 했으니까요. 저는 그저 웃을 뿐이었습니다. 피에로가 가르쳐준 미소를 사력을 다해서, 뺨에 경련이 일 때까지 짓고 있었어요.

'이제 다른 걸로 바꿔보는 건 어떨까?'

쥐가 아닌 조금 더 재미있고 큰 동물을 가지고 놀자고 제안한 쪽은 역시나 피에로였습니다.

"좋아, 어떤 동물?"

'음…… 고양이, 고양이가 좋겠다.'

저는 찬성했습니다. 색다른 자극, 경험해보지 못한 즐거움, 학교에서의 스트레스를 풀 수 있는 새로운 장난감이 필요했거든요.

하지만 고양이를 잡는 일은 생각보다 어려웠습니다. 주위에 도둑고양이들은 많았지만 순순히 잡혀줄 리가 없었죠. 포구에 버려진 생선을 주워 와 유인하기도 했는데, 손등에 할퀸 자국만 늘어날 뿐 번번이 허탕을 쳤습니다. 생각 끝에 모아두었던 쥐를 사용하기로 했습니다. 쥐 배 속에는 엄마가 다락에 놓아둔 쥐약을 조금 넣었어요. 쥐가 쥐약을 먹고 고양이를 잡는다는 상황이 우스꽝스러워서 피에로와 함께 한참을 웃었던 게 생생하네요.

효과는 즉시 나타났습니다. 쥐를 덥석 문 고양이들은 몇 발 못 가 발광을 하면서 쓰러지더군요. 처음 몇 번은 그대로 죽어버렸지만 점차 적정량을 알게 되었습니다. 잡아 온 고양이들은 다락으로 가져가 재미있게 갖고 놀았습니다. 피에로가 또 여러 방법을 가르쳐주었거든요. 저는 쥐꼬리 같은 용돈을 모아서 새 가위와 잘 드는 공작용 칼을 사야 했어요.

그러던 어느 날이었습니다. 집도 부자인 데다가 예쁘기로 소문난 여자애 한 명이 울상을 지으며 친구들에게 이야기하는 걸 듣게 되었어요.

"어떻게 해? 우리 미미가 아직도 안 돌아왔어. 개 목에 걸린 펜던트에 이름하고 우리 집 전화번호도 적혀 있는데……."

미미라면 며칠 전 제가 잡은 고양이었어요. 북슬북슬한 흰색 털을 가진 작고 귀여운 암컷이었죠.

"괜찮을 거야. 금방 돌아오겠지."

친구들의 위로에 그 여자애는 결국 울음을 터뜨리고 말았어요. 저를 놀릴 때 짓던 표독스러운 표정은 어딘가로 사라져버렸습니다. 저는 미미가 목하고 몸통이 분리되어 우리 집 다락에 걸려 있다고 말하고 싶은 걸 겨우 참았어요. 대신에 혼자서 웃었죠, 운동장으로 뛰쳐나가 배가 아플 정도로 크게 웃었습니다.

우울하고 우중충한 중학교 3년이 더디게 흘러갔습니다. 하지만 언제나 끝은 있는 법이더군요. 어느덧 졸업할 때가 되었는데, 그사이 저희 집에는 작은 변화가 있었습니다.

엄마가 죽은 거예요. 자살이었습니다. 제가 직접 본 건 아니고 다른 사람을 통해서 전해 들었어요. 빨랫줄에 목을 매고 죽었는데, 처음 발견한 사람이 아버지였대요. 아버지는 아무 일도 없었다는 듯 집 밖으로 나와서 터덜터덜 파출소까지 걸어갔답니다. 그러고는 신고를 한 거죠. 우리 마누라가 뒈졌소, 라고. 기쁜 것처럼도 보이고 슬픈 것처럼도 보이고 두려운 것처럼도 보이는 이상야릇한 표정이었다더군요. 아무튼 장례가 치러졌고 엄마는 한 줌도 안 되는 뼛가루로 바다에 뿌려졌습니다.

혹시, 그때 제가 무얼 하고 있었는지 궁금하신가요? 엄마가 빨랫줄에다가 질긴 나일론 끈을 고리 모양으로 걸고 의자에 올라가 뛰어내렸을 때, 뒤로 밀린 의자가 방바닥에 부딪치며 큰 소리를 냈을 때, 숨이 끊어지기 직전 엄마가 후회와 고통으로 짐승 같은 울음을 쏟아냈을 때, 엄마의 기랑이에서 오줌 한 줄기가 흘러내려 도로로 하는 소리와 함께 바닥으로 떨어졌을 때, 저는 다락에 있었습니다.

다락에서, 자고 있었습니다.

정말이에요, 저는 아무 소리도 못 듣고 꿈속을 헤매기만 했습니다. 생각하면 소름이 돋을 정도로 달콤하고 깊은 잠이었습니다. 물론 피에로가 귓가에 속삭인 말은 잠결에도 똑똑히 알아들었습니다.

'그냥 자. 자고 일어나면 다 끝날 거야.'

아버지는 엄마의 죽음 이후로 더 이상해졌어요. 술을 마시는 건 똑같았는데 전처럼 주정을 부리는 대신에 멍하니 앉아서 어둠 속을 응시하거나 혼자서 중얼거리는 일이 많아졌습니다. 어쨌든 전 아무 상관이 없었습니다. 이미 완벽한 미소를 짓고 있는 저를, 아버지는 더 이상 때리지 않았으니까요.

다락에는 울지 않는 고양이들이 늘어갔고, 제 키는 쑥쑥 자라서 졸업할 때쯤에는 또래 남자애들보다도 머리 하나가 더 커졌습니다.

고등학교는 도시에 있는 곳으로 가고 싶었지만 그런 게 어디 제 마음대로 되는가요. 아버지와 저는 마을을 떠나서는 살 수가 없었습니다. 술에 취하지 않은 아주 드문 날에 아버지가 포구 일을 하면서 간간이 벌어오는 돈이 저희 집의 유일한 수입이었거든요.

저는 고등학생이 되었고, 여전히 읍내에 남아 있었습니다. 그리고 그건 친구들도 마찬가지였습니다. 다시 말해서, 괴롭힘은 멈추지 않았습니다. 아니, 오히려 더 심해졌어요. 고등학생이 되었다고 해서 갑자기 철이 들고 어른스러워질 거라 생각하면 오산입니다. 몸속에 깃든 작은 악마는 나이와는 상관없이 속삭이니까요.

그때쯤 읍내와 마을의 인심은 무척 흉흉했습니다. 바로 그 전해 여름에 불어닥친 태풍 때문에 고깃배 수십 척이 부서지거나 침몰했거든요. 양식장도 피해를 입었지요. 어른들은 자주 모여서 대책 회의다 뭐다 떠들어댔지만 해결책은 나오지 않고 서로 언성만 높였습니다. 마을 전체에 터질 것 같은 긴장감이 맴돌았습니다. 읍내는 더 심했어요. 걸핏하면 여기저기서 싸움이 벌어졌고 욕설이 오갔습니다. 어른들의 그런 사정은 고스란히 아이들에게도 전해졌습니다. 왜 아니겠어요, 어른들은 쌓여가는 분노와 짜증을 자기 새끼들한테 모두 풀었는걸요. 그리고 그 새끼들의 분노와 짜증, 그리고 스트레스는 저에게로 향했습니다.

미친년.

늘 실실 웃는다고 붙여진 그 별명이 어느 순간부터 제 이름을 대신했습니다.

"야, 미친년 온다."

"저 미친년은 뭐가 좋아서 만날 웃는데?"

"몰라, 그러니까 변태 미친년이지."

친구들은 제 면전에서도 스스럼없이 그런 말을 했습니다. 사실 그 정도는 약과였어요. 참고서가 없어지고, 신발이 찢겨 있고, 물통에 오줌이 들어 있는 일은 일상다반사였습니다. 언젠가부터는 저를 때리기 시작하더군요. 때리려는 시늉만 해도 움찔움찔 겁을 먹는 제가 재미있었나 봅니다.

"괴물처럼 덩치만 커가지고."

"불만 있으면 너도 덤벼봐."

"너 저능아지? 괴물이지? 미친년이지?"

참으로 유치한 행동이지만 친구들, 특히 여자애들은 하루에도 몇 번씩 저를 노골적으로 괴롭히고 자기들끼리 재미있다며 깔깔댔어요.

화가 나지 않았냐고요? 밉지 않았냐고요?

왜 아니겠어요. 화가 나고 죽이고 싶을 만큼 미웠습니다. 할 수만 있다면 모두 다락에다 가둬놓고 귀부터 시작해서 새끼발가락 끝까지 차례차례 잘라버리고 싶었습니다.

하지만 아버지를 통해 각인된 폭력의 기억이 저를 옭아맸습니다. 반항하지 못하게 만들었어요. 분노보다 두려움이 먼저 찾아왔죠. 뒤늦게, 폭발하듯 치밀어 오르는 분노는 늘 다락에서 풀었습니다. 고양이의 배를 가르고, 그 배 속에 개의 머리를 넣는 식으로요.

맞습니다. 고등학생이 된 저는 고양이에만 만족 못 하고 개를 가지고 놀기 시작했습니다. 사람을 잘 따르는 개는 고양이

보다 유인하기가 쉬웠습니다. 대신에 장난감으로 만들기는 더 어려웠죠. 한번은 팔을 크게 물려서 몇 주 동안 고생한 적도 있었으니까요.

친구들의 괴롭힘이 심해질수록 동물을 죽이는 일에 더 심취했습니다. 그러면서 저는 제 내면에 잠들어 있는 악惡을 느낄 수가 있었습니다. 고등학생들의 치기 어린 악의惡意와는 차원이 다른, 강력하면서도 순수한, 악 그 자체로서의 악이었죠. 그것은 날이 갈수록 자라났습니다. 피에로는 이렇게 말했습니다.

'그게 널 자유롭게 만들 거야. 행복하게 만들 거고.'

비슷한 일상, 쇠약해진 아빠의 술주정과 피에로와의 장난, 그리고 친구들의 괴롭힘이 되풀이되던 고등학교 2학년의 어느 날, 제 인생을 송두리째 흔들어놓는 일이 생겼습니다. Y가 전학을 온 것입니다.

Y는 도시에서 전근 온 공무원 아빠를 따라 전학을 하게 되었다고, 자기소개를 했습니다. 여러분과 친하게 지내고 싶다고도 말했어요. Y는 키가 컸습니다.

"저기 맨 뒷자리 짝 없는 애 옆에 앉으면 되겠다."

선생님이 말한 짝 없는 애는 바로 저였습니다. 제 이름을 기억하지 못하는 담임에게 서운한 마음을 품을 새도 없이, 저를 향해 걸어오는 Y에게 정신을 뺏겼습니다. 착해 보이는 크고 둥근 눈과 뽀얀 피부, 깨끗한 미소와 훤칠한 키.

아, 지금 생각해도 가슴이 두근거리네요. Y는 모든 친구의 시선을 한 몸에 받으며 우아한 동작으로 제 옆에 앉았습니다. 저는 심장이 튀어나오는 줄 알았습니다. 한 번도 느껴보지 못한 감정이었죠.

"난 Y야, 친하게 지내자."

Y가 저를 향해 손을 내밀었을 때는 정말이지 기절하기 일보 직전이었습니다. 숨을 제대로 쉴 수가 없었어요. 무슨 정신으로 Y의 손을 마주 잡았는지 모르겠습니다.

"넌 웃는 게 참 예쁘구나."

Y가 제 얼굴을 바라보며 말했습니다. 순간 제 귀를 의심했습니다. 평소에도 잘 들리지 않아 속을 썩이더니 이제는 환청까지 들리게 한다고 생각하면서요.

"예쁘다고, 웃는 게."

Y는 싱긋 웃은 뒤, 칠판을 향해 고개를 돌렸습니다. 저는 손으로 제 얼굴을 더듬었습니다. 가면처럼 얼굴에 달라붙어 있던 미소가 그때만큼 자랑스러웠던 적이 없었습니다. 예쁘다고 말해준 건 Y를 제외하고는 피에로가 유일했으니까요. 가슴이 터질 것 같았어요. 긴장한 탓인지 겨드랑이에 땀이 차올라, 또 냄새라도 나면 어쩌나 무진장 걱정을 했었습니다. 그렇게 정신없이 수업 시간이 지나가는데 Y가 제 옆구리를 쿡 찔렀습니다.

"그런데 너, 손에 왜 그렇게 상처가 많아?"

Y는 호기심 어린 눈으로 저의 상처투성이 손을 바라보고 있었습니다. 당연하지요, 당연할 수밖에요. 동물들과 노는 건 여간 힘든 일이 아니거든요. 아무리 능숙해져도 사흘에 한 번은 꼭 새로운 상처가 생겼습니다.

"아니, 그냥……."

저는 조그만 목소리로 대답했습니다. Y는 설핏 미소를 짓고는 다시 고개를 돌리더군요. 그런 Y의 손에는 빨간색 커터 칼이 들려 있었습니다. 드르륵. 드르륵. Y는 습관처럼 칼날을 빼고 넣고를 반복했습니다. 아주, 능숙한 손놀림이었습니다.

Y는 여학생들의 인기를 독차지했습니다. 공부도 곧잘 하는데다가 운동이면 운동, 노래면 노래 못하는 게 없었으니까요. 게다가 또래 남자아이들에게서는 볼 수 없는 어른스러운 면까지, 비단 잘생긴 얼굴이 아니고라도 Y는 사랑받을 만한 구석이 많은 아이였습니다.

네, 저도 Y를 좋아했습니다. 아니, 사랑했지요. 태어나서 처음으로 가져본 마음이었습니다. 학교에 가는 게 즐거웠던 건 그때가 처음이었어요. 여자애들은 Y와 짝인 저를 시샘 어린 눈으로 바라봤지요. Y가 오고부터는 대놓고 저를 괴롭히는 아이들의 수가 줄어들었습니다. 특히 암캐 같은 여자애들이 얌전한 척 내숭을 떨었지요. 저는 기쁘고 홀가분한 마음 한편으로 구역질이 날 만큼 역겨운 기분도 들었습니다. 뭐랄까요, 날카롭게 베인 상처의 단면을 본 듯한 느낌이었습니다. 날마다 동물들의 살을 자르고 배를 가르면서도 인간의 추악한 모습 앞에서는 저도 어찌할 바를 모르겠더군요.

Y는 거울 같은 아이였습니다. 친구들은 Y의 창백할 정도로 하얀 피부와 얼음장처럼 투명한 미소를 보며 자신들의 새까맣

게 그을린 피부가 얼마나 추한지, 해풍에 시달린 머릿결이 얼마나 지저분한지, 자랑삼아 떠들어댔던 시험 성적이며 운동 실력이 얼마나 보잘것없는 것인지 고통스러울 정도로 선명하게 확인할 수 있었습니다.

어쩌면 그래서일지도 모르겠군요. Y가 남녀노소 누구에게나 이상할 정도로 인기가 많았던 건, 자신의 추레하고 비루한 모습을 들키지 않으려고 Y 앞에서 그토록 거짓 웃음을 흘렸던 게 아닐까요? 거울을 보며 화장을 고치고 머리를 매만지고 이 사이에 낀 고춧가루를 빼는 지금 우리네 삶처럼 말입니다.

저도 마찬가지였습니다. Y 앞에만 서면 자꾸 부끄러워졌습니다. 속옷 한 장 없이 발가벗겨진 느낌이었습니다. 답답할 정도로 큰 머리, 멀찌감치 떨어져 바보스러움을 더하는 두 눈, 찰흙 덩이를 아무렇게나 주물렀다 붙인 것 같은 코, 구부정한 어깨와 산처럼 큰 덩치까지 어느 것 하나 예뻐 보이지 않았습니다. 하지만 저에게는 미소가 있었습니다.

"넌 웃는 게 참 예쁘구나."

Y가 해준 그 말을 떠올릴 때면 젖꼭지가 찌릿찌릿하니 딴 세상에 온 듯 황홀한 기분이 들었습니다. 어린 시절부터 필사적으로 만들어 붙인 미소만은 누구에게도 지지 않을 자신이 있었습니다.

"어떻게 하면 좋을까?"

저는 매일같이 피에로에게 물었습니다. 동물들과 같이 노는 일도 시들하게 느껴질 만큼 Y에게 빠져 있었거든요. 빠진다는 말은 머리끝까지 푹 잠긴다는 말과도 같은 것이겠지요. 그즈음의 제 매일매일은 그야말로 Y 그 자체였습니다. 숨도 쉴 수가 없었고, 아무것도 보이지 않고 아무것도 들리지 않았습니다. 사랑이라는 이름의 시멘트를 매달고 시커먼 바닷속에 빠진 기분이었습니다. 아니, 아니군요. 차라리 늪이라는 표현이 더 맞겠습니다. 헤어 나올 수 없는 늪. 발버둥 칠수록 점점 더 가라앉고 마는 Y라는 이름의 늪.

Y가 전학 오고 얼마 후, 그러니까 지루한 장마가 지나가고 여름방학이 코앞으로 다가오던 무렵이었습니다. 읍내는 물론이고 전국을 떠들썩하게 만든 사건이 학교에서 일어났지요.

혹시 빨간 바바리맨 사건이라고, 들어보셨습니까? 미치광이 변태가 고등학생들을 살해한 사건으로, 그 당시에는 꽤 떠들썩했습니다. 촌스럽고 원색적인 그 이름이 신문이며 뉴스에 며칠 동안 오르내렸던 게 기억나네요.

어느 학교에나 마찬가지로 저희 학교 앞에도 바바리맨이 있었습니다. 등하굣길에 숨어 있다가 여학생이 나타나면 옷섶을 풀어 헤치는 거야 다른 변태들과 똑같았지만 한 가지 다른 점은 그 옷이라는 게 빨간색 천 쪼가리였다는 겁니다. 점집의 커튼으로나 쓸 법한 야시시한 붉은 천을 온몸에 두르고 골목에서 불쑥 튀어나오던 놈, 그게 바로 빨간 바바리맨이었어요. 우리는 그렇게 불렀죠.

빨간 바바리맨은 복장만 특이한 게 아니라 하는 짓도 좀 유별났어요. 반쯤 벗은 모습으로 여학생들 앞에서 춤을 췄으니까요. 그렇다고 성기를 드러내는 노골적인 행동을 하지는 않았습니다. 속옷은 꼭 입었던 걸로 기억해요. 그래서일까요, 어른들도 그렇고 학생들도 그렇고 시간이 지나면서 점점 무덤덤해졌습니다. 게다가 그 빨간 바바리맨은 읍내 유지의 아들이었어요. 고깃배를 세 척이나 가진 선장이었는데 비까번쩍한 그 배들과 달리 낳아놓은 아들은 반편이나 다름없었죠. 소문에 의하면 정신병원에도 보내보고 집에 가두기도 했다는데 몇 년이고 아무 차도가 없으니까 포기하는 셈 치고 내버려둔 거라더군요. 이상한 짓을 하고 돌아다녀서 그렇지 딱히 피해를 입히지는 않으니까, 하면서요. 결국 그 믿음이 화를 불렀죠.

저도 빨간 바바리맨과 몇 번 마주쳤습니다. 언젠가 한번은 말없이 가버린 친구들 대신에 혼자 화장실 청소를 하고 돌아가던 길에 빨간 바바리맨을 만났습니다. 해 질 무렵이었어요. 노을처럼 새빨간 천이 하늘거린다 싶더니 흥얼흥얼 노랫소리가 들리면서 그놈이 튀어나왔습니다. 아마 골목에 숨어 있었던 거겠죠.

놀라서 한 발짝 뒤로 물러났더니 빨간 바바리맨은 웃으며 춤을 추기 시작하더군요. 뭐랄까요, 그건 춤이라기보다는 차라리 꿈틀거림이나 행위 예술에 가까웠습니다. 손가락부터 손목, 팔꿈치, 그리고 어깨의 관절을 이상한 각도로 꺾으며 하늘을 가리키기도 하고 땅을 찌르기도 했으니까요. 반질반질한 대머리를 상하좌우로 까딱거리면서요. 입에서는 끊임없이 처음 듣는 노래가 흘러나왔고요. 정상적이라 할 수 없는 몸짓이었지만, 그날 저녁의 저는 왠지 모르게 그 춤에 빠져들었습니다.

아마도 눈을 보았기 때문일 겁니다. 빨간 바바리맨과 마주친 짧은 순간, 저는 그 남자의 눈 속을 들여다볼 수 있었습니다. 초점이 맞지 않는 그 눈에는 공허함이 깃들어 있더군요. 하지만 저를 사로잡은 건 공허함 이면에 감추어진 어떤 광기였습니다. 미친놈이니까 당연하다고 생각하시겠지만, 제가 훔쳐본 광기는 머리에 꽃을 꽂고 히죽대는 그런 종류의 광기가 아니었습니다. 오랜 세월 쌓이고 쌓여 단단하게 여문 퇴적암처럼 분노와 미움, 파괴와 폭력이 겹겹이 층을 이루며 굳어 있었고, 그것이 광기로 변해 빨간 바바리맨의 내면에서 넘실넘실 춤을 추는 중이었습니다. 호시탐탐 튀어나오길 기다리면서 말이죠.

고작 고등학교 1학년이었던 제가 어떻게 그런 걸 알게 되었느냐고 물으신다면, 글쎄요 그저 직감이라고밖에 설명할 방법이 없네요. 당시의 저는 왠지 그런 것들을 알 수 있었습니다. 인간의 어두운 면들, 감추고 싶은 욕망 같은 것들을 쉽게 눈치채곤 했습니다. Y가 거울이었다면 저는 현미경이었는지도 모르겠네요. 아무튼, 제 직감은 대부분 정확했고 그것은 빨간 바바리맨도 예외는 아니었습니다.

그날도 여느 때와 다름없는 시간에 등교를 하고 있었습니다. 학교로 향하는 오르막길에는 고만고만한 뒷모습을 가진 학생들이 생선 상자를 옮기는 컨베이어 벨트 위의 물건처럼 줄줄이 올라가는 중이었죠. 무척 더웠던 걸로 기억합니다. 아침부터 푹푹 찌는 날씨였고 겨드랑이와 등에서 쉴 새 없이 땀이 흘러 몹시 불쾌했습니다. Y의 얼굴을 떠올려봐도 그 불쾌감은 쉽게 사라지지 않았습니다. 오히려 그 얼굴 위로 반 친구들의 밉살스러운 얼굴이 겹쳐지며 짜증과 분노가 동시에 밀려왔습니다. 오늘 밤에는 개를 가지고 놀자, 오랫동안, 샅샅이. 저는 그런 생각을 하며 꾸역꾸역 발을 옮겼어요. 학교 정문까지는 10여 미터 정도가 남았었죠. 혹시 Y가 오고 있는 게 아닐까 하는 기대감에 잠시 뒤를 돌아봤을 때, 첫번째 비명이 들렸습니다. 저는 재빨리 고개를 돌렸죠.

처음에는 무슨 일인지 잘 몰랐어요. 밝은 곳에 있다가 갑자기 영화관으로 들어간 듯한 느낌이라고나 할까요. 눈앞에서 펼쳐지는 일이 도무지 현실로 받아들여지지가 않았습니다.

빨간 바바리맨이 도끼를 휘두르고 있었습니다. 손잡이가 빨간 손도끼로, 그물이나 밧줄을 자르는 데 쓰느라 마을 어디에나 널려 있는 도구였어요. 제일 처음의 도끼질은 아마도 비명을 질렀던 학생의 친구를 향했나 봅니다. 바닥에는 피범벅이 된 여학생 한 명이 쓰러져 있었고, 비명의 주인공으로 짐작되는 또 다른 여학생에게는 그 순간 막 두번째 도끼질이 날아들었으니까요.

정말로 퍽, 하는 소리가 났습니다. 저는 꽤 떨어져 있었는데도 그 소리를 생생하게 들을 수 있었죠. 수박을 자르듯 도끼날이 여학생의 머리를 파고들었습니다. 피가 사방으로 튀더군요. 누군가가 다시 비명을 질렀고, 그것이 신호라도 되었는지 한가롭고 지루했던 교문 앞은 곧 아비규환으로 변했습니다.

세번째 희생자는 2학년 배지를 단 남학생이었습니다. 도망치려다가 도끼에 어깨를 찍히고는 데굴데굴 굴렀습니다. 네번째, 다섯번째, 빨간 바바리맨은 엄청난 기세로 아이들을 공격했습니다. 무시무시한 힘이었죠. 다리가 풀려 주저앉은 여학생들은 그놈의 좋은 먹잇감이었습니다.

저는 그 모든 광경을 똑똑히 바라보고 있었습니다. 움직일 수가 없었어요. 눈도 깜박이지 못했던 것 같네요. 물론, 무서웠습니다. 턱이 덜덜 떨릴 만큼이요. 하지만 제 발을 묶은 건 공포가 아니었습니다. 그것은 흥분이었습니다. 온몸을 휘감는 짜릿한 흥분.

괴상한 춤과 변태 행위 속에서 잠자고 있던 광기가 깨어났고, 그렇게 각성해버린 빨간 바바리맨의 압도적인 존재감은 제 마음을 휘저었습니다. 저는 늘 주인공이 되고 싶었습니다. 주정뱅이 아빠를 피해 다락에 숨고 친구들의 괴롭힘을 묵묵히 받아내는 조연이 아니라 화려하고 당당하게 살아가는 주인공. 스스로도 인정하지 않고 마음속 깊이 감춰둔 그 욕망이 빨간 바바리맨의 살육을 계기로 순식간에 자라나 제 몸을 찢고 밖으로 튀어나왔습니다.

저는 바바리맨을 향해 다가갔습니다. 아이들에게서 흘러나온 피가 제 신발을 적시더군요. 그놈의 시선이 드디어 저에게로 향했습니다. 과연, 얇은 막이 떨어져 나간 빨간 바바리맨의 눈은 시뻘건 광기로 번들거리더군요. 놈은 도끼를 치켜들고 성큼성큼 내려왔습니다. 어디서 그런 용기가 났는지 모르겠지만,

저는 빨간 바바리맨에게서 눈을 떼지 않은 채 가방을 뒤져 동물들과 놀 때 쓰는 칼을 꺼냈습니다.

"재미있어요?"

목소리가 들려온 건 바로 그 순간이었습니다.

옆으로 돌아보니 Y가 싱글싱글 웃으면서 다가오고 있었습니다. 긴장한 기색이라고는 조금도 없었는데요, 그 모습을 보자 웬일인지 맥이 탁 풀리면서 흥분도 가라앉았습니다.

그때의 기억이 생생하네요. 내리쬐는 아침 햇볕, 비릿한 피 냄새, 여기저기서 들리는 비명과 신음, 멀리서 달려오던 사이렌, 그리고 빨간 바바리맨의 거친 숨소리. 참사의 현장을 유유히 누비던 Y의 몸짓은 그 후로도 꽤 오랫동안 제 머릿속을 맴돌았습니다. Y는 쓰러져서 죽어가는, 혹은 이미 죽어버린 아이들을 바라보며 다시 입을 열었습니다.

"이게, 진짜 재미있냐고요?"

빨간 바바리맨은 그 말의 의미를 되새기는 듯 가만히 서서 땀으로 범벅이 된 머리를 갸웃거렸습니다. 들고 있는 도끼에서는 새빨간 피가 뚝뚝 흘러내렸는데, 몸에 걸친 빨간 천과 어우러지면서 한층 강렬한 느낌이 들더군요. 그걸 보고 있자니 잠시 식었던 흥분이 다시 차올랐습니다.

"이러고 싶은 걸 지금까지 어떻게 참으셨어요?"

Y는 멋진 미소를 지어 보였습니다. 빨간 바바리맨도 따라 웃더군요. 거리는 조용했습니다. 이제는 신음도 들리지 않았죠. 어떻게 된 건지 말리러 나오는 어른이 한 명도 없었습니다.

"고마워."

빨간 바바리맨이 부정확한 발음으로 그렇게 말했습니다. 저는 두 사람의 대화를 듣고만 있었는데, 왠지 혼자만 소외받는 것 같아 몹시 속이 상했습니다.

"할 일을 다 하셨으니, 그럼."

Y는 노인 같은 걸음으로 휘적휘적 저에게 다가오더니 제 손에 들린 칼을 가져갔습니다. 그 동작이 무척 자연스러워 어떤 위화감도 들지 않았어요. 당연히 그래야 하는 것처럼, 저는 소중한 보물인 공작용 칼을 내어주었습니다. Y는 그 칼을 들고 빨간 바바리맨에게로 다가가더군요. 무슨 일이 생길까 봐 조마조마했습니다. 저에게는 학생 모두가 죽는 것보다 Y가 다치는 것이 더 견디기 힘들었거든요.

그래요, 맞습니다. 이미 오래전부터 고장 나 있던 제 마음이 그날의 사건을 계기로 완전히 죽어버렸습니다. 도끼날에 당한 아이들에게는 일말의 동정심도 들지 않았습니다. 저는, 모든 상황을 흥미진진하게, 또는 부러운 눈으로 바라보는 제 마음속의 또 다른 '나'를 느낄 수 있었습니다.

"수고하셨습니다."

Y는 인사와 함께 선물을 건네듯 빨간 바바리맨의 목에 제 칼을 찔러 넣었습니다. 안 그래도 부리부리한 바바리맨의 눈이 더 커지더군요. 양쪽 콧구멍이 우스꽝스러울 정도로 넓게 팽창됐고, 입에서는 바람이 빠지는 것 같은 이상한 소리가 새어 나왔죠.

한 번 더, Y는 정확하고 단호한 동작으로 칼을 놀렸습니다. 고통 때문이었는지 빨간 바바리맨의 얼굴이 일그러졌는데, 그 표정이 묘하게 웃는 것처럼 보였습니다. 저도 웃어주었어요. 아마 Y도 마찬가지였을 겁니다. 그 자리에 있었다면 누구나 웃지 않았을까요?

빨간 바바리맨은 도끼를 든 채로 천천히 앞으로 쓰러졌습니다. Y가 저를 향해 돌아섰습니다. 그러고는 고개를 까딱하더군요. 잘했다는 듯이. 고맙다는 듯이. 그 순간, 우리 둘 사이에는 서로만 알아챌 수 있는 동질감이 흘렀습니다. 우리는 같은 부류였던 거죠. 마음속에 그 끝을 알 수 없는 악을 간직한 사람. 아니, 사람이 아닐지도 모르겠네요.

아무튼, 그 후의 상황은 신문이나 뉴스에서 보신 그대로입니다. 그야말로 난리가 났죠. 서울에서도 기자라는 사람들이 엄청 몰려오고, 맛없고 야윈 생선처럼 홀대받던 저희 읍은 사람들의 엄청난 관심 속에 몇 날 며칠 동안 시끄러웠어요.

세 명이 죽고 네 명이 부상을 입었지요. 부상자 중에는 저희 반 아이도 한 명 있었는데, 한쪽 팔이 잘린 불구로 평생을 살아야 했죠. 빨간 바바리맨도 죽었습니다. 그래서 결국 이유는 밝혀지지 않았습니다. 왜 갑자기 돌변해서 살인귀가 되었는지, 무엇이 잠자고 있던 광기를 깨운 것인지는 영원히 미궁으로 빠져버렸죠. 유명한 박사고 학자라는 사람들이 텔레비전에 나와 이유랍시고 꽤나 떠들었지만 다 개소리였습니다. 빨간 바바리맨의 아버지라는 양반은 배를 다 팔고도 보상금을 감당할 수가 없어서 빈털터리가 되었다는 소문이 들리더군요. 사람들은 충격에 빠졌습니다. 몇 달이 지나도 지워지지 않던 참사 현장의 핏자국처럼 사람들의 마음속에도 길고 진한 그림자가 드리웠죠.

Y는 영웅이 되었어요. 살인마를 제압한 고등학생. 멋지지 않습니까? 신문에는 Y의 인터뷰 기사가 실렸어요. 뉴스에 직접 출연하기도 했고요. 용감한 시민상이다, 경찰청장 표창이다 뭐다 해서 상도 엄청 받았습니다. 사람들은 미쳐 날뛰는 어른을 어떻게 제압했는지 따위는 관심도 없었습니다. 목격자들은 하나같이 도끼를 마구 휘두르는 빨간 바바리맨을 향해 Y가 용감하게 달려들었다는 이야기를 했어요. 그렇게 Y는 주인공이 되었어요. 온 국민의 찬사를 받는 주인공.

저는 무척 기뻤답니다. 마치 제 일인 것 같았거든요. 하지만 한편으로는 아쉽기도 했습니다. 빨간 바바리맨과 Y의 이름은 신물이 날 정도로 울려 퍼졌지만, 사건 현장에 끝까지 남아 있었고 빨간 바바리맨을 격퇴한 무기의 주인이 저라는 사실은 아무도 몰랐거든요. 누구도 저에게 묻지 않았습니다. 현장에 출동한 경찰들도 저에게는 아무런 질문을 하지 않더군요. 결국 저는 또 조연에 머물고 말았던 겁니다. 이 소동이 가라앉고 나면 아이들에게 괴롭힘을 당하는 예전 생활로 다시 돌아가야 된다는 생각에 저는 우울해졌습니다. 사건이 일어난 뒤, 학교는 여름방학을 일찍 당겨서 시작해버렸거든요.

빨간 바바리맨에게 희생당한 아이들의 합동 장례식장에서

저는 오랜만에 Y를 만날 수 있었습니다. 검은색 양복을 차려입고 슬픈 듯한 표정을 짓는 Y를 향해 카메라 플래시가 쉴 새 없이 터졌죠. 저는 먼발치서 Y의 옆모습만 바라보았지만 곧바로 알 수 있었습니다. Y가 웃고 있다는 사실을요. 가면 같은 표정으로 그 웃음을 숨긴 거지요.

아니나 다를까, 화장실 앞에서 잠시 마주친 Y는 저에게 이렇게 속삭였습니다.

"재미있지 않냐?"

저는 말없이 고개를 끄덕였습니다.

"역시, 난 네가 나와 같은 사람이란 걸 처음 보자마자 알아챘지."

"그건 나도 그래."

"내가 비밀 하나 말해줄까?"

Y가 더 낮은 목소리로 은근하게 물었습니다. 저는 이번에도 고개를 끄덕였죠.

"그 자식 있잖아, 빨간 바바리맨. 그거 내가 그런 거야."

Y에게서는 달콤하면서도 비릿한 땀 냄새가 풍겼습니다. 여름밤 다락에 틀어박혀 동물들의 눈을 파내고 머리를 자를 때 제 몸에서 나는 것과 똑같은 냄새였습니다.

"내가 말해줬어. 조금 더 재미있게 살아보라고. 웅웅웅, 이렇게."

웅웅웅, 이라고 말하면서 Y는 도끼를 휘두르는 모습을 흉내 냈습니다. 그게 가능한 일이었는지는 모르겠지만, Y의 그 말은 저에게는 신선한 충격이었습니다.

"다음에는 너한테도 설명해줄게. 조종에 대해서."

Y는 그렇게 말하고는 제 손을 살짝 잡은 다음 기자들이 있는 곳으로 되돌아갔습니다. 저는 한참 동안 화장실 앞에 서 있었어요. 심장이 두근거렸죠. 빨간 바바리맨에게 감사하고 싶을 정도였습니다. 이유야 누구에게 있든, 빨간 바바리맨 덕분에 Y와 저는 변하게 된 거였으니까요. 하지만 변한 건 저희 둘만이 아니었습니다. 저는 얼마 안 가 그걸 알게 되었죠.

해풍을 타고 온 덥고 습한 여름 공기가 읍내를 떠도는 동안 빨간 바바리맨 사건에 쏠렸던 관심은 점차 옅어졌습니다. 기자들과 방송국 카메라맨들도 읍내를 떠났고 호기심에 찾아오던 외지인의 수도 줄어들었습니다. 사람들은 일상으로 돌아갔죠. 길고 지루한 장마를 피해 고깃배들이 포구를 떠났고 때로는 만선으로, 또 때로는 빈 배로 돌아오기도 했습니다. 모이기만 하면 겁에 질린 얼굴로 사건 이야기를 나누던 사람들도 시시껄렁한 농담이나 옆집 부부의 흉, 아니면 간밤의 드라마로 화제를 바꾸었습니다.

하지만 사람들의 무의식 속에 자리 잡은 흉측한 상처는 쉽게 아물지 않았습니다. 아니, 아물었다 해도 얼기설기 기운 듯한 흉터는 벌겋게 남았겠죠. 해가 지면 인적이 뚝 끊긴다거나 대문에 튼튼한 자물쇠를 설치하고 담벼락에는 소주병을 깨서 박아 넣는 사람들이 늘어난 것도 다 그 때문이었습니다. 겉으로는 웃었지만 마음속은 그렇지 않았습니다. 사람들은 이웃의 누군가가 어느 순간 돌변할지 몰라 늘 서로를 의심했습니다.

앞서도 말씀드린 그 애, 팔이 잘려서 영영 불구로 지내야 하는 같은 반 친구가 읍내를 떠나던 날이었습니다. 가족 모두가 다른 도시로 이사를 간다는 이야기는 이미 몇 주 전부터 떠돌았습니다. 그리고 드디어 그날이 되었을 때, 꽤 많은 사람이 그 친구의 집 앞에 모였습니다. 저도 그 자리에 있었습니다. 작별 인사를 나누는 게 목적이라 말은 했지만 사람들의 얼굴에는 호기심이 떠나지 않았습니다. 사람들은 타인의 불행을 통해 자신의 행복을 확인하는 법이니까요.

냉장고며 세탁기 같은 짐이 하나둘 실려 나올 때까지만 하더라도 사람들은 재잘재잘 잘도 떠들었습니다.

"쯧쯧, 불쌍해서 어떻게 해."

"가서도 잘 살아야 할 텐데 걱정이네, 어린 나이에."

"재수가 없었어, 재수가."

다들 걱정하는 척 말은 했지만 그 속에는 내가 당하지 않아서 다행이라는 안도감이 들어 있었습니다.

시간이 얼마나 지났을까요, 1톤 트럭 두 대가 꽉꽉 찰 무렵 엄마와 함께 그 친구가 밖으로 나왔습니다. 아, 이제는 이름도 생각이 안 나네요. 아무튼 그 애가 뭉툭해진 팔을 붙잡고 등장한 순간 사람들은 일제히 입을 다물었습니다. 찬물이라도 끼얹었다고 하나요? 주위에 싸늘한 공기가 맴돌았죠. 그 차가운 침묵은 그 애가 트럭을 타고 사라질 때까지도 계속되었습니다.

그걸 보며 저는 확실히 깨달았습니다. 빨간 바바리맨이 남긴 상처는 결코 사라지지 않으리라는 사실을요. 잘린 팔이 다시 자라지 않듯이 말이죠.

저요? 저는 어떻게 되었냐고요?

피에로의 말을 빌리자면, 저는 여름방학 내내 번데기 상태였습니다.

'빨간 바바리맨 때문에 넌 번데기가 될 수 있었어. 번데기 속은 답답하고 괴롭겠지만 언젠가 때가 되면 넌 나비처럼 화려하게 변할 거야.'

그 말 그대로, 한 마리 번데기처럼 저는 집 안에만 틀어박혀 지냈습니다. 가끔 개를 잡아 와서 함께 놀기는 했지만 그것도 갈수록 시시해져서 읍내를 떠난 그 애를 지켜본 후로는 거의 집에서 나오지 않았습니다. 집에 있는 동안에는 대부분 다락에서 시간을 보냈죠. 천장에는 죽은 장난감들이 주렁주렁 매달려 있었지만, 이제 그걸 보고도 전혀 흥분되지 않았습니다. 그럴 수밖에요. 빨간 바바리맨의 도끼질을 봤는데 개나 고양이 따위야 시시하게 느껴질 수밖에요. 대신에 저는 피에로와 전에 없이 많은 이야기를 나누었습니다.

"주인공이 되고 싶어."

'조금만 기다려. 네가 원하는 대로 될 거야.'

"방학이 끝나면 애들이 또 괴롭힐 거야. 무서워."

'걱정하지 마. 넌 이제 달라졌어. 아무도 널 괴롭히지 못할 거야.'

"Y를 내 걸로 만들고 싶어."

'그럼 그렇게 해.'

"친구가 필요해."

'난 너의 영원한 친구야. 절대 떨어지지 않을게.'

다락에는 오래된 거울이 있었습니다. 귀퉁이가 깨져서 거미줄 같은 실금이 새겨진 그 거울에 저는 종종 제 얼굴을 비춰보았습니다. 만족스럽게 웃고 있는 제 표정을 확인하기 위해서요. 거울 속에 비친 제 모습은 무척 아름다워 보였습니다. 저는 가끔 입을 더 크게 벌리고 있는 힘껏 미소를 지어 보였는데, 그럴 때면 몸속 깊숙이 들어 있던 어둠이 슬금슬금 기어 나와 다락 안을 가득 채우곤 했습니다.

여름방학이 끝나갈 무렵 저는 Y를 찾아갔습니다. Y가 보고 싶기도 했었지만 무엇보다 장례식장에서 들었던 '조종'이라는 말이 마음에 걸렸기 때문이었습니다. 하지만 마음을 먹지 못하고 머뭇거리고만 있었는데 피에로가 Y도 반가워할 거란 말을 해줘서 용기를 얻었습니다.

Y의 집은 읍내 중심부에서 약간 벗어난 어창 고개에 있었습니다. 옛날에는 잡은 고기들을 말려서 모아놓는 창고가 여러 개 있었다는데 그때는 이미 다 없어지고 Y처럼 외지에서 넘어온 사람들이 모여 사는 곳이 바로 어창 고개였습니다.

저는 Y를 만나기 위해 집 앞에서 서성거렸습니다. 해질녘이었네요. 벌겋게 질려가던 저녁 하늘이 길고 어두운 그림자를 던지고 있었으니까요. 한 시간이 지나고 두 시간이 흘렀지만, Y

는 나타나지 않았습니다. 어느새 주위는 깜깜해졌습니다. 방학 동안에도 옆 도시의 큰 학원에 다닌다는 말을 얼핏 들었기에 그래도 무작정 기다리기로 했습니다.

Y는 그 후로도 두 시간 정도가 더 지나서야 돌아왔습니다. 가방을 들고 털레털레 걸어오는 Y를 발견한 저는 어둠 속에서 모습을 드러냈습니다.

"늦었네?"

Y는 깜짝 놀란 듯 한참 동안 저를 바라보더니 표정을 풀고는 피식 웃었습니다.

"뭐야, 너잖아. 어쩐 일이야?"

"물어볼 게 있어서."

"그나저나 너, 좀 변했구나?"

변한 건 Y도 마찬가지였습니다. 두어 달 사이에 키도 한 뼘쯤 더 커진 데다가 얼굴도 어른스럽게 바뀌었더군요. 게다가 전체적인 분위기도 더 어두워져서 마치 딴사람 같았습니다.

"조종이 뭐야?"

"조종?"

"그래, 네가 말해줬잖아."

"아, 그거."

Y는 눈을 가늘게 뜨고 쿡쿡 웃었습니다. 그러더니 제 어깨에 손을 올리고는 저를 집과 떨어진 느티나무 밑으로 데려갔습니다. 바람이 불 때마다 나뭇가지가 흔들리며 스스스 하는 소리가 나더군요.

"안 그래도 네가 보고 싶었어."

Y의 끈적끈적한 입김이 제 귀에 닿았습니다. 온몸이 찌릿찌릿 달아올랐죠. 저는 침을 꿀꺽 삼켰는데, Y는 그런 제 모습을 재미있다는 듯 바라보더군요.

"넌 혹시 그런 적 없어? 사람들이 자기 마음속에 꽁꽁 숨겨 둔 나쁜 기운을 알아챘던 적."

제가 몇 번이나 말씀드렸습니다만, 저는 오래전부터 그런 경험이 있었습니다. 그래서 고개를 끄덕였죠. Y는 기쁜 표정을 지어 보이며 저에게로 얼굴을 더 들이밀었습니다.

"그래, 그렇구나. 그럴 줄 알았어. 난 어릴 때부터 그랬거든. 누군가를 미워하는 마음이나 질투하는 마음, 아니면 감춰놓은 욕심 같은 걸 항상 눈치챌 수 있었어. 그리고 언제부턴가는 사람들 마음을 조금만 건드리면 그런 나쁜 기운을 토해낸다는 사실도 깨닫게 됐지. 어른이고 아이고 할 것 없이 인간이라는 생물은 참 단순하거든. 안 그래? 착한 척 감싸고 있는 가면을 벗겨내면 귀신처럼 변하거든."

"그게 조종이구나."

"그렇지. 방법이야 사람마다 다르지만 슬쩍슬쩍 부추기기만 하면 대부분 넘어와. 사람들은 자기가 듣고 싶어 하던 말에 솔깃하잖아. 그 대머리 변태 자식은 진짜 단순했어. 내가 몇 번 만나서 하고 싶은 걸 하라고, 재미있는 일을 해보라고 말해줬더니 그냥 도끼를 들고 설치더라고. 나도 그 정도까지 할 줄은 몰랐어."

Y는 거울이라는 말을 제가 했던가요? 배를 잡고 낄낄거리는 Y를 보며 저는 그 사실을 다시 한 번 떠올렸습니다. 누군가를 조종하는 건 Y에게는 식은 죽 먹기였을 겁니다. 왜 아니겠어요? 거울 속 자신이 자기를 향해 속삭이는데 그 말을 무시할 사람이 몇 명이나 되겠습니까.

저는 분한 마음이 들었습니다. Y와 저는 똑같이 악과 함께 사는 사람이었지만 신은 Y에게만 호의를 베푼 걸요. 처음으로, Y가 미웠습니다. 질투심이 생겼어요. 그래서였을 겁니다. Y에게 제 비밀을 불쑥 털어놓은 건.

"난 집에서 동물들을 가지고 놀아."

"동물들?"

"개나 고양이를 유인해서 배도 가르고 가죽도 벗기고 눈도 파내는 거야."

"호오, 칼을 들고 있는 걸 보고 왠지 그럴지도 모르겠다 싶었는데. 대단한데?"

그때의 심정을 어떻게 표현할까요? Y에게 인정받았다는 생각에 제 가슴은 한껏 부풀어 올랐습니다. 할 수만 있다면 당장이라도 고양이 한 마리를 낚아 와 내장을 꺼내서 보여주고 싶었습니다.

"언제 한번 너희 집에 놀러 갈게. 직접 보여줘."

저는 고개를 끄덕였습니다. Y는 저를 물끄러미 바라본 후 돌아서서 집을 향해 걸어갔습니다. 밤길을 걸어 저희 집으로 돌아오는 동안 제 머릿속에서는 피에로가 끊임없이 이야기를 쏟아냈습니다.

'Y도 너를 좋아하나 봐.'

'Y를 집으로 초대해.'

'다음에 만나면 Y에게 고백해.'

그 밤 내내 비린내가 풍기더군요. 어창 고개에서 묻은 냄새인가 싶어 제 몸에다 코를 대고 맡아봤지만 아니었습니다. 냄새는 제 입에서 나는 것이었습니다. Y 생각에 키득키득 웃을 때마다 입속에서 비린내가 욱신욱신 풍겨 올라오더군요.

참, 아버지 이야기를 다시 해야겠네요. 엄마가 죽은 후 다른 사람으로 변한 아버지는 서서히 바람이 빠지는 풍선처럼 점점 쪼그라들었습니다. 머리카락은 하얗게 변했고, 우람하던 덩치도 몰라보게 앙상해졌습니다. 게다가 아버지는 온순한 인간이 되었습니다. 때리는 건 둘째 치고 욕도 하지 않게 되었습니다. 폭력을 일삼던 아버지는 엄마가 죽으면서 데려가버리고 껍데기만 남은 늙은이를 앉혀놓은 게 아닐까 하는 생각이 들 정도였습니다.

저는 모든 게 만족스러웠습니다. 빨간 바바리맨 사건 이후 저에게는 좋은 일만 생기는 것 같았습니다. 행복했던 그해 여름이 그렇게 지나갔고, 드디어 개학을 하게 되었습니다. 그리고 제 행복은 개학과 동시에 깨졌습니다.

빨간 바바리맨 때문에 저와 Y, 그리고 사람들이 변했다는 생각만 했을 뿐 저는 학교 아이들도 변했으리라고는 짐작도 하지 못했습니다.

218

맞습니다. 친구들의 변화는 제 예상을 뛰어넘는 것이었고 그런 만큼 충격도 컸습니다. 어른들이 늙은 쥐처럼 의심이 많아지고 말수가 줄어들고 음습해졌다면, 아이들은 오히려 더 공격적으로 변했습니다.

짐작하시겠지만, 그 공격의 화살은 고스란히 저에게로 돌아왔죠.

Y가 전학 온 후 아이들의 괴롭힘이 줄어들었다는 건 조금 전에도 말씀드렸을 겁니다. 괴롭힘의 강도가 약해졌다기보다는 차라리 무시했다는 표현이 더 맞겠네요. Y라는 빛나는 존재가 나타나자 시궁창 이끼 같은 저는 자연스레 관심의 대상에서 멀어진 거죠. 아이들은 새로 나타난 장난감, 너무 멋지고 아름다워서 아무도 건드리지 못하는 그 장난감에 정신이 팔려 못생긴 헝겊 인형은 까맣게 잊고 만 겁니다. 저는 그게 편하고 좋았습니다.

지금에 와서 생각해보면 제 마음속에서는 주인공이 되고 싶다는 생각과 투명인간처럼 조용히 살고 싶다는 생각이 끊임없이 싸움을 벌였던 것 같습니다. 미친놈의 자식이라고 따돌림을 받기 시작하던 어린 시절부터 줄곧 말이죠. 컴컴한 다락으로 숨어들면 들수록 밖에서 뛰어노는 또래 아이들에 대한 질투와 원망이 감당할 수 없을 정도로 커졌습니다. 그래서일지도 모르겠네요, 제가 끝끝내 괴물이 되어버린 건. 이종교배로 돌연변이가 태어나듯이 서로 다른 두 욕망은 종종 끔찍한 피조물을 만드니까요.

개학 첫날의 이야기를 해야겠네요. 여름의 찌꺼기가 가시지 않아 후덥지근하던 그날, 저는 조금 늦고 말았습니다. 부랴부랴 등교를 해서 교실 문을 열고 들어갔는데 그 전까지 벌 떼처럼 웅성웅성 떠들던 친구들이 일제히 입을 닫았습니다. 그러고는 나를 뚫어져라 바라보더군요. 그때의 날카로운 침묵과 역겨움에 가득 찬 표정이 아직도 생생합니다.

"빨간 바바리 쪼가리가 왔다."

누군가가 그렇게 외쳤습니다. 곧이어 웃음이 터졌습니다. '와아' 하는 소리가 해일처럼 교실 전체를 휩쓸었습니다.

"네가 빨간 바바리를 꼬였다며?"

"변태랑 미친년이랑 잘들 논다."

"빨간 바바리한테 애들 죽이자고 네가 그랬니?"

"아우, 저것 봐. 방학 동안에 완전 괴물처럼 변했잖아."

어디서부터 시작되었는지 모를 소문이 꼬리를 물고 늘어나더니 새빨간 독뱀이 되어 제 뒤꿈치를 깨물었습니다. 저는 어떻게 반응하면 좋을지 몰라 그저 웃기만 했습니다. 그건 자신 있었으니까요. 웃으며 교실 뒤편 제 자리까지 가는 동안 지우개 조각이며 쓰레기 뭉치 같은 것이 날아들었습니다. 콧물인지 뭔지 모를 싯누런 액체가 묻은 휴지 조각이 치마에 붙었다가 떨어지면서 달팽이처럼 긴 자국을 남겼습니다.

저는 의자에 놓여 있던 압정들을 치우고 조용히 앉았습니다. 책상에는 빨간색 매직으로 '미친년'이라는 낙서가 적혀 있더군요. 모든 게 다 이상했습니다. 열광적인 놀림과 야유, 그리고 어이없는 오해까지, 꼭 영화의 한 장면처럼 비현실적으로 느껴졌습니다. 비현실적인 건 빨간 바바리맨 사건도 마찬가지였죠. 그리고 그 사건의 배후에 Y가 있다는 것도 역시나 비현실적인 일이었습니다. 저를 둘러싼 모든 세계가 일그러지고 뒤섞여서, 그해 여름을 중심으로 완전히 새로운 세상이 되어버린 듯한 느낌이었습니다. 변태가 도끼를 휘둘러도 되는 세계, 고등학교 1학년 남자애가 사람을 조종하는 세계, 한 반 아이들 모두가 광기에 휩싸인 세계 말이죠.

그러니 웃을 수밖에요.

가끔 생각해봅니다. 그해 여름에 벌어진 그토록 이상한 일들이 아니었다면 저도 평범하게 살 수 있지 않았을까 하고요. 차라리 Y가 전학 오지 않았다면, 제 얼굴이 못생기지만 않았다면, 아빠가 주정뱅이에 미친 인간이지만 않았다면, 엄마가 혼자서 죽어버리지만 않았다면, 애초에 그런 집구석에서 태어나지만 않았다면 제 인생은 달라졌을까요?

화려했던 개학식 이후로 아이들의 태도는 분명해졌습니다. 혐오와 멸시, 그리고 적개심을 거침없이 표현하기 시작했죠. 저에게 관심조차 없던 친구들도 앞장서서 저를 놀리고 유언비어를 퍼뜨렸습니다. 칠판에는 고등학생이 썼다고는 믿기지 않을 정도로 유치한 낙서가 매일 적혀 있었습니다. 대부분이 낯뜨거운 욕들이었고, 빨간 바바리맨과 관련된 성적인 농담도 많았습니다. 썩은 달걀을 던지는 애도 있었고, 제 가방을 뒤져서 찾아낸 생리대를 이름까지 적어 교실 게시판에 붙여놓는 친구도 있었습니다. 그중 가장 최악은 화장실에 앉아 있던 제게 누군가가 똥물을 퍼부은 일입니다. 그래도 그런 것들은 참을 만했습니다. 더 독해졌다 뿐, 예전과 비슷한 일들의 반복이었으니까요.

제가 정말로 참기 힘들었던 게 뭔지 아십니까?

그건 바로 아이들의 눈빛이었습니다. 그 전까지는, 그러니까 초등학교와 중학교를 지나고 고등학교 1학년의 여름방학을 맞이하기 전까지는, 설령 제일 지독하게 괴롭혔던 아이라 해도 저를 바라볼 때면 사람을 대한다는 인식이 눈빛 속에 들어 있었습니다.

하지만 방학이 지나고부터는 아니었습니다. 어느 누구 하나 저를 사람으로 바라보지 않았습니다. 구역질이 날 정도로 혐오스러우면서도 한편으로는 무섭게 느껴지는 짐승, 괴물, 귀신. 아이들에게 저는 바로 그런 존재였습니다.

그래서 저는 전에 없이 괴로웠습니다. 똑같은 욕을 들어도 '나'가 대상인 것과 '나'가 아닌 다른 존재가 그 대상인 것은 천지 차이였습니다. 아이들이 제 마음속에 잠들어 있는 그것을 눈치챈 건 아닌지 걱정이 될 정도였습니다.

아이들의 그런 극적인 변화 속에는, 당연한 이야기지만 빨간 바바리맨 사건이 들어 있었습니다. 그 비현실적인 살육이 스위치를 건드린 거죠. 딸깍, 하고 말이에요. 그래서 켜진 것이 근원

없는 두려움과 맹렬한 분노였습니다. 아이들에게는 괴물이 되어줄 대상이 필요했을 거예요, 두려움과 분노를 마음껏 표출해도 되는. 그런 의미에서 보자면 저라는 인간은 딱 적합한 인물이었죠.

제가 빨간 바바리맨과 그렇고 그런 사이였고 애들을 죽이라고 부추겼다는 소문은 꽤 구체적인 살이 입혀져 전교를 떠돌았습니다. 그뿐만이 아니라 얼마 안 가 읍내 사람 대부분이 그 소문을 알게 되었습니다. 어른들은 자기 자식들이 나불거리는 이야기를 잘도 퍼 날라 이러쿵저러쿵 입방아를 찧었죠.

저는 점점 고립되었습니다. 등하교를 하는 짧은 시간 동안에도 찌를 듯 바라보는 무수한 시선을 느낄 수 있었습니다. 미친놈 자식이라더니 그럴 줄 알았다고, 제 뒤에서 들으라는 듯 수군대기도 했습니다.

이런 일도 있었습니다. 등교를 하던 중이었는데 시든 파처럼 쭈글쭈글한 여자가 제 앞을 가로막았습니다. 저는 누구인지 금방 알아봤습니다. 빨간 바바리맨이 제일 먼저 죽였던 그 여학생의 엄마였습니다.

"네가 그랬니?"

여자가 묻더군요.

"네가 그 변태 새끼랑 붙어먹고 우리 딸 죽이자고 했니?"

여자는 제 대답을 듣지도 않고 머리채부터 잡았습니다. 딸의 죽음과 함께 생명력이 빠져나가버린 무말랭이 같은 여자였지만 그 힘은 대단했습니다. 저는 머리카락이 뽑혀 나가고 얼굴에 손톱자국이 죽죽 그어지는 동안 별다른 반항 한번 못 하고 당하기만 했습니다. 아무도 말려주지 않더군요. 저만치 교문 앞에 서 있던 학생주임도 마찬가지였습니다. 머리가 산발이 되고 교복 블라우스가 찢기고 나서야 저는 풀려날 수 있었습니다. 진이 빠진 여자가 자기 딸이 쏟아낸 핏자국 위로 벌렁 나자빠졌기 때문입니다.

저는 오해라고, 왜 나한테 그러느냐고 소리치고 싶었지만 목소리가 나오지 않았습니다. 제 안에 자리 잡은 그것이 목젖을 움켜쥐고는 아직은 때가 아니라고 속삭였습니다. 결국 저는 또 웃을 수밖에 없었습니다. 저 독한 년이 저래도 웃는다며, 구경 나온 사람들이 혀를 차더군요.

아마 여러분은 이상하다고 생각하실지 모르겠습니다. 사람들이 어떻게 그리 쉽게 믿어버렸는지, 일개 여고생을 향해 왜다 큰 어른들마저도 기꺼이 이빨을 드러냈는지. 이유는 간단했죠. 희생양이 필요했던 겁니다. 분노를 쏟아낼 대상을 원했던건, 어른들도 마찬가지였던 거죠. 그뿐이었습니다.

재미있지 않습니까? 제가 동물들을 죽이며 스트레스를 풀었던 것처럼 사람들은 저를 가지고 놀았다는 사실이.

괴로운 나날들 속에서도 Y는 제게 큰 위안이 되었습니다. 괴롭힘이 심해질 때면 앞장서서 말려주기도 했으니까요. 그 당시의 Y는 처음 전학 왔을 때와는 비교도 되지 않을 정도로 강력한 영향력을 내뿜었습니다. 변태 살인마를 물리친 영웅에다가, 아무렴 진짜로 사람을 죽인 남자였으니까요. 친구들은 Y를 동경하는 한편 두려워하기도 했는데, 그 두려움 속에는 제 경우와는 달리 존경과 경외가 들어 있었습니다. 또래 여학생들 사이에서는 Y라면 죽고 못 사는 애들이 생겨났어요. 학교 부녀회장 딸에다가 아빠는 어촌조합 이사인 반장도 그중 하나였습니다. 아예 대놓고 Y 뒤를 졸졸 따라다녔다니까요.

아무튼 Y의 말 한마디면 한동안 괴롭힘이 줄어들기는 했습니다. 며칠 안 가기는 했지만 그것만으로도 감사할 일이었죠. Y는 제 귓가에 뜨거운 입김을 불어넣으며 종종 이렇게 말했습니다.

"고마워, 나 대신 누명을 써줘서. 역시 넌 하나밖에 없는 진정한 친구야."

누구에게나 사는 건 힘든 일이지요. 그런 사실쯤은 어릴 때부터 알고 있었습니다. 괴롭힘과 따돌림 같은 거야 어릴 때부터 면역이 되어서 그럭저럭 넘겼지만 여름에서 가을로 접어들던 그 무렵, 저는 보다 실질적인 위협과도 싸워야 했습니다. 돈이 떨어져버린 거예요. 아버지는 일을 하지 않은 채 몇 달째 방 안에만 틀어박혀 있었습니다. 자기가 다치면서 받은 보상금을 착실하게 까먹으면서 말이죠. 결국 쌀 한 톨도 살 수 없게 되었습니다. 저는 아버지에게 말했습니다.

"돈이 없어요. 어떻게 해요?"

"뭐?"

아마, 엄마가 죽은 이후로는 처음 나눈 대화였을 겁니다. 밥도 각자 차려 먹고 전기세며 수도세 같은 건 엄마가 장롱 안에 숨겨놓은 현금으로 제가 냈으니까요. 아버지는 술이 차올라 붉어진 눈으로 저를 뚫어져라 바라보더군요. 말씀드렸죠? 그 인간이 몰라보게 변했다는 건. 바싹 마른 낙엽처럼 금방이라도 바스라질 것 같았습니다.

"집에 라면 하나밖에 안 남았어요."

"미안합니다, 죄송합니다."

아버지는 갑자기 울기 시작했습니다. 저는 당황해서 보고만 있었죠.

"물귀신님, 제가 잘못했습니다. 잘못했습니다."

아버지는 싹싹 빌면서 엎드렸습니다. 저는 기분이 나빠져서 다락으로 올라갔습니다. 여보, 물귀신이 다시 찾아왔어, 하는 아버지의 외침이 들리더군요. 그 인간은 완전히 미쳐버렸던 겁니다. 저는 어두컴컴한 다락에 누웠습니다. 동물들이 썩어가면서 내뿜는 냄새와 익숙한 피비린내가 코끝을 스쳤습니다. 제 옆에는 방금 죽인 푸들 한 마리가 헤픈 반장처럼 속을 몽땅 내놓고 퍼질러 있었습니다.

'무슨 생각 해?'

피에로가 물었습니다.

"여러 가지. 앞으로 어떻게 살까 하는."

'걱정하지 마. 다 좋아질 거야. 내가 말했잖아. 넌 번데기라고. 조금 있으면 아름다운 나비가 될 거야. 얼마 안 남았어.'

"고마워."

'그보다는 Y를 초대하는 건 어때? 이 멋진 다락을 보여주는

거야.'

좋은 생각인 것 같았습니다. 저는 벌떡 일어났습니다. 머리카락에 붙어 있던 파리 몇 마리가 어둠 속으로 날아올랐습니다.

"초대해서 어떻게 하면 좋을까?"

'말하는 거지. 고백하는 거야. 좋아한다고.'

Y가 다락으로 와서 제 장난감들을 구경한다는 생각만으로도 심장이 찌릿찌릿했습니다. Y가 제 마음을 받아준다면 아이들의 괴롭힘 따위야 문제 될 게 없었습니다. 저는 작은 창문으로 들어오는 달빛을 조명 삼아 거울에다가 제 모습을 비춰보았습니다.

'예뻐, 아름다워.'

피에로가 말했습니다. 저는 신이 나서 푸들의 꼬리를 자르기 시작했습니다.

정말로 Y를 초대한 건 이틀 뒤였습니다. 마음 같아서는 바로 그다음 날 말하고 싶었지만, 그렇게 하지 못한 사정이 있었습니다.

자, 이제 제 이야기도 드디어 막바지네요. 재미없고 구역질 나는 이야기를 들어주시느라 다들 고생이 많으십니다. 잠시 숨을 돌리고 나머지 이야기를 하겠습니다. 몇 번을 떠올려봐도 Y를 초대할 무렵으로 기억을 되돌릴 때면 북받쳐 오르는 분노와 슬픔을 감당할 길이 없습니다.

미리 말씀드리자면, 조금 남은 앞으로의 이야기는 전보다 더 끔찍합니다. 괴로운 분은 귀를 막는 게 좋겠습니다만, 아마 그런 분은 없으시겠죠.

그러면 시작하겠습니다. 미쳐버린 아빠를 발견한 그다음 날, 피에로에게 Y를 초대하면 어떻겠느냐는 말을 들었던 그다음 날, 저는 돈을 훔치다가 담임에게 걸렸습니다.

사건은 체육 시간에 일어났습니다. 다 같이 운동장에 모여서 우스꽝스러운 동작의 국민체조를 할 때부터 저는 몸이 좋지 않았습니다. 몸속 깊은 곳에서부터 열이 확확 오르고 머리가 묵직했습니다. 체한 듯 명치끝이 갑갑했습니다. 피가 끓고 심장이 이상하리만치 빨리 뛰었습니다. 서 있으면 쓰러질 것만 같아서 체육 선생님에게 쉬겠다는 말을 했습니다.

"감기냐?"

"아니요."

"그럼 생리야?"

"아니요, 그냥 몸이 좀 아파요."

노총각에다가 미친개로 소문난 그 인간은 혐오스러운 표정을 감추지 않고 저를 바라보더군요. 너 같은 괴물도 아프냐는 듯이.

"알았으니까 교실에 들어가."

체육 선생님은 쯧, 하고 혀를 찬 후 다른 아이들을 향해 고개를 돌렸습니다. 또 발정이라도 났나 보지, 라고 누군가가 말을 하자 모두 웃음을 터뜨렸습니다. 구역질이 날 것 같았습니다.

저는 아무도 없는 교실로 돌아왔습니다. 낡은 선풍기가 저

혼자서 탈탈탈 소리를 내며 돌아가고 있더군요. 책상 위에는 벗어놓은 옷들이 널브러져 있었습니다. 텅 빈 교실에는 뭉그적거리는 열기 말고도 가슴을 답답하게 만드는 무거운 공기가 떠돌았습니다.

제 상태는 점점 나빠졌어요. 여전히 속은 울렁거리는데, 보이지 않는 무언가가 몸속에서 꿈틀거리는 것만 같았습니다. 저는 자리에 앉으려다가 잠시 비틀거렸습니다. 그때였어요, 반장의 책상 위에서 분홍색 지갑을 발견한 건.

저는 지갑을 집어 들었습니다. 맹세코 다른 뜻은 없었어요. 당시에 저는 지갑 같은 걸 가져본 적이 없었기에 부럽기도 하고 신기하기도 했거든요. 부잣집 아이가 들고 다니는 지갑은 이런 거구나, 감탄하면서 찬찬히 구경을 했던 걸로 기억합니다. 그러다가 똑딱단추를 열었죠. 딸깍, 하는 소리가 들리며 속살을 드러낸 지갑 속에는 만 원짜리 지폐가 수북이 들어 있었습니다. 그걸 본 순간 참을 수 없는 배고픔이 밀려오더군요. 몸속의 그 무언가가 숫제 울부짖었습니다. 저도 모르게 만 원짜리 몇 장을 꺼냈습니다. 바로 그때, 등 뒤에서 목소리가 들렸습니다.

"너 뭐 하는 거야?"

놀라서 돌아보니 담임이 서 있더군요. 덫에 걸린 사냥감을 바라보는 듯 의기양양하고 흥분된 표정이었습니다. 담임은 담배를 입에 달고 사는 50대 아저씨였습니다. 길게 기른 옆머리로 벗어진 이마를 가리고 다니는 몰골과 다르게 예민하고 신경질적인 사람이었죠.

"설마 도둑질이야?"

"아니, 그게 아니고……."

제가 미처 대답을 하기도 전에 담임의 두툼한 손이 뺨으로 날아들었습니다. 저는 책상을 쓰러뜨리며 넘어졌습니다. 제 손에서 떨어진 지폐가 잘못 만들어진 종이비행기처럼 뱅글뱅글 맴을 돌더니 바닥으로 떨어져 내렸습니다.

"이년이 이젠 도둑질까지 해? 어디서 미친 새끼 아니랄까 봐."

담임은 쓰러진 저를 밟기 시작했습니다. 저는 그제야 알게 되었습니다. 있는 듯 없는 듯 저를 대하던 담임의 마음속에도 저를 향한 분노와 혐오가 숨어 있었다는 사실을요.

저는 애벌레처럼 최대한 몸을 웅크렸지만 담임의 무자비한 발길질을 피할 수는 없었습니다. 담임의 얼굴에서 흘러내린 땀방울이 제 위로 떨어졌습니다. 담임이 씩씩 거친 숨을 몰아쉬며 말했습니다.

"내가, 너를 볼 때마다, 얼마나 짜증이 나는지 알아?"

담임의 폭력은 수업 끝을 알리는 종이 울리고 아이들이 운동장에서 돌아올 때까지 계속되었습니다. 그 인간은 놀란 아이들이 엉거주춤 서 있는 걸 보고 나서야 흘러내린 옆머리를 획 넘긴 뒤 교탁으로 걸어갔습니다. 짧은 순간 마주친 담임의 눈빛은 아이들의 그것과 똑같았습니다.

"오늘 나는 도둑질하는 현장을 목격했다. 내가 없었으면 반장의 소중한 돈이 사라질 뻔했다. 모두 소지품 주의하도록."

담임은 거친 숨을 몰아쉬며 일장연설을 하고는 교실에서 나갔습니다. 아이들의 시선이 모두 저를 향한 건 두말할 필요도 없었죠. 저는 웃음을 잃지 않으려 애쓰며 자리에 앉았습니다. 머리끝부터 발끝까지 구석구석 아프지 않은 곳이 없었습니다. 특히 숨을 쉴 때마다 갈비뼈 근처가 못 견디게 아팠습니다. 하지만 저를 정말로 아프게 했던 건 몸속에서 요동치는 그 무엇이었습니다. 머리를 들쑤시고 창자를 잡아 뜯으며 발광하는 그것은 고치를 찢고 밖으로 나오려는 애벌레였습니다. 그래요, 피에로의 말처럼 저는 번데기였습니다. 그리고 이제 저는 본모습을 보일 준비가 되었던 겁니다. 오래전부터 제 안에서 꿈틀대던 그것, 궁극의 악이 검은 날개를 펼치려 한다는 사실을 통증처럼 선명하게 느낄 수 있었습니다.

반장과 그 무리가 다가오는 걸 못 본 체하며 저는 복도로 나왔습니다. 등 뒤로 무어라 욕설이 날아들었지만 귓가로 흘려버렸습니다. 그것보다 제 머릿속에서 울리던 소리가 더 컸으니까요. 문을 열어달라고 아우성치는 소리 말입니다.

비척대며 집으로 돌아오는 내내 반쯤은 제정신이 아니었습니다. 환청과 환시, 그리고 선뜩한 통증이 번갈아가며 저를 괴롭혔습니다. 그 와중에도 Y를 초대해야 한다는 생각이 들더군요. 어쩌면 그건 제 안에서 버둥거리던 그것이 속삭인 걸지도 모르겠네요, 지금에 와서 생각해보면 말이죠.

밤새 잠들지 못하고 다락에서 끙끙거리던 저는 날이 밝자마자 학교로 향했습니다. 목적은 한 가지, Y를 초대하는 거였습니다. 저는 아무도 몰래 Y의 책상 서랍에 전날 써놓았던 초대장을 넣어두었습니다. 그러곤 집으로 돌아와 기다렸죠.

"정말로 올까, 난 도둑년인데?"

초조한 마음에 피에로를 향해 수십 번도 넘게 물었습니다. 그
때마다 피에로는 큼지막한 미소를 지으며 대답해주었습니다.

'걱정하지 마. 꼭 올 거야.'

피에로의 말은 사실이었습니다. 그날 밤, 그러니까 10시가
훌쩍 넘은 시간에 누군가가 다락 창문을 향해 작은 돌멩이를
던졌습니다. Y라는 걸 직감했죠. 저는 벌떡 일어나서 창문을 열
었습니다.

"역시, 다락에 있었구나?"

가로등 불빛에 드러난 Y의 얼굴은 묘한 흥분으로 번들거렸
는데 그 모습이 마치 먹이에 독이 든 줄도 모르고 마냥 좋아하
던 개들처럼 보여서 저도 모르게 조금 웃었습니다. 웃으니 갈
비뼈 근처가 못 견디게 아프더군요.

"들어와."

"어른들은 없어?"

"응."

아빠가 있었지만 신경 쓰지 않았습니다. 그 인간은 산송장이
나 다름없었으니까요. 제가 담임에게 얻어맞고 일찍 들어간 날
도 방 안에 틀어박혀 나오지 않았습니다.

저는 내려가 문을 열어주었고 Y는 상기된 표정을 지우지 못
한 채 다락으로 따라 올라왔습니다. 다락 계단을 한 발 한 발
오르는 동안 저는 사랑하는 사람을 위해 선물을 준비한 사람이

라면 누구나 할 법한 고민을 했습니다. Y가 좋아할까, 마음에 들어 할까, 어떤 칭찬들을 해줄까, 하는. Y는 제 뒤에서 코맹맹이 소리로 말하더군요.

"아우, 냄새. 너한테서 나는 냄새가 여기서 묻어 온 거구나."

무슨 냄새를 말하는 걸까요? 고개를 갸우뚱하며 다락 천장에 달린 알전구를 켰습니다. 수명을 거의 다한 알전구는 텁텁한 주홍색 빛을 내뿜었습니다. 그리고 그 빛 아래 주렁주렁 매달린 제 장난감들이 모습을 드러냈습니다.

"와, 죽이는데."

Y의 감탄 어린 목소리에 저도 덩달아 기분이 좋아졌습니다.

"이걸 모두 네가 한 거야?"

"응."

"언제부터?"

"오래됐어. 옛날부터 심심할 때마다 가지고 놀았으니까."

Y는 예술작품을 감상하는 것처럼 배가 갈린 고양이 몸뚱이며 혀를 빼물고 죽은 개의 머리 같은 것들을 찬찬히 들여다봤습니다. 저는 Y의 눈이 빛나는 걸 놓치지 않았습니다. 대리석처럼 매끈하던 얼굴이 한순간 무너지며 날것 그대로의 표정이 떠올랐습니다. 그 표정을 보며 저는 기쁨에 들떴습니다. 전신을 훑고 지나가는 통증도 그 순간만큼은 잊을 수 있었습니다.

제가 늘 웃는 얼굴로 가면을 만들어 썼다면 Y는 무표정이 자신의 가면이었습니다. 분명 친절하게 미소 짓고는 있지만 그속에는 인간의 감정이 들어 있지 않았습니다. 아니, 아니군요.

대리석이라기보다는 앞에서 말씀드렸던 것처럼 거울이겠네요. 차갑고 매끈한 거울. 자신의 속은 절대 내보이지 않는.

하지만 Y가 제 다락에 올라온 순간, 그 거울이 깨졌습니다. Y 자신도 깨닫지 못한 채로 말이죠. 깨진 거울 아래로 드러난 건 부러움과 두려움이었습니다. 얼마나 시간이 지났을까요, 썩고 말라비틀어지고 혹은 그 중간 과정에 놓인 동물들을 바라보던 Y가 저를 향해 이렇게 말했습니다.

"에이, 자세히 보니까 별거 아니네."

하하하, 웃기지 말라고 하세요. 떨리는 목소리를 감추느라 애쓰는 Y를 보며 제 머릿속은 순식간에 차가워졌습니다. 조종이니 뭐니 말은 해도, 실제로 빨간 바바리맨을 죽였어도, Y는 고등학교 1학년 사내애였을 뿐입니다. 그 사실을 안 순간 Y에 대한 마음이 눈 녹듯이 사라져버렸습니다.

"난 네가 특별한 아이라고 생각했어, 나처럼. 하지만 아니구나. 이런 동물들이나 괴롭히니."

Y는 그렇게 말하며 히죽 웃어 보였습니다. 저하고는 다른, 일그러지고 불완전한 미소였습니다.

"이게 내 조종이야."

정말로 그랬습니다. Y가 자신의 내면에 똘똘 뭉쳐 있는 악을 배출하는 방법으로 사람들의 마음을 조종했다면, 제 경우에는 그것이 개나 고양이를 죽이는 일이었습니다. 제가 그 말을 하자 Y의 얼굴이 일그러졌습니다.

"조종을 이런 유치한 일에 비유하지 마."

Y는 우리 안에 갇힌 개였습니다. 충분히 크고 사납지만 우리 안에서 할 수 있는 일이야 뻔하지 않겠습니까? 창살을 씹으며 으르렁거리거나 침을 흘리며 울부짖을밖에요. Y 안에서 악이 어떻게 똬리를 틀었는지 저는 잘 모릅니다. 다만, Y가 단란하고 유복한 가정이라는 우리를 벗어나지 않는 이상 그 악은 주위 사람들의 마음을 조종하는 일 말고는 할 게 없다는 사실은 알 수 있었죠. 하지만 저는 아니었습니다. 저는, 마을을 떠도는 미친개였습니다. 언제든지 사람들의 정강이를 물어뜯고 살 속에, 혈관 속에 독을 퍼뜨릴 수 있었죠.

그 때문에 Y가 저를 두려워하고 부러워한다는 것을, 그날 어두컴컴한 다락에서 Y의 얼굴을 보며 눈치챌 수 있었습니다. 그리고 또 하나, 빨간 바바리맨 사건은 지극히 이례적이었다는 사실도 깨달았습니다. 그래서 Y 자신도 적잖이 당황했고, 우리 모두가 변한 것처럼 Y 역시 변하게 되었다는 것도요.

Y는 알게 되었겠죠. 우리를 벗어나면, 끔찍한 일이 기다리고 있다는 걸.

"유치한 거 아니야. 재미있고 좋은 일이라고 그랬단 말이야."

"누가?"

"피에로가."

"뭐?"

"피에로."

저는 어둠 속에 숨어 있던 피에로를 가리켰습니다. 새빨간 입술로 미소 짓는 피에로를 보며 Y는 코웃음을 쳤습니다.

"뭐야? 너 인형도 가지고 노는 거야?"

"인형이 아니야. 피에로야, 내 친구."

'말을 함부로 하는군.'

피에로는 화가 난 듯 말했지만 얼굴은 여전히 웃고 있었습니다. Y는 피에로의 말을 못 들었는지 다시 짓궂게 물었습니다.

"친구라고? 그렇고 그런 사이는 아니고?"

저는 Y를 노려보았습니다. 분노가 차오르더군요. 피에로를 무시하는 것은 저를 모욕하는 일이나 다름없었습니다. 미친 아빠와 악마 같은 친구들로부터 저를 지켜준 피에로와의 소중한 추억이 더럽혀진 느낌이었습니다.

"넌 겁쟁이야."

Y를 향해 그렇게 말했습니다. 제가 한 게 아니고 피에로가 시킨 일이었습니다.

"뭐라고?"

Y의 얼굴이 복부를 강타당하기라도 한 것처럼 일그러졌습니다. 피에로는 계속해서 속삭였습니다. 그리고 저는 충실히 그 말을 따라 했죠.

"넌 강한 척, 잘난 척 하지만 네 속에서 꿈틀거리는 건 진짜가 아니야."

"그따위로 말하지 마."

"넌 거칠 것이 없는 우리를 부러워하지. 네 안에 잠들어 있는 그 소심한 놈은 절대 못 하는 일을 우리는 할 수 있으니까."

"조용히 해."

"우리가, 보여줄까?"

제가, 아니 피에로가 그 말을 마치자마자 Y가 소리를 지르며 달려들었습니다. 저는 큰 소리를 내며 쓰러졌습니다. 어디가 잘못되었는지 한 번도 경험해보지 못한 끔찍한 통증이 옆구리를 달구었습니다. 하지만 비명도 지르지 못했어요. Y가 제 목을 조르기 시작했거든요.

"이 건방진 년이 보자 보자 하니까."

붉게 충혈 된 Y의 눈에는 녹아내린 분노가 눈물이 되어 맺혀 있었습니다. 울보 꼬마처럼 말이지요. 하지만 손아귀 힘은 대단했습니다. 저는 숨을 쉴 수가 없었습니다. 괴로움에 몸부림을 쳤지만 제 위에 올라탄 Y는 꿈쩍도 하지 않았습니다.

"불쌍해서 관심을 가져주었더니."

진짜 불쌍한 건 너라고 말해주고 싶었지만 제 목에서는 컥컥, 하는 소리만 났습니다.

"죽어, 죽어버려."

Y는 저를 정말로 죽일 기세였습니다. 좋아한다고 고백하고 싶었는데 어디서부터 틀어진 걸까요? 서글픈 생각도 잠시, 저는 점점 의식을 잃어갔습니다. 그 순간 귀에 익은 목소리가 들렸습니다.

"끝까지 비겁하군."

피에로였습니다. 이번에는 Y도 똑똑히 들었는지 손에 힘이 풀리는 것과 동시에 눈이 더 커지더군요.

"하지만 고마워. 네가 우리를 깨어나게 해줄 테니까."

"누구야?"

Y는 놀란 얼굴 그대로 천천히 고개를 돌렸습니다. 저는 Y를 밀쳐내고 일어나 앉았습니다. 피에로가 웃었습니다. 그러고는 입을 벙긋거리며 말했습니다.

"피에로."

순간 Y의 몸이 굳어진다 싶더니 곧 엄청난 비명을 지르더군요. 피에로는 아랑곳하지 않고 그 빨갛고 두툼한 입을 오물거리며 Y에게 물었습니다.

"이제 믿을 수 있지?"

그 뒷일은 소리로만 기억됩니다. Y의 비명, 다락 계단을 내려가는 소리, 발을 헛디딘 듯 우당탕탕 구르는 소리, 우리 집 철대문이 쾅 하고 닫히는 소리. 저는 쓰러지듯 다락에 누워 그 소리를 들었습니다. 고통에 못 이긴 의식이 잠시 쉬었다 오겠다며 점점 멀어지더군요. 제가 그날 밤 마지막으로 떠올린 생각은 이거였습니다.

그러게, 피에로는 내 친구라니까.

다음 날, 제가 학교에 간 건 순전히 호기심 때문이었습니다. Y가 어떤 꼴을 하고 있을지 궁금했거든요. 학교 따위야 어떻게 되든 상관이 없었고 계속 다닐 생각 또한 없었지만 겁에 질린 똥개 같은 Y의 얼굴만은 마지막으로 꼭 한 번 보고 싶었습니다. 보고는, 진심을 담아 웃어주고 싶었습니다.

물론 몸 상태는 최악이었습니다. 구석구석 아프지 않은 곳이

없었고 온몸에 열이 펄펄 끓었습니다. 옆구리는 시뻘겋게 멍이
든 걸로도 모자라 심하게 부풀어 올랐습니다. 속에 든 무언가
가 제 몸을 찢고 튀어나오려는 듯이요. 기침도 계속 쏟아졌습
니다. 기침을 할 때마다 피가 섞여 나오더군요. 그래서 마스크
를 찾아 썼습니다.

저는 달팽이처럼 느린 걸음으로 학교로 향했습니다. 차비가
모자라서 걸을 수밖에 없었습니다. 태풍이 몰려오는지 하늘에
는 먹구름이 가득하더군요. 덕분에 아침인데도 주위가 온통 회
색빛이었습니다. 후덥지근하고 날카로운 바람이 바다에서부터
불어와 빠른 속도로 제 옆을 스치고 지나갔습니다. 바람결에
습기가 가득했습니다. 먼 하늘에서부터 으르렁거리는 소리가
들려왔습니다.

'딱 좋아, 우리에게 어울리는 날씨야.'

피에로가 속삭이더군요. 저는 대꾸할 힘도 없었습니다. 돌아
가고 싶다는 생각이 간절했지만 웬일인지 발걸음을 멈출 수가
없었습니다. 학교로 가지 않으면, 미래가 없다는 사실을 몸이
먼저 느낀 걸지도 모르겠네요. 제 뒤에는 절벽뿐이었습니다.
돌아서면 뛰어내릴 일만 남았던 거죠. 그러느니 앞으로 가자.
그것이 바로 제 안에 깃든 그 무언가의 의지였습니다.

제가 학교에 도착했을 때는 이미 1교시가 끝난 후였습니다.
어차피 수업을 들을 생각은 아니었기에 별다른 상관은 없었습
니다만 선생님들을 만나지 않아도 된다는 사실에 내심 안도했
습니다.

저는 조용히 교실 안으로 들어갔습니다. 어느 정도 예상은 하고 있었지만 시끌벅적하던 교실에 일순간 정적이 찾아오더군요. 저는 불청객이었어요. 이 세상에 태어나지 말았어야 할 괴물. 그 괴물을 퇴치하기 위해 몇몇 아이들이 일어섰습니다. Y와 제가 눈이 마주친 것도 바로 그 순간이었습니다. 당황스러움과 두려움을 감추려 애쓰는 얼굴 위로 한 줄기 비웃음이 흘렀습니다.

"야, 너 어디라고 다시 돌아와?"

뚱뚱한 여자애 한 명이 삿대질을 하며 소리치더군요.

"진짜 뻔뻔하다."

"누가 변태 미친년 아니랄까 봐."

여기저기서 동조하는 소리가 들렸습니다. 군중심리는 무서운 것이죠. 조용하던 교실은 벌 떼를 풀어놓은 것처럼 삽시간에 시끄러워졌습니다. 저는 아랑곳하지 않고 Y만 바라봤습니다. 제 눈이 자신에게 머물면 머물수록 Y는 한없이 작아지더군요. 전 그걸로 만족했습니다. 그래서 아이들의 야유를 뒤로하고 교실을 나가려는데 누군가가 뒤통수를 때렸습니다. 돌아보니 반장이었습니다.

"네가 Y한테 꼬리 쳤다며?"

예상 못 한 전개였습니다. 제가 당황하는 사이 반장 주위로 서너 명의 아이들이 몰려들었습니다.

"Y랑 내가 사귀는 줄 알면서도 그런 거야? 집으로 불러다가 뭐 어쨌다고?"

질투에 휩싸인 여자는 고등학생이건 성인이건 이성을 잃게 마련이죠. 게다가 Y의 조종을 받았으니 오죽했겠습니까. 반장은 이미 눈이 뒤집혔더군요. Y가 비웃음이라도 흘릴 수 있었던 건 최후의 카드 한 장이 남아 있었기 때문이었던 겁니다.

"주제를 알아야지."

"어디 감히 Y한테."

반장의 친구들이 옆에서 거들었습니다.

"너무 그러지 마. 쟤도 순수한 마음이었을 거야."

듣고만 있던 Y가 득의양양한 표정으로, 하지만 한편으로는 진심으로 동정한다는 표정으로 나서더군요. 저는 Y를 바라봤습니다.

"어떻게 보면 내가 먼저 찾아간 게 잘못이었어. 난 학교에 나오지 않아 걱정이 됐거든. 그래서 찾아간 건데 쟤가 오해를 하고 고백을 하더라고. 옛날부터 날 좋아했다고. 난 그 뭐냐, 조금 놀라서, 아니 고백을 받았다고 놀란 건 아니고 쟤네 집 다락에 고양이하고 개 시체가 주렁주렁 매달려 있기에……."

기름은 확실히 부어졌습니다. 이제 성냥을 당길 일만 남은 거죠.

"어릴 때부터 취미였다고 하더라고. 동네 고양이하고 개를 잡아다 죽이는 게. 그래서 빨간 바바리하고도 가까워졌고."

"아니야. 그런 일 없어."

반사적으로 소리쳤지만 소용없는 일이었습니다. 반장이 날린 따귀가 바로 날아왔거든요.

"이게 어디서 거짓말이야."

뺨이 획 돌아가면서 마스크가 벗겨졌습니다. 때마침 기침이 쏟아졌고 입술 사이로 피가 흘러나왔습니다.

"이리 따라와."

반장이 제 머리채를 잡더군요. 다른 아이들도 거들었습니다. 남자아이들도 보였습니다. 저는 질질 끌려서 공사 중이라 아무도 사용하지 않는 3층 화장실까지 갔습니다. 비명을 못 지르게 누군가가 입을 틀어막았습니다. 저는 고통에 몸부림쳤습니다. 그 끔찍한 순간에도, 저는 아마 웃고 있었겠죠. 애초에 지을 수 있는 표정이란 그것밖에 없었으니까요.

"미친년이 이래도 웃어?"

반장이었는지 누구였는지 생각도 나질 않네요. 아무튼 그 말이 들리고는 무자비한 폭력이 시작되었습니다. 광기에 휩싸인 아이들을 말릴 건 아무것도 없었습니다. 어렴풋이 수업 시작종이 울린 듯도 했지만 발길질은 멈추지 않았습니다. 코가 주저앉고 머리가 깨졌습니다. 옆구리는 아예 불로 지지는 것 같았습니다. 기침이 멈추지 않아 숨을 쉴 수가 없었습니다.

왜 그러는 거지, 왜 때리는 거야, 난 아무 잘못도 하지 않았어, 도대체 왜!

비명 같은 생각들이 머릿속을 울렸습니다. 확실히 의식은 멀어지고 있었지만 그 대신 제 피부 바로 안까지 바짝 들어찬 그것의 의지는 점점 확고해졌습니다.

"이년 봐라? 칼을 들고 있네."

필사적으로 몸을 움직이는 중에 주머니에 넣어둔 공작용 칼이 떨어졌던가 봅니다. 억센 손이 저를 일으켜 세워 화장실 벽에 비스듬히 앉혔습니다. 진짜 끔찍한 일은 그때부터였던 거죠.

"난 예전부터 이년 미소가 마음에 안 들었어."

반장이 음침한 목소리로 말했습니다. 부어오른 제 눈 사이로 차갑게 웃는 반장과 그 손에 들린 칼이 보이더군요.

"꼭 싸구려 피에로 같잖아."

아이들이 다 같이 웃었습니다. 그 순간 천둥이 쳤습니다. 웅크리고 있던 학교가 부르르 몸을 떨었습니다. 반장이 제 입술을 스윽 만지더군요.

"그렇게 웃고 싶으면 내가 진짜 예쁜 미소를 만들어줄게."

날카로운 칼날이, 고양이의 배를 가르고 개의 머리를 잘라내던 칼날이 제 얼굴 위에서 미끄러졌습니다. 한 번, 두 번, 세 번, 네 번. 양쪽 입꼬리에서부터 섬뜩한 통증이 퍼져 나갔습니다. 그리고 제 입은 잘 익은 수박처럼 쫘악 벌어졌습니다. 시뻘건 피가 뚝뚝 떨어졌죠.

"하하하, 이제 예쁘다."

반장이 박수를 치며 좋아했습니다. 그년 안에도 그것이 들어있었던 겁니다. 제 안에도, Y안에도 숨어 있는 그것. 끊임없이 속삭이는 악.

"이제 그만 교실로 돌아가자."

남자애 한 명이 겁에 질린 목소리로 말하더군요. 아이들은 기다렸다는 듯이 도망쳤습니다. 반장은 끝까지 남아서 무너져 내리는, 죽어가는 저를 바라봤습니다. 서서히 제정신이 돌아오는지 다리를 떨더군요. 들고 있던 칼을 떨어뜨렸습니다. 그러고는 이렇게 말했습니다.

"모두, 전부 너 때문이야."

저는 웃었습니다. 소리를 내고 싶었지만 숨결이 빠져나가는 기분 나쁜 소리만 나더군요. 반장은 슬금슬금 뒷걸음을 치며 화장실을 빠져나갔습니다. 그 뒤로, 모든 걸 지켜보고 있었을 Y가 걸어 들어왔습니다.

"그래 맞아, 전부 너 때문이야. 흐흐. 넌, 태어나지 말았어야 했어"

Y가 말했습니다.

"이걸로 그 추한 얼굴이나 가려."

Y는 제 얼굴 위로 마스크를 던지고는 화장실을 빠져나갔습니다. 저는 눈을 감았습니다. 이상하게도 통증은 옅어졌지만 죽음의 그림자는 점점 가까워졌습니다. 드디어 죽는구나. 홀가분한 마음이 들었습니다. 가서, 엄마를 만나야겠다는 생각을 마지막으로 저는 확실히 의식을 잃었습니다. 하지만 잠들지 않은 제 무의식 속에서는 피에로가 쉬지 않고 말을 걸었습니다.

'수고했어. 이제 됐어.'

'눈을 감았다 뜨면 넌 다른 존재가 되어 있을 거야.'

'이제 네 마음대로 할 수 있어.'

'네가 당한 만큼 이 세상에 끔찍한 고통을 선사하는 거야.'

숨이 넘어가기 직전, 전 피에로에게 이렇게 물었습니다.

"내 안에서 꿈틀대던 건 누구였지?"

'그게 바로 나야. 또한 너고.'

그리고 저는 정말로 죽었습니다. 다시 눈을 떴지만 그건 예전의 제가 아니었습니다. 나약하고 쭈뼛거리고 묵묵히 괴롭힘을 견디고만 있던 저는 번데기 껍질처럼 영원히 떨어져 나갔습니다. 저는 죽음에서 일어나 검은 날개를 활짝 폈습니다.

정신이 들었을 때, 저는 화장실 거울 앞에 서 있었습니다. 거울 속에는 제 몸 깊숙이 잠들어 있던 그것이 완전히 깨어나 찢어진 입으로 한껏 웃는 모습이 비쳤습니다. 저는 피로 새빨갛게 물든 마스크를 쓰고 학교를 빠져나왔습니다. 어느덧 밤이었고, 세찬 바람과 비가 퍼붓고 있었습니다. 비를 맞으며 거리를 걸었습니다. 아프지 않았습니다. 빗줄기에서 전해지는 차가움도 느낄 수 없었습니다. 제가 느끼는 건 오로지 분노뿐이었습니다. 은은하지만 확고한 분노가 제 속을 꽉꽉 채웠습니다.

그 아이들을 만난 건 읍내에서 하나밖에 없는 오락실 앞이었습니다. 태풍 소식에 지나다니는 사람 하나 없는 길거리에 그 아이 둘만이 점처럼 찍혀 있었습니다.

"야, 너 끝판 가봤어?"

"몰라, 열라 어려워."

초등학교 5학년쯤 되었을까요. 내리는 비를 바라보며 천진한 이야기를 주고받는 둘을 향해 저는 다가갔습니다. 제 존재를 먼저 눈치챈 안경 쓴 소년이 깜짝 놀라서 저를 바라보더군요.

"누, 누구세요?"

저는 대답하지 않았습니다. 그 대신에 미릿속에 떠오른 질문 하나를 던졌습니다.

"나 예뻐?"

미친 여자쯤으로 알았나 보죠. 아이들은 동시에 웃음을 터뜨리더니 조금 더 키가 큰 소년이 생각할 것도 없다는 듯이 대답했습니다.

"아니요, 열라 못생겼어요."

저는 손에 든 칼로 그 소년의 얼굴을 그었습니다. 피가 튀면서 소년이 비명을 질렀습니다. 나머지 안경잡이의 얼굴이 하얗게 질리더군요. 저는 그 녀석을 향해 다시 물었습니다.

"나 예뻐?"

"네, 예뻐요."

울음을 터뜨리는 안경잡이를 향해 저는 마스크를 벗어 보였습니다. 시원하게 벌어진 입으로 큼지막한 미소를 지으면서. 아이의 눈이 공포로 커지더군요.

"그럼, 너도 이렇게 만들어줄게."

그날 밤부터였습니다. 세상을 향한 제 복수가 시작된 건. 저는 마을을 돌아다니며 마주치는 아이들에게 죄다 물어봤습니다. 저를 괴롭혔던 아이들의 집에도 찾아갔습니다. 반장이 내지르던 비명이 아직도 귓가에 생생하네요. 담임도 처리했습니다. Y는 주인공이었기에 제일 마지막이었습니다. 입을 찢는 건 기본이었고 온몸의 관절을 따라 칼날을 밀어 넣었습니다. Y의 시체는 고양이와 개와 함께 다락에 걸려 있습니다. 이제 그 집에는 아무도 살지 않게 되었습니다. 아버지는 오래전에 죽어서 말라비틀어졌으니까요.

저는 Y를 밀어내고 주인공이 되었습니다. 사람들은 온통 제 이야기를 했습니다. 빨간색 마스크를 쓴 여자가 아이들의 입을 찢는다는 이야기였죠. 제 이야기를 할 때면, 어른들은 공포에 떨었고 아이들은 겁에 질려 울었습니다. 아무도 예전의 그 미련했던 여자아이는 기억하지 못했습니다. 저는 사람들의 마음속에 절대로 지워지지 않을 공포를 남겼습니다. 빨간 바바리맨 따위는 상대도 안 되는 절대적인 공포.

그리고 다들 아시겠지만, 그 공포는 아직도 현재진행형입니다.

저는 아이들의 입을 찢을 때마다 생각합니다. 나는 왜 변하게 되었을까, 하고요. 어떻게 생각하십니까? 저는 왜 이런 존재가 되었을까요? 누가 저를 이렇게 만들었을까요? 누가 제 마음에 분노의 기름을 붓고 불을 질렀을까요?

아이들의 비명을 듣는 게 좋습니다. 그 작은 입에서 터져 나오는 절규와 울음, 그리고 절대적인 공포를 느끼는 게 좋습니다. 입을 찢을 때 들리는 그 소리가 좋습니다. 아마도, 저를 괴롭혔던 사람들도 마찬가지였겠지요. 이제 저는 그 모든 사람에게 고맙다는 인사를 하고 싶습니다. 그들 덕분에 지금의 제가 탄생했으니까요.

마지막으로 한 가지만 더 묻겠습니다.

여러분, 제가 예뿝니까?

시커멓고 거대한 연기 덩어리가 눈앞에서 뭉게뭉게 피어올랐다. 가슴이 답답하고 숨 쉬기가 힘들었다. 연기 덩어리는 점점 모습을 갖춰갔다. 이빨이 날카로운 난쟁이 여럿으로 변했다가 망가진 얼굴을 일그러뜨리며 미소 짓는 여자로 모습을 바꾸었다. 그러고는 새의 머리를 한 남자가 고개를 갸우뚱하며 나를 바라봤다. 마지막은 빨간색 마스크를 쓴 여자였다. 마스크를 벗는 모습이 슬로비디오처럼 펼쳐졌다. 귀밑까지 찢어진 여자의 입이 나를 향해 미소를 지었다. 그 입이 천천히 움직이며 나에게 물었다.

"나 예뻐?"

비명을 질렀다. 동시에 환각 상태에서 빠져나왔다. 옆에 앉은 대호 선배가 내 팔을 잡아주었다. 나는 겁에 질린 개처럼 숨을 헐떡였다.

"진정해."

대호 선배가 나지막이 말했다. 크게 심호흡을 했지만 고장난 심장은 좀처럼 잦아들지 않고 저 혼자 미친 듯이 달려 나갔다. 여자가 이야기를 시작했을 때부터 심상치 않은 기운이 느껴지더니 끝내 탈이 난 것이다. 여자의 이야기는 너무나 비상식적이고 끔찍했다. 허무맹랑했다. 세간에 떠도는 빨간 마스크 이야기의 모태랍시고 이야기를 시작한 것 같은데, 만약 그게 사실이라면 여자는, 인간이 아니어야 했다. 애써 부정하고 있던 그 생각을 하자마자 온몸에 소름이 돋았다.

"진정해, 진정하고 조금만 참아."

대호 선배가 다시 한 번 말했다.

"방금 이야기는 뭐예요? 이것도 지어낸 게 아니라고요? 진짜 있었던 이야기라고요?"

나는 연달아 세 개의 질문을 토해냈다. 최대한 소리를 죽이려 했지만 쉽지 않았다.

"황당하다는 거 나도 알아. 두렵고 혼란스럽다는 것도. 한 가지만 말해줄게. 여기서는 사실만 말하게 돼. 그럴 수밖에 없어. 너도 조금 있으면 무슨 말인지 이해할 거야. 그리고 또 하나……."

대호 선배는 잠시 뜸을 들인 뒤 말을 이었다. 주위를 살핀 것 같았다. 목소리가 방금 전보다 훨씬 작아졌다.

"여기에는 우리만 있는 게 아니야."

"네?"

"놀란 분이 있으셨나 봅니다만, 어쨌든 이야기는 계속되어야겠죠."

내가 대호 선배에게 되물을 새도 없이 노인이 일어나 말을 하기 시작했다.

"놀랍도록 생생하고 끔찍한 이야기였습니다. 오랜만에 들어보는 아주 자극적인 내용이었습니다. 지금 이 순간에도 피비린내가 물씬 풍기는 것 같군요."

나는 지금이라도 당장 대호 선배의 설명을 듣고 싶었지만 그렇게 요구할 상황이 아니었다. 어둠 속에 앉은 사람들 모두가 왠지 우리 둘을 쳐다보고 있는 것만 같았다.

"위험한 일은 없겠죠?"

대호 선배에게 물었다.

"그래, 날 믿어."

평소라면 믿음직하게 들렸을 말이었지만 이상한 무리에 둘러싸인 지금은 아무런 도움도 되지 않았다.

"자, 그럼 오늘의 공식적인 마지막 이야기를 들어보겠습니다. 일어서주시죠."

노인의 목소리가 어둠 속에 울려 퍼졌다.

"음, 이제 내 차례군."

무뚝뚝하고 목소리가 탁했던 남자였다. 처음에는 중년이라 생각했는데 지금 들어보니 훨씬 더 나이가 많은 것도 같았다.

"나는 아주 오래전에 있었던 이야기를 할 거요. 30년이 훌쩍 넘었지. 노파심에 당부를 하자면 내 이야기는 다른 것들처럼 재미있지는 않을 거요. 내가 워낙 말재주가 없어서 말이야. 게다가 늙었다고는 할 수 없지만, 뭐 나는 그렇게 생각한다오. 어쨌든 솔직히 말해 그리 젊은 나이도 아니기에 주절주절 사연을 털어놓는 건 쑥스러워 못 하겠소. 대신에 이야기를 들려드리지."

오랜 세월 담배와 술에 담금질한 게 틀림없을 남자의 목소리는 탁하고 거칠기는 했지만 묘하게 안정감을 주었다. 그 속에는 '인간미'가 들어 있었다. 울렁거리던 마음이 조금씩 가라앉았다.

"아! 그 전에 내 한 가지만 묻겠소. 저주에 대해 어떻게 생각하시오? 그런 게 진짜 있다고 믿으시오?"

남자가 물었다. 딱히 대답을 기다리는 것 같지는 않았다. 이야기를 시작하기 전 마음을 가다듬기 위해 스스로에게 던진 말처럼도 들렸다.

나는 바로 지난주에 저주에 관한 자료를 정리했다. 다음 달 『월간 풍문』의 주제가 저주이기 때문이다. 주로 '현대의 저주'에 대해 조사했는데 과거 마술사나 무속인, 혹은 주술사의 전유물이었던 저주는 인터넷 시대로 넘어오면서 누구나가 할 수 있는 레크리에이션이 되어버렸다. 인터넷에는 저주와 관련된 홈페이지나 커뮤니티가 차고 넘칠 정도로 많다. '배워보자, 저주'에서부터 '당신의 적들을 저주하는 법'까지. 관련 인터넷 카페만 해도 수두룩하다. 거기서 가르치고 공유하는 저주가 실제로 영향력을 발휘하는 경우는 거의 없다. 다만 그 '거의'의 바깥에 존재하는 저주 중 일부는 치명적이라 할 만큼 위험하다.

적어도 내가 읽고 정리한 자료들에는 그렇게 나와 있었다.

"내가 할 이야기에는 강력한 저주가 등장하지. 수백 년 동안 한 마을을 괴롭혀온 저주. 바늘로 인형을 찌르거나 하는 수준이 아닌 그야말로 끔찍한 결과를 불러오는 저주 말이오."

나는 『월간 풍문』에서 다루는 모든 주제와 마찬가지로 저주에도 회의적이었다. 21세기에 저주라니, 아프리카 오지라면 또 모를까. 하지만 자료를 정리하면서 생각을 조금 고쳐먹었다. 수백 장의 문서 안에는 저주에 피해를 입은 사람들의 이야기가 가득했다. 저주를 건 사람들은 학교 친구이거나 회사 동료, 혹은 가족이었다. 그들 모두 인터넷을 통해 저주를 배웠다. 저주를 당한 사람들은 병에 걸리거나 사고를 당하거나 목숨을 잃었다. 나는 저주 카페를 운영하는, 자칭 주술사라 소개하는 한 사람의 이야기를 떠올렸다.

'저주에서 중요한 건 마음입니다. 상대방을 미워하는 마음. 미움과 증오의 깊이가 얼마나 깊은가에 따라 저주의 성패가 결정되죠.'

한 마을에 대대로 내려오는 저주라면 도대체 그 미움의 크기는 얼마나 될까? 문득 그게 궁금해졌다.

"그러면 변죽은 그만 울리고 이야기를 시작하겠소. 한 남자가 있었지. 편의상 남자의 이름을 '수'라고 하겠소. 수는 평범한 대학생이었다오. '설'이라는 여자를 만나 사랑에 빠지기 전까지는."

남자의 목소리는 처음보다 떨렸다. 말하기가 힘든 듯 중간에 가끔 한숨을 섞었다. 수와 설. 나는 그 두 이름을 마음속에 새겼다. 사랑에 빠진 남녀에게 과연 어떤 일이 닥쳤을까.

"유독 눈이 많이 내렸던 어느 겨울날, 수와 설은 만났소."

하얗게 눈발 날리는 풍경이 눈앞에 그려졌다. 남자의 목소리에는 신비한 힘이 있었다. 불쑥 떠올라 하루 종일 흥얼거리게 되는 오래된 가요의 한 소절처럼, 남자는 아련한 추억 속으로 사람들을 인도했다.

'밤의 이야기꾼들'의 마지막 이야기는 그렇게 차분히 시작되었다.

눈의 여왕

꼭꼭 숨어라 소낙눈이 내리친다.
꼭꼭 숨어라 눈귀신이 찾아온다.
꼭꼭 숨어라 눈귀신이 잡아간다.
꼭꼭 숨어라 눈귀신이 찾아낸다.
꼭꼭 숨어라…… 찾았다!

수는 꿈속을 헤매고 있다. 꿈은 얕고 가볍다. 버스 안의 소음, 이를테면 투덜대는 엔진이나 신경질적인 하차 벨 소리가 꿈의 장막을 비집고 들어온다. 자신도 꿈을 꾸는 중이라는 사실을 안다. 하지만 깰 수는 없다. 이음새와 손잡이가 없는 문 앞에 선 기분, 혹은 차가운 물속에서 수면을 바라보는 기분. 손만 뻗으면 햇살이 부서지는 파도에 닿을 텐데 누군가가 자꾸 끌어내린다. 어두운 심해로, 탈출할 수 없는 꿈의 늪으로.

꿈속에서는 눈보라가 몰아친다. 하얗게 질린 바람이 나무를 때려댄다. 그 바람결에 노랫소리가 들려온다. 눈귀신이 찾아온다, 잡아간다, 찾아낸다, 찾았다……. 참 이상한 일이지, 이렇게 바람이 부는데도 노래가 생생하게 들리니. 수는 그렇게 생각한다.

꿈은 점점 두터워진다. 시멘트가 굳어가듯 천천히, 그러나 확고하게. 절대로 수를 놓아주지 않겠다는 듯이. 동시에 수의 의식도 점점 가라앉는다. 깊이, 더 깊이 납작하게 눌린 심해어들이 살금살금 헤엄을 치는 그곳으로.

일어나. 정신 차려.

날카로운 목소리가 수의 의식을 붙잡는다. 설이다. 설의 목소리다. 수는 수면 위로 떠오르려 애쓴다. 보고 싶은 설을 향해, 눈보라를 헤치고.

"학생, 학생. 다 왔어."

수는 눈을 떴다. 숨이 가빴다. 수면睡眠을 통과한 폐가 필사적으로 산소를 원했다. 입을 벌리고 가슴이 부풀도록 숨을 들이쉬었다. 그제야 정신이 돌아왔다. 마른세수를 하고 주위를 둘러봤다. 버스 안이었다. 차창으로 겨울 오후의 게으른 햇살이 굼실굼실 비쳐 들었다.

"여기가 설상리여. 눈이 와서 마을 안까지는 더 못 들어가."

늙수그레한 버스 기사가 운전석에서 뒤를 돌아보며 말했다.

마을버스는 눈 덮인 공터에 멈춰 있었다. 터미널에서 시내버스에 올랐고 다시 마을버스로 갈아탄 뒤 험한 산길을 위태위태하게 달렸다. 기억은 거기까지였다. 어느 지점에서 까무룩 잠이 든 모양이었다.

"감사합니다."

수는 버스에서 내렸다. 마을버스는 늙은 몸뚱이를 돌려 다시 산길을 내려갔다. 잿빛 매연과 요란한 엔진 소리가 뒤를 따랐다.

'雪上里 入口'

길가에 세워진 입석에는 그렇게 적혀 있었다. 수는 눈에 반쯤 파묻힌 입석을 노려봤다. 지도에도 없고 기록에도 나오지 않는 이 마을을 찾기까지 꼬박 사흘이 걸렸다. 어렵사리 설의 학적부를 구해 주소를 확인하는 동안 이틀이 흘렀고, 교통편을 조사하면서 또 하루가 지나갔다. 피를 말리는 시간이었다. 사흘 내내 한숨도 자지 못했다. 이리저리 몸을 움직일 때마다 몸속 어딘가에서 덜커덕거리는 소리가 들렸다. 나사 빠진 장난감 같았다. 설을 찾아야 한다는 단단한 일념이 수를 지탱해주었다. 잘 충전된 건전지처럼.

입석을 지나 발자국 하나 없는 새하얀 길로 접어들었다. 발밑에서 뿌드득 소리를 내며 눈이 뭉개졌다. 공기는 차고 얼큰했다. 수는 문득 뒤를 돌아봤다. 시커먼 입석을 경계로 이쪽과 저쪽의 풍경이 달라 보였다. 완벽하게 같지도, 또 완벽하게 다르지도 않은 미묘한 차이. 마치 좀처럼 찾아낼 수 없는 '다른 그림 찾기' 같았다. 다시 발걸음을 옮겼다. 그리고 그 순간, 한 가지 사실을 깨달았다. 눈의 밀도가 다르다. 설상리 바깥보다 안쪽에 쌓인 눈이 더 단단하고, 더 차갑고, 더 날카로웠다. 마치 오래 묵혀둔 악의惡意처럼.

새삼 한기가 몰려와 옷깃을 여몄다. 선배에게서 물려받은 낡은 군용 야상이 버석거리는 소리를 냈다. 멀리서 까마귀가 울었다. 수는 설상리를 두고 설이 했던 말을 떠올렸다.

"거기엔 눈이 많아. 겨울이면 온통 눈에 덮이지. 눈이 쏟아질 때면 사람들은 겁먹은 생쥐처럼 집 안에 틀어박혀. 또 까마귀도 많지. 지긋지긋한 까마귀들. 그리고 거기엔……."

그리고 거기에는, 눈귀신도 있지.

작고 연약한 짐승처럼 잔뜩 몸을 웅크린 채, 하지만 한 발 한 발 정확하게 걸음을 내딛으며 수는 다짐했다. 설을 구할 것이다. 눈보라가 가로막더라도, 귀신이 허연 입김을 내뿜더라도, 설령 목숨을 내놓게 되더라도.

설을 처음 만난 건 2학기가 시작되던 9월 초였다. 수는 제대를 하고 막 복학한 상태였다. 동기보다 일찍 군대를 간 탓에 돌아와보니 아는 사람이 몇 없었다. 게다가 그 몇 명마저도 학생운동으로 바빴다. 일주일에도 몇 번이나 시위나 집회가 열렸고 캠퍼스 안에는 늘 매캐한 최루탄 냄새가 맴돌았다.

그날은 수요일이었다. 학생들은 정문에 모여 투쟁가를 부르고 자유 연설을 했다. 수도 그 자리에 있었다. 노래가 끝나고 거리 행진을 위해 하나둘 자리에서 일어나던 오후 4시쯤, 갑자기 전경들이 들이닥쳤다. 기습 공격이었다. 펑펑, 최루탄이 뿌려지고 희뿌연 연기 사이로 곤봉이 날아들었다.

친구와 함께 다음 강의 전까지 시간 때우기용으로 나와 있던 수에게는 날벼락 같은 일이었다. 입을 가릴 손수건이나 마스크도 없었다. 콧속을 파고든 최루가스가 목구멍을 찢고 폐를 헤집었다. 숨이 막혀 입을 크게 벌릴수록 괴로움이 커졌다. 두 사람은 무작정 도망치기 시작했다. 눈물이 앞을 가리고 콧물이 쉴 새 없이 흘렀다. 입에서는 침이 뚝뚝 떨어졌다. 수와 친구는 대학가 근처의 거미줄 같은 골목을 이리저리 돌아 큰길로 빠져나왔다.

그곳은 믿기 힘들 정도로 평화로웠다. 몇백 미터 위에서 벌어지고 있는 전쟁은 먼 과거의 일이고 두 사람은 시간여행이라도 한 것 같았다.

"씹할, 좆도."

친구가 침을 뱉으며 주저앉았다.

"일단 얼굴이나 좀 닦자."

수는 가방에서 화장지를 꺼내 친구에게 내밀었다.

"여기는 아주 별천지구나."

말없이 고개를 끄덕이며 수는 눈물과 침을 닦고 코를 풀었다. 거리에는 수많은 사람들이 지나다니고 있었다. 경쾌한 발걸음이었다. 젊음과 자유와 즐거움이 묻어나는. 일주일에도 몇 번씩 오가는 공간이었지만 그때만큼은 어느 날 문득 발견한 어머니의 눈썹 문신처럼 낯설어 보였다.

"어? 근데 쟨 뭐야?"

친구가 차도 쪽을 가리키며 엉거주춤 일어났다. 수도 고개를 돌렸다. 왕복 8차선 도로로 한 여자가 걸어 들어가고 있었다. 건널목도 아니었다. 차들이 경적을 울리며 아슬아슬 비켜 갔다. 인도에 서 있던 사람들이 놀라서 비명을 질렀다. 여자는 아랑곳없이 걸음을 옮겼다. 시내버스 한 대가 여자를 향해 똑바로 달려왔다.

그 순간 수가 도로로 뛰어들었다. 마음보다 몸이 먼저 반응했다. 버스가 여자를 덮친 것과 몸을 날린 수가 여자의 어깨를 낚아채며 구른 것은 거의 동시였다. 타이어가 미끄러지며 끔찍한 비명을 질렀고 고무 타는 냄새가 진동했다. 간신히 버스를 세운 운전기사의 쌍욕은 그다음이었다. 도로는 아수라장이 되었다. 놀란 차들이 어긋난 관절처럼 삐뚤빼뚤 멈춰 섰다.

여자 밑에 깔려 있던 수는 살며시 눈을 떴다. 길고 검은 머리카락이 시야에 들어왔다. 풍성한 흑발 사이로 농익은 가을 햇살이 비쳐 들었다. 이어서 여자의 얼굴이 보였다. 태양을 등지고 있는데도 환하게 빛났다. 순백의 피부, 짙고 가지런한 눈썹, 앙다문 입술, 그리고 얼음처럼 차가워 보이는 눈.

"야, 너 죽으려고 작정했냐?"

때마침 달려온 친구가 말했다.

"왜 구했어?"

여자가 물었다. 수는 여자를 바라봤다.

"왜 구했냐고?"

비명처럼 따귀가 날아왔다. 자신이 살아 있다는 걸 믿지 못하겠다는 듯이. 여자는 끈 풀린 인형이 되어 스르르, 수의 품으로 미끄러졌다.

"빨리 구급차 불러."

수도 그 말을 끝으로 정신을 잃었다.

"네가 구한 여자가 누군지 아냐? 눈의 여왕이야, 눈의 여왕. 넌 이번에 복학했으니까 모르지? 우리보다 세 해 아래 후밴데, 얘가 입학하자마자 난리가 났다는 거 아니냐. 딱 봐도 미인이잖아. 아니, 그냥 미인이 아니고 끝내주는 미인이지. 교수들 사이에서도 유명했다니까. 근데 또 얘가 장난 아니게 도도한 거야. 내가 알기로도 한 서너 명은 퇴짜 맞았을걸. 쌀쌀맞기가 혹한기 훈련 저리 가라래. 지리학관데 친구도 별로 없다나 봐. 아무튼 저런 얘가 왜 자살을 결심했는지 몰라. 근데, 자살하려던 거 맞지? 안 그래?"

수는 응급실 침대에 앉아 친구의 말을 듣고 있었다. 무릎에 약간 멍이 들었을 뿐 다친 곳은 없었다. 여자도 마찬가지였다. 상처 난 팔꿈치에 소독약만 바르고는 바로 귀가했다고 간호사가 가르쳐주었다.

"이름이 뭐야? 눈의 여왕이라는 별명 말고."

수가 물었다.

"글쎄, 아마 설이었지."

설…….

수는 그 이름을 되뇌었다. 여자의 얼굴을 잊을 수 없었다. 단순히 예쁘다는 말로는 표현하기 힘든 얼굴. 화려하지만 이내 녹아버리고 마는 얼음조각 같은 아름다움. 유리구슬처럼 차디차게 빛나던 그녀의 눈 속에는 두려움이 가득했다. 가까이서 들여다보지 않으면 결코 알아챌 수 없는 종류의 두려움. 아마도 설과 얼굴을 맞댄 사람은 내가 처음이 아닐까, 수는 그렇게 생각했다. 그래서 아무도 그녀의 두려움과 외로움을 알아보지 못한 거라고, 수는 생각했다.

그 후로 수는 설과 자주 마주쳤다. 그녀는 아무 일도 없었다는 듯이 행동했다. 학생 식당에서 밥을 먹고 도서관에서 책을 빌리고 꼬박꼬박 강의를 들었다. 설에게는 눈의 여왕의 추종자들과 자살 미수라는 소문이 함께 따라다녔다. 수는 먼발치서 설을 바라봤다. 그녀는 수와 눈이 마주쳐도 못 본 척 그냥 지나쳤다.

그사이 점점 겨울이 다가왔다. 교정의 플라타너스가 앙상하게 변해갔다. 학생운동의 열기는 언제 그랬냐는 듯 사그라졌다. 기말시험을 앞둔 학생들은 점퍼 속에 몸을 숨기고 강의실과 도서관을 오갔다. 수도 그중 하나였다. 하지만 수의 마음속에는 전에 느껴보지 못한 새로운 감정이 싹트고 있었다. 설을 볼 때면, 아무리 먼 거리라 해도 어김없이 심장이 뛰었다. 명치 끝이 단단해졌다. 빨갛게 드러난 상처에 찬바람이 닿을 때처럼 괜스레 가슴이 시렸다. 그녀를 구했던 날 다쳤던 무릎이 욱신욱신 신호를 보냈다. 늘 미열에 시달렸다. 가끔은 새벽에 일어나기도 했다. 일어나서는 멍하니 어둠을 바라봤다. 이 세계는 전과 달라졌어, 라고 수는 어둠 속에서 생각했다.

"야, 너도 여왕님한테 반한 거냐?"

수의 증상을 들은 친구가 물었다.

"그런 거하곤 달라."

수가 말했다. 설에게 수작을 걸어보려고 호시탐탐 노리는 늙다리 선배들과는 다르다고.

"뭐가 다르다는 거야?"

"다른 사람들은 설의 밝은 모습을 좋아하지만 난 달라."

수는 소주잔에 비친 백열등 불빛을 바라보며 덧붙였다.

"난 설의 그림자에 마음이 쓰여. 어두운 부분 말이야. 그 애를 볼 때면 가끔 안쓰러운 마음이 들어. 걘 무언가에, 그러니까 꽤 무거운 고민에 짓눌려서 살아가는 것 같아. 억지로 참고 있는 거야. 간신히 버티고 있는 거지. 펑 하고 터져서 지난번처럼 다시 도로로 뛰어들기 전에 난 설을 지켜주고 싶어."

"좆 까고 있네."

친구가 술을 털어 넣으며 말했다.

겨울이 되었다. 예년에 비해 일찍 찾아온 겨울은 시작부터 많은 눈을 뿌려댔다. 유독 눈발이 성성했던 11월의 어느 날, 수는 다시 설을 만났다. 계절학기 수업을 마치고 돌아가던 길이었다.

수는 비틀거리며 눈 속을 걷는 낯익은 뒷모습을 발견했다.

금방이라도 쓰러질 듯 위태로워 보이는 발걸음. 설이다! 그 사실을 깨닫자마자 심장이 불규칙하게 뛰었다. 나쁜 예감이 폭설처럼 쏟아졌다. 그녀는 사냥꾼에게 쫓기는 상처 입은 날짐승처럼 황급히 도서관으로 날아들었다. 수도 뒤를 따랐다. 1층과 2층의 열람실까지 뒤져보고 3층의 정기간행물실까지 둘러봤지만 설은 없었다. 다급한 마음을 누르며 옥상으로 향했다. 녹슨 철문이 조금 열려 있었다. 그 사이로 겨울바람이 휘파람을 불어댔다.

설은 난간 위에 서 있었다. 그녀는 빨랫줄에 걸린 젖은 이불처럼 앞뒤로 흔들렸다. 흉포한 눈발이 그 위로 쏟아졌다. 난간은 아찔할 정도로 좁아 보였다. 정신을 잃은 게 아닐까, 수는 그렇게 생각하며 설을 향해 달려갔다. 쌓인 눈에 발이 푹푹 빠졌다. 소리를 지르고 싶었지만 입이 떨어지지 않았다. 자신의 심장은 이미 저 아래로 추락한 것만 같았다. 그리고 다음 순간, 수는 그 자리에 딱 멈춰 섰다. 아니, 누군가가 그를 붙잡아 세웠다. 보이지 않는 거대하고 차가운 손이 목덜미를 움켜쥐었다. 숨 쉬기가 힘들었다. 최루가스를 마셨던 그날처럼 공기를 들이마실 때마다 폐가 비명을 질렀다. 자잘한 얼음 알갱이들이 코와 입을 지나 온몸 구석구석으로 퍼져 나갔다, 적을 공격하기 위해 일사분란하게 움직이는 병정개미 떼처럼. 수의 내면은 두려움으로 가득 찼다. 비명을 지르며 도망치고 싶었다. 눈을 감았다 떴다. 그녀의 몸이 난간 너머로 서서히 기울고 있었다. 그 모습이 수의 정신을 되돌려놓았다.

"안 돼."

수는 소리쳤다. 힘껏, 아주 크게.

"조심해."

설을 향해 달려갔다. 그녀는 얼음조각처럼 꼼짝 않고 서 있었다. 주위를 둘러싸고 있던 불길한 기운이 사라졌다. 수는 그 사실을 깨달았다. 눈 내리는 평범한 도서관 옥상으로 돌아온 것이다.

"괜찮아요?"

수가 물었다. 설은 뚫어져라 앞만 보고 있었다. 난간 위의 철제 가드를 부여잡은 두 손이 하얗게 질렸다. 그 모습이 삶에 대한 구체적인 애착처럼 느껴져 수는 내심 안도의 한숨을 쉬었다. 그래도 방심할 수는 없었다.

"조심조심 손을 뻗어봐요. 내려오는 걸 도와줄게요."

수는 천천히 손을 내밀었다. 손가락은 짧고 뭉툭했다. 오래전, 그의 어머니는 몽당연필 같은 수의 손가락을 보며 복을 그러쥐기엔 턱없이 작으니 고생길이 훤하다며 걱정 어린 예언을 했다. 불현듯 그때의 어머니 목소리가 생생하게 떠올랐다. 복은 몰라도 이 여자만은 구해야겠어요, 수는 마음속으로 중얼거렸다. 그러니 도와주세요, 어머니.

"이제 다 끝났어요. 괜찮으니까 내려와요."

수의 말에 설이 처음으로 반응을 보였다.

"다 끝났다고?"

"네, 끝났어요. 모두 다."

"아니야, 끝은 없어. 그것들은 절대 포기하지 않아."

설의 목소리는 떨렸다.

"그래도 지금은 물러갔어요. 여기에는 당신과 나, 둘밖에 없어요."

수는 눈바람을 이기기 위해 크게 외쳤다.

"다시 올 거야, 분명히 돌아올 거라고."

설도 소리쳤다.

"그때도 내가 지켜줄게요. 구해줄게요."

수의 말이 신호라도 된 것처럼 갑자기 바람이 멎었다. 눈발도 눈에 띄게 줄어들었다. 정적이 찾아왔다. 주위의 모든 소음이 사라진 진공眞空의 세계, 마치 우주 공간 같은 그 속에서 설이 조심스레 손을 뻗었다. 우주인의 유영처럼 느리고 부드러운 동작이었다. 그리고 마침내 수와 설은 손을 맞잡았다. 유독 눈이 많이 내리던 초겨울의 어느 날, 두 사람은 그렇게 사랑을 시작했다.

수가 자신과 설 사이를 가로막고 있는 어두운 존재에 대해 알게 된 것은 옥상에서의 극적인 만남 이후 두 달이 지나고 나서였다.

10년 만의 맹추위가 찾아왔던 그날, 두 사람은 설의 반지하방에 함께 있었다. 먹물처럼 검은 밤이었고 보일러가 시원치 않아 알싸한 공기가 맴돌았다.

설은 아침부터 조금 이상했다. 불안한 듯 자주 주위를 살폈고 고통을 참는 사람처럼 말없이 입술을 깨물었다. 수는 아무것도 묻지 않았다. 그 전에도 마찬가지였다. 왜 차도에 뛰어들었는지, 옥상 난간에는 무슨 이유로 올랐는지, 그리고 그녀를 둘러싼 이상한 기운의 정체가 무엇인지 한 번도 질문하지 않았다.

설은 궁지에 처해 있고, 그녀를 지킬 사람은 나밖에 없다. 수는 그렇게 생각했다. 그것이 유일한 사실이었다. 다른 것들은 필요 없었다.

눈의 여왕은 안데르센의 동화에 나오는 차갑고 강인한 마녀가 아니었다. 얼음처럼 서늘한 무표정 뒤에는 인간적인 내면이 숨어 있었다. 수는 그녀 속에서 용솟음치는 뜨거운 삶의 욕망을 가끔 목격했다. 손을 맞잡고 걸을 때나 가만히 서로의 눈을 들여다볼 때, 혹은 추위를 녹일 정도로 깊은 포옹을 할 때……. 무엇이 그녀를 억누르고 있을까, 무엇이 그녀를 공포로 얼어붙게 할까. 하루에도 몇 번씩 그런 생각을 했지만 수는 묻지 않았다. 대신에 언제나 설의 곁을 지켰다.

"그것들이 또 올 거야, 조만간. 그런 예감이 들어."

마침내 설이 입을 열었다. 수는 듣고만 있었다.

"내가 전에도 말했지? 그것들은 포기를 모른다고."

천장에 매달린 형광등이 파르르 몸을 떨었다. 양끝이 검게 변한 지 나흘째, 형광등은 최후를 준비하고 있었다. 바람이 손바닥만 한 창문을 두드리고 지나갔다. 설은 그 창문을 향해 돌아앉아 있었다. 무릎을 가슴까지 한껏 당긴 채.

"점점 더 힘이 강해질 거야. 노골적으로 변할 거고. 그때는 당할 수가 없어. 그러니 나를 버리고 어서 도망가."

감당하기 힘든 공포와 맞서느라 설의 작은 몸은 애처롭게 떨렸다.

"빨리 가, 가버려."

설이 소리쳤다. 끝내, 형광등이 꺼졌다. 방 안은 어둠에 휩싸였다. 두 사람 모두 숨소리조차 내지 않은 채 어둠 속에 앉아 있었다. 이윽고 수가 말했다.

"난 사람의 신체 부위 중에서 가장 정직한 곳이 손이라고 생각해."

그는 알맞은 단어를 고르려고 잠시 말을 멈췄다.

"열심히 일을 하면 굳은살이 박이지. 긴장하면 땀이 흐르게 되고. 우리 어머니 손은 거칠고 꺼끌꺼끌했어. 사포 같았다니까. 식당에서 일을 하셨는데 거의 하루 종일 설거지를 했지. 내가 기억하기론 한 번도 매끄러운 손이었던 적이 없었어. 돌아가실 때까지도. 그래도 나는 그 손이 좋았어. 뭐랄까, 그 손은 증거 같은 거였으니까. 어머니가 우리 가족을 위해 열심히 사셨다는 증거. 나는 각질과 습진으로 가득한 어머니의 손에서 더듬더듬 사랑을 읽을 수 있었어."

수는 설을 등 뒤에서 껴안았다.

"우리가 처음으로 손을 잡았던 날, 기억해? 도서관 옥상에서 말이야. 난 그때 네 손바닥에 선명했던 손톱자국을 아직도 기억해. 따스했던 그 느낌도. 우리가 손을 잡고 옥상에서 내려올 때 난 이렇게 생각했어. 손톱자국이 가득한 건 삶을 지탱하기 위해 안간힘을 쓴 흔적이라고. 그러니 난간을 이토록 세게 그러쥔 거라고. 그리고 또 이렇게 다짐했지. 그렇다면, 내가 네 삶의 이유가 되자. 네가 끝끝내 놓치기 싫은 이 삶의 한쪽 끝을 내가 잡자. 잡고는, 같이 가자."

설은 아무 말도 하지 않았다. 대신에 크고 고르게 숨을 내쉬었다. 마치 두려움을 몰아내고 신선한 희망을 들여놓으려는 듯. 그때마다, 서로 포개진 설과 수의 심장이 두근두근 같은 소리로 뛰었다.

"물어봐도 될까? 뭐가 널 공포에 떨게 하는지."

수가 천천히 말했다. 잠시 침묵이 흘렀다. 설은 수의 손을 꼭 쥐었다.

"내가 어떤 말을 해도 믿을 수 있어?"

설이 물었다.

"물론."

"아무리 황당한 이야기를 해도?"

"아무리 황당한 이야기를 해도."

수도 어렴풋이 짐작은 하고 있었다. 그날, 옥상에서 겪은 일은 그에게도 충격이었다. 악의로 가득 찬 초자연적인 무언가가 그 자리에 존재했고, 분명 물리적인 힘도 행사했다. 하지만 그것의 정체는 알 수 없었다.

"난 저주를 받았어."

설은 조심스레 입을 열었다. 귓속말을 하듯 목소리가 희미했다.

"눈귀신의 저주야. 난 이 겨울이 가기 전에 죽게 돼."

수는 침을 삼켰다.

설의 이야기는 오랫동안 두서없이 이어졌다. 꾹꾹 눌려 담겨 있던 사연은 끝도 없이 계속됐고, 새벽녘이 되어서야 말을 마친 설은 텅 빈 음료수 캔처럼 쓰러지더니 곧 잠에 빠져들었다. 수는 그런 설을 바라보며 사방에 흩어진 이야기들을 처음부터 끝까지 순서대로 정리했다. 워낙 생략된 부분이 많아 혼란스럽기는 했지만 전말을 파악하기는 어렵지 않았다.

설의 고향은 설상리였다. 화전민들이 모여 만든 산골 마을로 지도에도 나오지 않는 오지 중의 오지였다. 그곳에 사는 사람들은 모두 성이 같았다. 하나의 공동체이자 거대한 일가—家였고 핏줄로 연결된 같은 가문이었다. 바로 그 설상리에 대대로 지독한 저주가 내려오고 있었다. 10년마다 한 명씩, 겨울이 되면 아이를 제물로 바쳐야 했다. 눈귀신의 제물로. 설의 가문에서는 새로운 아이가 태어날 때마다 운명이 정해졌다. 누가 살아남고, 누가 죽을지. 대부분은 사내애가 목숨을 부지했고, 여자애들은 눈귀신의 제물로 선택되기 일쑤였다. 설도 그중 하나였다. 태어난 그 순간부터 줄곧, 설은 앞서 정해진 두 명의 희생자가 사라지고 자신이 그 자리를 대신하는 날만을 기다리며 살아왔다. 아니, 죽어가고 있었다. 하지만 설은 꺾이지 않았다. 고등학교 3학년 담임선생님을 설득해 부모 몰래 대입 원서를 썼고 시험을 쳤다. 그리고 도망쳤다. 합격 통지서와 집에서 훔친 돈을 갖고서. 저주를 피해, 예정된 죽음을 피해. 하지만…….

"하지만 이제 부질없는 일이란 걸 알았어. 한번 제물로 정해지면, 저주를 받으면, 절대 벗어날 수 없어. 나는 겨울이 가까워오면서 눈귀신의 존재를 더욱 강하게 느꼈어. 그 전에 죽어버리자는 생각을 했지. 차도에 뛰어든 것도 그 때문이야. 이제는 눈귀신이 바로 내 귓가에서 속삭이는 것 같아. 차가운 입김을 내뿜으면서, 이제 때가 되었다고."

설의 목소리는 점점 잦아들었다.

"만약, 그 저주란 걸 막게 되면 어떻게 되는 거야? 눈귀신이 널 데려가지 못하게 된다면."

수가 물었다.

"그런 일은 절대 없을 거야. 만약에 그렇게 된다 해도 눈귀신은 가만히 있지 않겠지. 아마 마을 사람 모두를 죽일걸."

눈귀신이라……. 설의 마음을 옥죄고 있던 존재가 무엇인지 알게는 되었지만 혼란스러움은 더 짙어졌다. 20세기에 저주와 귀신이라니, 공학도인 수로서는 선뜻 인정할 수 없는 일이었다. 옥상에서의 그 경험이 없었다면 설의 말을 믿기 힘들었으리라. 그는 잠들어 있는 설을 바라봤다. 그늘 하나 없는 아름다운 얼굴이었다. 아마, 어렸을 때도 인형처럼 예뻤을 것이다. 그런 아이에게 죽음의 굴레를 씌우다니. 20년 동안 매일같이 희생물로 살아왔을 설을 생각하자 가슴이 뻐근하면서도 온몸에 소름이 돋았다. 정말로 무서운 일은 바로 그것이었다. 저주보다도, 눈귀신보다도 설상리 사람들의 차가운 행동이 더 무서웠다.

수는 그 밤 내내 잠들지 못했다. 어둠 속에 가만히 앉아 설의 손을 잡고 있었다. 따뜻하고, 보드라운 손이었다.

수는 마을로 들어섰다. 인가가 보이기 시작했다. 마을은 적막강산이었다. 돌아다니는 사람이 없었다. 꼬챙이처럼 마른 나뭇가지 위에 까마귀들이 수십 마리씩 떼를 지어 앉아 있을 뿐이었다.

"계십니까?"

수는 광선 상회라 적힌 구멍가게의 문을 열고 들어갔다. 설의 집을 찾으려면 사람들에게 물어보는 수밖에 없었다. 사흘, 떨어져 있던 그동안에 다른 일이 생기지 않았다면 설은 분명 이곳에 있었다.

"계세요?"

아무런 대답이 없었다. 실내는 어두웠다. 라면이며 과자 등이 어지럽게 널린 진열대에는 먼지가 가득했다. 한가운데 기름 난로가 놓여 있었지만 오래전에 꺼졌는지 공기는 서늘했다.

"누구요?"

수가 돌아서서 나가려는데 쇳소리가 들려왔다. 곧이어 어둠 속에서 누군가가 걸어 나왔다. 낡은 부대자루처럼 생긴 노인이었다.

"저…… 말씀 좀 묻겠습니다."

수가 말했다.

"이 마을 사람이 아니구먼."

노인이 말했다. 세월이 노인의 얼굴에 새겨 넣은 주름은 그를 쭈글쭈글한 쥐처럼 보이게 만들었다.

"네, 서울에서 왔습니다."

"거서 여가 보이기나 하던?"

"네?"

"어째 그리 멀리서 왔느냐 말이야."

"찾을 사람이 있어서……. 혹시 설의 집이 어딘지 아십니까?"

노인이 허리를 꼿꼿하게 세웠다. 궁지에 몰린 늙은 시궁쥐처럼. 단춧구멍 같은 눈이 수를 위아래로 훑었다.

"설, 이라고? 처음 듣는 이름이여."

느릿느릿, 노인이 말했다. 시궁쥐는 연기가 서툴렀다. 입가가 실룩거렸고, 지저분하게 돋아난 수염이 그때마다 움찔움찔 춤을 췄다.

"저 정도 나이의 학생입니다. 고향이 여기라 들었습니다."

한동안 침묵이 맴돌았다. 노인이 나를 재고 있다, 수는 생각했다. 어떤 인간인지, 왜 찾아왔는지, 얼마나 알고 있는지. 보이지 않는 기다란 줄자가 몸에 칭칭 감기는 느낌이었다.

"내는 모르고, 이장은 알지도 모르지. 가르쳐줘?"

이만하면 되지 않았느냐, 이쯤에서 타협하자는 투로 노인이 슬쩍 입술을 핥았다. 더 알아낼 게 없다는 생각에 수는 고개를 끄덕였다. 쉽지 않으리라고 이미 각오를 했다. 설의 말대로라면 설상리 전체가 한통속이었다. 자신이 캐내려 하면 할수록 그들은 더 깊숙이 몸을 숨길 것이다. 등딱지 안에 들어앉은 거북이처럼.

"네, 이장님 댁이 어디죠?"

"여기서 나가가지고 계속 내려가면 개울이 나와. 지금은 꽁꽁 얼었지만. 그 건너편에 파란 대문이 있는데, 거가 거기여."

"감사합니다."

수가 인사를 하고 돌아서려는데 노인이 불러 세웠다.

"조금 있으면 눈보라가 몰아칠 거야."

방금 전보다 더 낮고, 더 웅얼거리는 소리로 노인이 말했다. 수신 상태가 좋지 않은 라디오처럼 알아듣기가 힘들었다.

"눈보라가 칠 때는 조심해야 해. 그것들은 눈 속을 헤매는 사람을 채 가거든. 그래서 다들 자기 집에 숨어 있는 거야. 이장은 이장 집에, 그리고 내는 여기에. 자네도 빨리 돌아가. 안 그러면……."

마지막 말은 점점 작아지더니 끝내 들리지 않게 되었다. 태양이 방향을 바꾼 탓인지 그나마 비쳐 들던 햇빛마저도 사라져 어둠이 한층 짙어졌다. 노인은 그 어둠 속에 잠겨 어느 순간 보이지 않았다.

수는 밖으로 나와 내리막길을 따라 걸었다. 새하얀 풍경이 단조롭게 이어졌다. 설상리라는 이름이 괜히 붙은 게 아니구나, 라고 수는 생각했다. 마을이 통째로 눈에 파묻힌 듯했다. 쌓이고 쌓인 눈이 그대로 길이 되고 벽이 되었다. 치울 생각도, 치울 여력도 없어 보였다. 눈은 절대 군주처럼 소리 없이 마을을 장악하고 있었다.

설이 사라진 것은 사흘 전이었다. 자신의 방 화장대에 단 두 문장으로만 된 메모를 붙여놓고서.

'설상리로 떠나. 그러니까 찾지 마.'

문도 잠그지 않았다. 이부자리며 살림도 깨끗하게 정리한 상태였다. 애초에 존재하지도 않았다는 듯이, 다시는 돌아오지 않겠다는 듯이.

어젯밤에 혼자 두는 게 아니었다. 수는 텅 빈 방 안을 둘러보며 뒤늦은 후회를 했다. 모든 일이 자기 때문인 것 같았다. 바보처럼 다치지만 않았어도…….

사고는 순식간에 일어났다. 설이 화장실에 다녀오는 사이 수는 무심히 교정을 바라보고 있었다. 방학을 맞은 학교는 적막했다. '민주주의 사수!', '노동법 개악 저지!' 같은 구호가 적힌 현수막만이 바람에 나부꼈다. 캠퍼스에서는 요 며칠 사이 학생회 간부 두 명이 백골단에게 잡혔다는 흉흉한 소문이 떠돌았다. 그에 비해 내가 하는 일은 얼마나 비현실적인가, 수는 그렇게 생각했다. 그와 설은 도서관에서 저주에 대한 각종 자료를 읽으며 하루를 보냈다. 그녀는 설상리에 내린 저주가 누구로부터 왔는지, 왜 왔는지 정확히 알지 못했다. 어른들에게 눈귀신의 저주라는 말만 들어왔다. 그 정도로는 정보가 부족했다. 수는 아는 사람을 총동원해 저주에 대해 캐묻고 다녔지만 용하다는 점쟁이도, 소문난 무당도 그토록 강한 저주는 들어본 적이 없다며 고개를 저었다. 이제 기댈 곳은 하나였다. 아는 선배가 힘을 써준 방송국 피디와의 만남. 〈미스터리 야夜〉라는 프로그램을 담당하는 김 피디로 수의 사정을 전해 듣고는 흥미를 가졌다고 했다.

수가 이런저런 생각을 하고 있을 때 한 줄기 강한 바람이 불어왔다. 그 바람에 실려 누군가의 속삭임이 들린 것도 같았다. 찾았다, 찾았어. 죽어, 죽어.

소리를 따라 이리저리 고개를 돌리다가 수는 그것을 발견했다. 눈 쌓인 나뭇가지 위에서 너풀거리는 하얀색의 그것. 옷인가? 아니면…….

의지와는 상관없이 그것을 향해 다가간다, 한 발 두 발 거리가 좁혀질수록 냉기가 몸속을 파고든다. 숨을 쉴 때마다 콧구멍과 목구멍이 찌릿찌릿하다.

"조심해!"

화끈한 통증과 설의 날카로운 외침에 수는 정신을 차렸다. 목에서 피가 흐르고 있었다. 설이 달려왔다.

"뭐 하는 거야? 왜 나뭇가지로…….'

수는 그제야 자기가 나뭇가지를 들고 있다는 사실을 알아챘다. 믿을 수 없을 정도로 날카로웠다. 뾰족한 그 끝에는 피가 묻어 있었다. 짧은 순간 어디서 어떻게 나뭇가지를 구했는지 기억나지 않았다. 왜 자기 목줄을 향해 망설임 없이 찔러 넣었는지도. 다행히 상처는 얕았지만 설의 얼굴은 하얗게 질렸다.

"나 때문이야, 나 때문에……. 저주를 방해하는 사람도 죽인다고 했어. 그래서 너한테…….'

설은 혼잣말처럼 되뇌었다. 결국 약속했던 방송국 피디하고는 만나지도 못했다. 어쩌면 해결 방법을 찾을지도 모른다며 어렵게 설을 설득했는데, 꺼림칙한 사건이 터진 것이다. 수는 곧장 병원으로 향했다. 상처에 비해 피를 많이 흘려 일곱 바늘을 꿰매고도 계속 누워 있어야 했다.

"걱정하지 마. 요즘 스트레스도 많이 받고 좀 피곤했잖아. 그래서 잠깐 정신이 나갔었나 봐. 눈의 여왕님을 보필하는데 이정도 상처쯤은 감수해야지, 안 그래?"

농담으로 넘기려 했지만 설은 심각했다. 얼음으로 조각해놓은 듯 차가운 얼굴에 처음으로 표정이 드러났다. 놀람, 당황, 분노, 연민, 그리고 슬픔. 한꺼번에 떠오른 설의 각기 다른 얼굴은, 어린아이의 첫걸음마처럼 서툴렀기에 더 아름다워 보였다.

"병원에서 좀 쉬어. 난 집에 갔다가 내일 올게."

규칙적으로 떨어지는 링거만 바라보던 설이 그렇게 말했다. 알겠다고, 수는 대답했다. 내일은 꼭 피디를 만나자고, 만나기만 하면 왠지 일이 잘 풀릴 것 같다고. 그때 왜 설의 마음을 읽지 못했을까.

병실을 나가던 설이 걸음을 멈추고는 수를 돌아보며 말했다.

"고마워."

그 순간 설의 얼굴에서 무언가가 반짝였다. 창으로 쏟아져 들어오는 바싹 마른 겨울 햇살이 설을 감쌌다. 눈물, 인가? 수가 몸을 일으키려는 찰나 설은 도망치듯 나가버렸다. 그것이 설에게서 듣는 처음이자 마지막 감사 인사일 줄은, 그때가 설의 눈물을 보는 처음이자 마지막 시간이 되리라고는 수는 짐작조차 하지 못했다.

그때 왜, 설의 마음을 헤아리지 못했을까?

얼마쯤 걸어 내려가자 개울이 나타났다. 꽁꽁 언 수면에 햇
빛이 살금살금 부딪쳤다. 개울 위에는 작은 다리가 놓여 있었
다. 수는 그 다리 앞에 서 있는 사람을 발견했다. 얇은 점퍼를
걸친 중년 여자였다. 쉰이 넘었을까, 잡초처럼 돋아난 흰머리
에 비해 매끈한 피부, 수로서는 나이를 짐작하기 어려웠다. 하
지만 여자가 누구인지는 금세 알아봤다.

"서울에서 온 총각이지요?"

여자가 먼저 말을 걸었다.

"네, 혹시…… 설의 어머님?"

여자는 설과 놀라울 정도로 닮았다. 설의 얼굴에 세월의 더
께가 쌓이고 풍파가 그 젊음을 조금씩 깎아낸다면 바로 눈앞의
여자가 되리라, 수는 그렇게 생각했다. 여자도 아름다웠다. 설
이 얼음 같은 아름다움이라면 어머니는 설상리에 쌓인 눈 같은
아름다움이었다. 투명하게 들여다보이는 설에 비해 여자는 하
얗고 굳은 표정에 가려 그 속이 보이지 않았다.

"딸애한테서 이야기 들었습니다. 이름이 수라고……."

"네, 맞습니다."

수는 광선 상회 주인의 얼굴을 떠올렸다. 겁먹은 쥐처럼 재
빠르게 전화기로 달려가는 모습이 그려졌다. 지금쯤 마을 사람
모두가 알고 있는 건 아닐까.

"와준 건 고맙지만 빨리 돌아가세요."

여자는 단호했다.

"설을 만나고 싶습니다."

"설은 이미 없어요. 그러니 돌아가요."

이미, 라는 단어가 마음에 걸렸다. 수는 눈밭에 무릎을 꿇었다. 설을 찾지 못하면 돌아가지 않을 생각이었다.

"전 설과 약속했습니다. 어떤 일이 있어도 지켜주겠다고."

수가 말했다.

"일단 일어나요. 오래 쌓인 눈이라 사람한테 안 좋으니까."

여자는 비밀 이야기라도 하듯 속삭였다.

"그럼 설을 만나게 해주시는 겁니까?"

"그건 제가 결정할 수 있는 문제가 아니에요."

여자는 불안한 눈빛으로 주위를 둘러봤다.

"전 설을 포기할 수 없습니다."

여자가 무릎을 굽혀 수를 바라봤다. 북해의 차가운 바다 같은 짙고 어두운 눈동자. 고래처럼 거대한 공포가 그 속에서 헤엄치고 있었다.

"꼭 설을 만나야겠어요?"

여자가 떨리는 목소리로 물었다.

"네."

수가 대답했다.

"하지만 위험한 일이 될 거예요."

"설에게 이야기는 충분히 들었습니다. 저주에 대해서도, 그리고 귀신……."

쉿! 여자가 오른손 검지를 입술에 가져다 댔다. 조용히 해요, 누군가가 듣고 있어요, 라고 말하는 듯. 수는 여자가 방금 전에 그랬던 것처럼 주위를 둘러봤다. 까마귀 떼가 나무 위에 앉아서 두 사람을 내려다보고 있었다. 검고 윤기 나는 깃털을 반짝이며. 몇 놈은 노란 눈동자가 보일 정도로 가까웠다.

"저를 따라오세요."

여자가 일어났다. 까마귀가 푸드덕 날아올랐다. 여자는 잰걸음으로 앞서 가기 시작했다. 수도 말없이 뒤를 따랐다. 눈이 스며들었는지 군화가 축축했다. 어느덧 해거름이었다. 그림자가 길어지고 공기가 한층 차가워졌다. 설을 구하고 무사히 이곳을 빠져나갈 수 있을까, 여자의 뒷모습을 보며 수는 그런 생각을 했다. 자신 있게 말하기는 했지만 두려운 것도 사실이었다. 설상리 안과 설상리 밖은 다르다. 그 깨달음이 충실한 빚쟁이처럼 쉴 새 없이 마음을 두드렸다. 설상리 안에서라면 저주의 힘이 더 강해지리라. 눈귀신이 뱉어내는 허연 입김도 더 차갑고 더 거세리라.

수는 주머니에 손을 넣어 김 피디의 명함을 만지작거렸다. 설상리로 떠나기 전 그에게 전화를 걸었다. 사정을 설명하니 촬영팀을 꾸려서 곧 따라붙겠다고 했다. 그는 설의 이야기에 큰 관심을 보였다.

"프로의 직감이지만 말이야, 이 이야기에는 무시무시한 어떤 게 들어 있어."

전화기 너머 그는 흥분한 듯 떠들어댔다. 무시무시한 어떤 것은 적어도 김 피디에게는 공포의 대상이 아니라 흥미를 자극하는 재밋거리인 모양이었다.

"내가 용한 퇴마사 한 명도 데려갈 테니까 수 학생은 걱정 말고 조금만 기다리라고."

그 말을 끝으로 전화를 끊었다. 수에게는 다른 대안이 없었다. 과도한 관심이 부담스러웠지만 이야기를 믿어줄 사람은 김 피디뿐이었다. 그는 어디쯤 왔을까. 얼굴도 모르는 사이지만 수는 김 피디가 못 견디게 보고 싶었다.

"다 왔어요."

여자가 수를 데려간 곳은 오색 천으로 장식된 당집이었다. 천장에는 흰 옷을 입힌 인형이 여러 개 매달려 있었다. 인형은 이목구비가 없이 새하얀 맨 얼굴이었다. 창문에서 바람이 새어 들어오는지 인형들이 너울너울 춤을 췄다. 그때마다 끼익, 끼익 기분 나쁜 소리가 들렸다.

"설은 무사합니까?"

수가 물었다. 여자는 대답하지 않았다. 흐린 하늘처럼 표정이 일그러졌다.

"있는 곳만 가르쳐주세요. 제가 구하겠습니다."

"아무도 저주를 깰 수는 없어요. 워낙 강력하니까……."

"도대체 어떤 저주입니까? 설은 눈귀신의 저주라고만 말하던데."

"맞아요. 눈귀신의 저주. 몇백 년 전, 이 마을이 막 세워졌을 때 무당 하나가 설희라는 이름의 딸을 데리고 들어왔대요. 무당은 예쁘다는 말로는 설명이 안 되는, 요기 같은 게 있던 여잔가 봐요. 마을 남자들이 그 여자한테 모조리 흑심을 품었던 걸 보면. 결국 어느 겨울밤에 다 같이 모여 무당을 욕보이고 말았죠. 정말 뭐에 씌기라도 했는지 방해된다는 이유로 그 딸을 산채로 찢어 죽이고서 말이죠. 훗날 무당은 자결을 했어요. 무시무시한 저주를 남겨놓은 채로요. 끔찍하게 죽은 자기 딸을 귀신으로 모시고 내린 저주니 얼마나 강하겠어요. 그 후 10년마다 아이가 한 명씩 죽어나갔어요. 마을 어른들한테 처음 이 이야기를 들었을 때는 왜 10년인가 의아했죠. 매년 죽여나가면 더 무서울 텐데 말이에요."

그 이유는 수도 궁금했다. 여자는 멍한 눈으로 인형을 바라보며 말을 이었다.

"10년. 그 정도의 시간이 지나야 또 다른 아이들이 태어날 테니까요. 매년 죽여버리면 이 작은 설상리에는 곧 한 명도 남아나지 않겠죠. 하지만 10년에 한 명씩이면 대를 이을 수는 있어요. 이 저주의 무서운 점이 바로 그거예요. 설상리 사람들의 영혼을 갉아먹으며 영원히 계속된다는 거."

인과응보인가. 오래전 저질렀던 죄악의 결과가 대를 이어 내려오고 있다. 수는 그 끔찍한 범죄에도, 그리고 수백 년을 내려온 저주의 사슬에도 모두 몸서리가 쳐졌다. 하지만 설을 포기할 수는 없었다.

"백 년이든 천 년이든 상관없습니다. 전 설만 구하면 됩니다.

방법을 가르쳐주세요."

수가 말했다.

"미안해요."

여자는 울 것 같은 표정을 지었다.

"아주머니 딸입니다. 도와주세요. 어디에 있는지, 그것만이라도……."

말을 끝맺기도 전에 요란한 소리와 함께 당집 문이 열렸다. 수는 놀라서 뒤를 돌아봤다. 다섯 명의 남자가 뛰어 들어왔다. 선두는 광선 상회의 주인 영감이었다. 그 뒤로 도끼와 낫을 든 나머지 네 명이 늘어섰다.

"맞아, 저놈이여."

제 편을 만나 득의양양해진 시궁쥐가 수를 가리키며 말했다.

"미안해요."

등 뒤에서 여자가 울먹였다.

"그러게 내가 돌아가라고 했을 때 갔으면 좋았잖아."

시궁쥐는 쯧쯧 혀를 차더니 이제 이장이 알아서 혀, 라고 하면서 뒤로 물러났다. 이장은 수의 예상과 달리 젊고 건장한 남자였다. 벗어지기 시작한 이마가 홍학의 그것처럼 붉었다. 크고 동그란 눈이 데룩데룩 움직였다.

"조용한 마을에 왜 분란을 일으켜?"

어딘가 조류를 닮은 인상과는 달리 이장의 목소리는 잘 벼린 낫만큼이나 날카로웠다.

"설을 만나게 해주세요."

수가 말했다. 소용없는 짓이라는 사실을 알면서도 그가 할 수 있는 말은 그것뿐이었다. 입구는 완전히 막혔다. 이장을 포함한 다섯 명의 남자들은 흥분한 똥개처럼 헐떡거렸다.

"그년은 여기 없어. 찾아봐야 헛수고지."

이장은 말을 이었다.

"조금 있으면 눈보라가 칠 거야. 그러면 눈귀신이 찾아오지. 설은 눈귀신을 맞이하러 산속에 올라가 있어. 넌 그년을 절대 찾을 수 없을 거야, 여러 가지 의미로."

미쳤다. 이장은 물론이고 무표정한 얼굴로 뒤에 선 남자들이나 자신의 딸을 제물로 바치려는 여자 모두 제정신이 아니다, 수는 격통처럼 전해지는 공포를 참으며 생각했다. 이장이 말한 여러 가지 의미에는 그야말로 여러 가지가 포함되어 있을 것이다. 오늘 밤 눈귀신이 설을 데려가리라는 사실, 그리고 수도 낫과 도끼 아래 갈가리 찢기리라는 사실.

"왜, 왜 저주를 풀어보려는 생각은 하지 않죠?"

수는 가까스로 물었다. 목소리가 나오지 않았다.

"저주는 아무도 풀 수 없어. 어설프게 저주를 풀려다 눈귀신의 노여움을 사면 큰일이지, 안 그래?"

이장은 웃었다. 다른 남자들도 따라 웃었다. 좁은 당집에 광기 어린 웃음이 가득 찼다. 수는 그 웃음을 들으며 환상을 보았다. 새로운 아기가 태어나는 날이다. 남자들이 모여 그 아기의 운명을 결정짓는다. 남자면 살아남고, 여자면 눈귀신의 제물로 선포한다. 장면은 당집 안으로 바뀐다. 눈귀신 앞에 제물로 선택된 아기를 소개한다. 당신이 데려갈 생명이라고, 이 아이를 데려가고 우리는 살려달라고 남자들이 몇 번씩 절을 한다. 당집 안에 눈귀신의 웃음이 울려 퍼진다. 바람 소리 같은 그 웃음 뒤에 남자들도 웃는다. 검은 입을 벌리고 일제히. 다시 한 번 목숨을 부지했다는 사실에 안도하며.

"으아악."

수는 비명을 내질렀다. 동시에 눈앞에서 덜렁거리는 인형 하나를 잡아 뜯어서 이장에게 던졌다. 불시의 일격에 이장이 주춤하는 사이, 수는 창문을 향해 몸을 날렸다. 유리와 낡은 창틀이 한꺼번에 부서졌다. 붉은색 커튼은 죽은 동물의 혀처럼 밖으로 튀어나왔다. 수는 눈 위에 떨어졌다. 날카로운 통증이 허벅지를 스쳤다. 커다란 유리 조각이 박혀 있었다.

"잡아."

당집 안에서 소리가 들리더니 남자들이 몰려나왔다. 수는 달리기 시작했다. 유리를 뽑을 새도 없었다. 눈밭 위로 뜨거운 피가 떨어졌다. 잡히면 죽는다, 죽는 것뿐만 아니라 설을 구할 수도 없다. 오직 그 생각만이 머릿속을 가득 채웠다.

누군가가 던진 도끼가 수의 귓가를 스치고 나무에 박혔다. 지켜보고 있던 까마귀들이 하늘로 날아올랐다. 수는 죽을힘을 다해 달렸다. 다리가 아팠다. 움직일 때마다 박힌 유리를 중심으로 동심원처럼 통증이 퍼져 나갔다. 등 뒤에서는 남자들의 거친 숨소리와 욕설이 끊이지 않았다. 따라잡힌다, 다리까지 다친 상태로는 남자들을 따돌릴 수 없다는 절망감이 통증만큼이나 선명하게 수의 머리를 두드렸다.

수는 넘어졌다. 개울 위의 다리를 막 지났을 때였다. 온몸에 힘이 풀리며 그대로 쓰러지고 말았다. 재빨리 몸을 돌렸다. 하늘이 보였다. 상황에 어울리지 않게도 그 순간, 이제 밤이 되었다는, 이 밤이 지나면 설과 나는 하늘나라에서나 만나게 되겠다는 생각이 떠올랐다. 농도가 짙어진 하늘에 시커먼 먹구름이 맺히고 있었다. 하나둘 눈송이가 떨어지기 시작했다.

"이 새끼 이거, 악질이네."

시궁쥐가 숨을 헐떡이며 말했다. 이장이 수에게 낫을 겨누었다. 다른 남자들도 험악한 표정으로 둘러섰다. 보이지 않던 마을 사람들이 어느새 나와서는 다리 너머에서 기웃거리고 있었다.

"조용한 데로 끌고 가서 처리해버리자고."

이장이 수에게서 눈을 떼지 않고 말했다.

"미친놈들."

수가 중얼거렸다. 분노와 슬픔이 뒤섞인 격렬한 감정이 지칠 대로 지친 그의 몸을 흔들었다. 남자들이 다가왔다. 그때였다. 뒤쪽에서 엉뚱한 목소리가 들려왔다.

"이게 무슨 시추에이션이야?"

남자들이 멈춰 섰다. 그렇지 않아도 큰 이장의 눈이 더 커졌다. 마을 사람들도 웅성거리기 시작했다. 수는 몸을 반쯤 일으켜 뒤를 돌아봤다. 예상하지 못했던 상황이 펼쳐져 있었다. 사람들을 겨냥한 채 눈을 깜박이는 여러 대의 카메라, 피곤한 얼굴로 장비를 들고 서 있는 수십 명의 사람들, 그리고 은색의 방송차량.

"야, 조명 켜."

처음의 그 목소리, 수에게는 익숙한 김 피디의 목소리가 그렇게 외치자 눈부신 빛이 발사되었다.

"당신들은 뭐야?"

이장이 눈을 가리며 소리쳤다.

"방송국에서 나왔습니다. 취재 좀 하려는데 상황이 어쩨 이상하네요."

김 피디는 천연덕스럽게 말하고는 수 옆에 쪼그리고 앉았다.

"수 학생이지? 무슨 일인지는 몰라도 이제 걱정하지 마."

"방송국에서 왜……."

이장은 당황한 얼굴이었다. 다른 사람들도 마찬가지였다. 수는 김 피디의 부축을 받아 힘겹게 일어났다.

"전 〈미스터리 야화(夜話)〉라는 프로그램을 담당하고 있는 김입니다. 아시죠, 그 프로? 동시간대 시청률 1위인데."

"그런 건 모르겠고, 뭔 취재를 한단 말이오?"

묘한 상황이었다. 놀란 표정이 역력한 마을 사람들과 그 와중에도 묵묵히 장비를 설치하는 방송국 스태프와의 대치. 수도 어리둥절했다. 기다리고는 있었지만 이렇게 대규모 취재팀이 오리라고는 짐작조차 하지 못했다. 김 피디는 이장이 들고 있는 낫을 힐끗 바라본 후 말했다.

"이 마을에 저주가 내렸다면서요? 그게 어떤 저준지도 좀 보

고, 필요하면 저주도 풀고요. 다 저희 방송국에서 공짜로 해드
리겠습니다."

하하, 김 피디는 소리 내어 웃었다. 배까지 나온 작고 땅딸막
한 남자였다. 옷을 껴입어서인지 더 작아 보였다. 베토벤의 그
것처럼 마구 엉킨 곱슬머리가 인상적이었다.

"안 돼. 썩 돌아가."

마을 사람들 속에서 누군가가 걸어 나왔다. 번데기처럼 온몸
에 주름이 잡힌 노인이었다. 설의 어머니가 부축하고 있었다.
그는 허공에 지팡이를 휘두르며 소리쳤다.

"너희 같은 외지 인간들 때문에 눈귀신님이 노여워하신다.
어서 꺼져. 빨리 돌아가."

"저희는 취재 허락 같은 거 내줄 생각이 없습니다. 어디서 무
슨 이야기를 듣고 왔는지 모르겠지만 저주든 뭐든 저희 마을
일이니 상관 말고 철수하시죠."

이장이 말했다.

"어허, 그 낫은 좀 놓고 말씀하시면 좋겠네. 어이, 이 감독. 잘
찍고 있지? 저기 저분들 흉기 들고 있는 거 말이야. 저주가 내
린 마을, 귀신에 맞서기 위해 낫과 도끼를 든 주민들. 예고편으
로 죽이지 않냐?"

김 피디가 너스레를 떨었다. 이장이 다른 남자들에게 눈짓을
하고는 자기도 낫을 내려놓았다.

"마을에서 나가라는 말 안 들리십니까?"

이장이 으르렁거렸다.

"그러지 마시고 협조 좀 해주십시오. 저희가 저주나 귀신 말고도 미스터리한 실종 사건에도 관심이 많거든요. 여기 이 수학생의 여자 친구가 없어졌는데 그분도 찾아야 해서요, 잠시만 찍고 가겠습니다."

"안 됩니다."

"허, 그 참."

"빨리 나가세요."

팽팽한 긴장이 감돌았다. 김 피디나 이장, 누구 하나 잡고 있는 줄을 놓을 수 없었다. 아무도 입을 열지 않았다. 조명에 연결된 발전기만이 자폐증 환자처럼 혼자서 웅얼거렸다. 갑자기 하늘이 울었다. 설상리 전체를 뒤덮은 먹구름이 몸을 뒤척이며 엄청난 소리를 냈다. 모두 하늘을 올려다봤다. 바람이 불기 시작했다. 순식간에 눈발이 거칠어졌다. 꿈틀꿈틀, 하늘이 움직였다.

"눈보라다!"

시궁쥐가 외쳤다. 숫제 비명이었다. 보이지 않는 고양이가 그의 목에 송곳니를 박아 넣은 것만 같았다. 그 순간 김 피디 옆에 서 있던 여자가 비틀거리며 앞으로 걸어 나갔다. 소동 속에서도 혼자서 눈을 감고 새빨갛게 칠한 입술만 핥고 있던 여자였다.

"아! 이 분은 저희 방송에도 자주 나오는 퇴마사로……."

김 피디는 당황한 중에도 말을 이었다. 하지만 곧 입을 다물고 말았다. 퇴마사가 이상한 각도로 목을 꺾기 시작한 것이다. 길쭉한 얼굴이 왼쪽 어깨에 걸쳐졌다가 녹슨 대문처럼 기분 나

뻔 소리를 내며 반대편으로 방향을 바꾸었다. 거대한 손이 그녀의 머리채를 붙잡고 흔드는 것 같았다.

"너희…… 저주를…… 모두…… 죽여……."

퇴마사가 히죽거리며 말했다. 마이크라도 댄 듯 목소리가 쩌렁쩌렁 울려 퍼졌다. 수는 귀를 막았다. 똑같은 목소리였다. 학교에서 자신을 홀렸던 그 사악한 존재와. 심장이 얼어붙었다. 눈보라는 더욱 심해졌다. 차갑고 소리 없는 분노가 미친바람에 실려 얼굴을 때렸다. 퇴마사는 줄에 매달린 꼭두각시 인형처럼 팔다리를 허우적거리며 춤을 췄다.

"히히히."

퇴마사가 웃었다. 그녀의 머리카락은 모두 하늘로 곤두섰다.

"눈귀신이다!"

누군가가 소리쳤다. 마을은 아수라장이 되었다. 사람들이 겁에 질려 도망치기 시작했다. 방송 스태프들도 비명을 질렀다. 조명이 어지럽게 흔들렸다. 김 피디가 퇴마사를 덮쳐눌렀다. 하지만 역부족이었다. 그녀는 뭍에 올라온 생선처럼 최후의 힘을 다해 퍼덕거렸다.

"누가 좀 도와줘."

김 피디가 외쳤다. 수도 달려들었다. 퇴마사는 버둥거리면서도 웃기를 그치지 않았다. 혀라도 씹었는지 입에 문 거품이 새빨갰다. 김 피디는 그녀의 뺨을 사정없이 때렸다. 잠시 후, 퇴마사는 축 늘어졌다. 에이 씹할, 김 피디가 신음을 흘리며 눈밭에 드러누웠다. 수도 거친 숨을 토해내며 퇴마사에게서 떨어졌다.

그때 누군가가 수의 팔을 잡아당겼다. 설의 어머니였다.

"미안해요, 미안해. 우리 설 구해주세요. 지금이라면 늦지 않았을 수도 있어요."

여자는 울고 있었다. 아름다운 얼굴이 신문지처럼 구겨졌다.

"어디 있습니까? 빨리 가르쳐주세요."

수가 말했다. 다시 심장이 뛰기 시작했다.

"저기 마을 뒷산으로 올라가다 보면 버려진 산장이 나와요. 설은 거기 갇혀 있어요."

여자가 컴컴한 숲 속을 가리켰다. 수의 머리가 뜨겁게 달아올랐다. 혹독한 겨울, 3일 내내 산장에 갇혀 있었다면 저주가 아니고라도 버티기 힘들 것이다. 1분 1초가 급했다.

"알겠습니다."

수는 고개를 끄덕였다.

"설이 말했어요. 설상리로 돌아온 첫날. 지금까지는 살아야 할 이유를 몰라 오히려 살아보려고 버둥댔는데, 이제는 죽어야 할 이유를 찾았기 때문에 마음 편히 돌아왔다고. 설은 자기 때문에 당신도 해를 입을까 봐 걱정했어요. 내가 죽어야 수가 살 거야, 그렇게 말했어요. 당신 때문에 행복했다고, 당신이 있어서 두렵지 않다고 웃었어요. 웃으면서 제 발로 산장으로 올라갔어요."

여자는 정신을 놓은 듯 눈에 초점이 없었다. 수의 눈앞이 흐려졌다. 가슴 속에서 뜨거운 기운이 올라와 눈두덩을 달궜다.

"못난 어미의 마지막 부탁입니다. 딸을 구해주세요. 너무 무

서워 큰 소리로 반대 한 번 못 했지만 이제는 안 되겠어요. 설
이 당신과 행복하게 지내는 모습을 보고 싶어요."

수는 여자를 뒤로하고 김 피디를 향해 돌아섰다. 혼자서는
무리였다. 누군가의 도움이 필요했다.

"부탁입니다. 설이 있는 곳을 알았어요. 같이 가주세요."

김 피디가 뚱뚱한 몸을 일으켰다. 콧잔등에 땀이 송골송골
맺혀 있었다. 그는 수를 바라봤다. 작고 옴팡한 눈이 수의 얼굴
에서 한동안 머물렀다. 수는 볼을 타고 흐르는 눈물을 닦았다.
김 피디는 말없이 고개를 끄덕인 후 스태프를 향해 외쳤다.

"야, 빨리 조명 챙기고 카메라 들어. 실종된 여자를 찾으러
간다."

"지금은 무립니다. 다른 장비도 먹통인 데다가 조명도 나가
기 일보 직전이에요. 게다가 눈이 너무 많이 와서……."

모자를 눌러쓴 스태프가 말했다.

"인마, 그러면 아무나 카메라 한 대만 들고 따라붙어. 힘쓸
놈 하나하고 최 피디 너도."

모자가 최 피디인 모양이었다. 옆에 서 있던 카메라맨 한 명
과 공구함을 들고 있던 덩치를 붙잡더니 같이 달려오기 시작했
다. 김 피디가 수를 돌아봤다.

"자, 그럼 출발하자고."

눈은 살아 있는 생물 같았다. 하얀 벌레. 아니, 하얀 뱀. 아니,
굶주린 늑대였다. 끊임없이 달라붙고, 위협하고, 먹잇감이 지치

기만을 기다리며 주위를 맴돌았다. 눈은 미친 듯이 내렸다. 앞이 보이지 않을 정도였다.

"서로 꼭 잡아."

김 피디가 소리쳤다. 아무도 대꾸하지 않았다. 묵묵히 걸을 뿐이었다. 걷지 않으면 죽는다. 모두의 머릿속에 그 사실만이 선명하게 떠올랐다.

수는 이를 악물고 한 걸음씩 옮겼다. 잊고 있었던 허벅지 상처가 다시 통증을 토해냈다. 시간이 얼마나 지났을까, 분명 마을 뒷산 정도의 높이일 텐데 가도 가도 끝이 보이지 않았다. 눈보라는 점점 심해졌다. 귓가에서는 눈귀신의 웃음이 떠나지 않았다. 히히히. 버둥거려봐야 소용없어. 너희 모두 죽게 될 거야.

"틀렸어요. 애초에 이길 수 없는 싸움이었어요."

수가 혼잣말처럼 중얼거렸다.

"뭐?"

바로 옆에서 걷던 김 피디가 물었다. 바람 때문에 소리를 지르지 않고는 대화하기가 힘들었다.

"미안하다고요. 끌어들여서."

"뭔 소리를 하는 거야? 끌어들이긴 누가 끌어들여. 난 지금 오늘 촬영한 걸 방송에 내보낼 생각에 가슴이 다 뛰는데. 잔말 말고 빨리 가서 네 여자 친구나 구하자고."

그렇게 말하는 김 피디의 목소리에도 피곤이 묻어났다. 수는 또 말없이 걸었다. 왜 이렇게 어두운 걸까? 달빛이 없다 해도 눈이 내리면 훤한 법인데. 걸으면서 생각했다. 너무 어둡다고. 그리고 다음 순간, 자신이 눈을 감고 있다는 사실을 깨달았다. 모두에게서 똑같은 일이 계속 벌어졌다. 최 피디는 추워 죽겠다고 소리치며 점퍼를 벗었다. 카메라맨은 혼자서 다른 길로 걸어가다가 되돌아왔다. 김 피디도 헛소리를 하기 시작했다.

한계다, 수는 생각했다. 더 이상은 어렵다고. 눈귀신이 퍼부어대는 살의로 가득 찬 눈보라 속에서 자신은 물론이고 김 피디 일행도 죽게 될 것이다. 그때 최 피디가 외쳤다.

"야, 너 뭐 하는 거야?"

수는 뒤를 돌아봤다. 맨 뒤에 따라오던 덩치가 꼼짝도 않고 서 있었다. 곰처럼 큰 몸집에 머리는 호두만 한 남자였다. 그 머리가 앞뒤로 까딱까딱 흔들렸다. 공구함은 언제 내버렸는지 손에는 멍키스패너 하나뿐이었다. 그 붉은색 쇳덩이를 보는 순간, 정신이 번쩍 들었다.

"정신 차려. 덩치는 산만 해가지고……."

최 피디가 덩치를 향해 다가갔다.

"조심해요."

수가 외쳤다. 그 말이 떨어지기가 무섭게 덩치가 멍키스패너를 휘둘렀다. 아슬아슬하게 허공을 갈랐다. 최 피디는 그 자리에 주저앉았다. 덩치의 눈은 흰자위뿐이었다.

"무슨 짓이야?"

김 피디가 소리쳤다.

"눈귀신한테 씌었어요. 아까 그 퇴마사처럼."

수가 말했다. 턱이 덜덜 떨렸다. 덩치는 묵묵히 멍키스패너를 치켜들었다. 최 피디가 얼빠진 소리를 내며 엉덩이걸음으로 도망쳤다. 카메라맨이 비명을 질렀다. 김 피디가 눈 위를 구르며 내려갔다.

펵. 둔탁한 소리가 바람을 뚫고 수의 귓속을 파고들었다. 펵. 다시 한 번. 펵. 사형선고를 알리는 단호한 판사처럼 덩치는 자신의 머리에 멍키스패너를 휘둘렀다. 펵. 쇠가 살을 찢고 뼈를 부술 때마다 뜨거운 피가 눈 위로 흩뿌려졌다. 점점 모양을 잃어가는 덩치의 두개골과 달리 입에 걸린 미소는 칼로 새긴 듯 변함이 없었다.

"히히히."

덩치가 웃었다. 아니, 눈귀신이 웃었다. 노래를 부르기 시작했다. 좁은 구멍으로 바람이 새 나가듯 날카롭고 가파른 목소리였다.

"꼭꼭 숨어라 소낙눈이 내리친다. 꼭꼭 숨어라 눈귀신이 찾아온다. 꼭꼭 숨어라 눈귀신이 잡아간다. 꼭꼭 숨어라 눈귀신이 찾아낸다. 꼭꼭 숨어라…… 찾았다!"

한 소절이 끝날 때마다 박자를 맞추듯 때려낸 머리는 더 이상 형체가 남아 있지 않았다. 덩치는 '찾았다'를 내뱉는 것과 동시에 앞으로 고꾸라졌다. 눈밭이 새빨갛게 물들어갔다. 아무도 움직이지 않았다. 숨도 쉴 수 없었다. 덩치는 죽었지만 그가 내뱉었던 웃음은 바람에 실려 끊임없이 울려 퍼졌다. 히히히. 히히히.

제일 먼저 정신을 차린 사람은 김 피디였다.

"이제는 내려갈 수도 없어. 일단 계속 올라가자고. 조금만 더 가면 산장이 나올 거야."

모두 말없이 움직였다. 덩치의 시체 위에는 눈이 덮이기 시작했다. 눈은 게걸스럽게 달려들었다. 수는 자꾸 뒤를 돌아봤다. 덩치가 금방이라도 일어나 괴성을 지르며 쫓아올 것만 같았다. 방금 전의 모습이 머릿속을 떠나지 않았다. 덩치가 멍키 스패너로 자기 머리를 때려댈 때, 수는 그의 어깨 위에 올라앉아 꿈틀거리는 하얀 형제를 본 것만 같았다.

"저기 뭐가 보입니다."

얼마쯤 더 걸었을까, 앞서 가던 카메라맨이 외쳤다. 모두 고개를 들어 앞을 바라봤다. 산장이었다. 눈보라 속에서 검은 실루엣이 보였다. 네 사람은 기다시피 달려갔다. 더욱 광포해진 눈발이 수의 어깨를 내리눌렀다. 저기 설이 있다. 그 사실만이 유일한 희망이었다.

산장은 낡은 나무 건물이었다. 창은 모두 막혀 있었고, 문에도 자물쇠가 채워진 상태였다.

"공구 없어?"

김 피디가 물었다.

"아까 그 새끼가……."

최 피디가 이를 악물며 말했다. 카메라맨이 조용히 카메라를 들어 보였다.

"부숴버려, 젠장."

김 피디가 말했다. 카메라맨과 최 피디가 돌아가면서 내리치자 자물쇠는 금방 떨어졌다. 수가 문손잡이를 잡았다. 하지만 쉽게 열 수 없었다. 두려웠다. 문 너머에 펼쳐져 있을 광경이. 눈을 감았다 뜬 뒤 크게 심호흡을 했다. 곱은 손에 힘을 주고 문을 당겼다. 훅, 오래된 나무집 특유의 퀴퀴하고 매캐한 냄새가 코를 찔렀다.

산장 안은 바깥보다도 더 어두웠다. 수는 그 어둠 속으로 한 발을 들이밀었다. 한계점을 넘어버린 심해잠수부처럼 가슴이 답답하고 숨이 막혀왔다. 지독한 냉기가 엄습했다. 안 좋은 예감이 들었다.

"설."

수는 외쳤다.

"대답해, 설."

설의 이름을 소리 높여 불렀다. 하지만 대답이 없었다.

"카메라 조명이고 뭐고 아무것도 안 돼?"

김 피디가 물었다.

"눈에 젖었는지 제 라이터도 안 켜집니다."

최 피디가 대답했다.

"뭐가 이렇게 어두워? 손으로 더듬으면서 찾아보자고."

산장은 그 이름과는 다르게 정사각형의 텅 빈 방이 전부였다. 의자 하나 없었다. 네 사람은 김 피디의 말에 따라 각기 다른 방향으로 흩어졌다. 수는 어둠에 물든 허공을 휘저었다. 물에 빠진 사람의 그것처럼 간절한 몸놀림이었다. 설, 어디 있어. 늦었지만 내가 구하러 왔어. 함께 가자, 우리. 마음속으로 울부짖었다. 그때 수의 손에 무언가가 닿았다. 따뜻하고 부드러운 느낌.

"설!"

수는 비명처럼 그 이름을 부르며 설을 끌어안았다. 얼굴과 목, 가슴과 다리를 더듬었다. 머리카락을 쓰다듬고 입을 맞췄다. 그리고 손을 잡았다. 그 느낌은 여전한데 설은 아무런 반응이 없었다. 심장이 뛰지 않았다. 수의 머릿속은 눈밭처럼 하얘졌다. 전에 느껴보지 못한 두려움이 머리를 휘돌아 가슴을 거쳐 발끝까지 퍼져 나갔다.

"틀렸어, 이미."

옆으로 다가온 김 피디가 그렇게 말했다. 목소리가 떨렸다. 수는 멍하니 앉아 있었다. 설의 손을 꼭 잡은 채로.

"미안해."

얼마나 흘렀을까. 수는 꽁꽁 언 입을 조금씩 움직여 어둠 속에다 속삭였다. 그리고 울기 시작했다.

"이대로 있으면 우린 죽어. 잠들지 않게 계속 몸을 움직여야 해."

김 피디가 말했다. 설의 시체를 발견하고 한 시간이 지났다. 그사이 눈보라는 절정을 달리고 있었다. 밖으로 나가는 것은 자살행위였다.

"쉬지 않고 계속 움직이면 피곤해서 쓰러지고 말 거예요."

최 피디가 말했다. 눈을 막아준다 뿐 바람이 그대로 새어 들어오는 산장은 밖이나 다를 바가 없었다. 불도 지피지 못한 상태에서 정신을 잃거나 잠이 들면 그 순간 동사할 판이었다.

"그럼 이렇게 하죠."

잠자코 있던 카메라맨이 입을 열었다.

"밤새 이야기를 나누는 겁니다. 서로 자꾸 질문을 하고 아무리 쓸데없는 말이라도 계속 중얼거리는 거죠. 다들 군대 갔다 왔잖아요. 야간 근무 설 때 무서운 이야기건 야한 이야기건 떠들다 보면 졸음이 달아나잖아요. 그때처럼 이야기를 하고, 이야깃거리가 떨어지면 노래라도 부릅시다. 잠드는 사람이 있으면 깨워주고."

"좋은 방법인데."

김 피디가 말했다.

"나도 찬성."

최 피디가 말했다. 수만이 침묵을 지키고 있었다. 그는 배터리가 떨어져 나간 장난감이었다. 움직이기를 멈춘 태엽 인형이었다. 그저 설의 손을 잡고 앉아 있을 뿐이었다. 더 이상 울지는 않았지만 한소끔 끓여낸 진한 국물처럼 시간이 갈수록 슬픔은 짙어졌다.

"그럼 말을 꺼냈으니 제가 먼저 질문을 할게요."

어둠 속에서 카메라맨의 목소리가 울려 퍼졌다.

"이 상황에서 이런 질문이 웃기기는 하지만 그래도 꼭 한 번 묻고 싶네요. 두 분은, 그러니까 김 피디님과 최 피디님은 안 무서우세요? 수 학생을 원망하는 건 아니지만 저는 지금 이 자리에 있는 게 너무 무서워요. 어두워서 얼굴을 볼 수 없는 게 다행일지도 모르겠네요. 솔직히 말씀드리면 울기 직전의 표정이거든요. 멀쩡히 말은 하고 있지만 무서워요. 무서워 죽겠어요. 사내자식이 약한 소리 한다고 놀리셔도 좋아요. 하지만 진짜로, 진짜로 그런 게 있으리라고는⋯⋯."

카메라맨의 떨림은 나머지 세 명에게도 똑똑히 전해졌다. 잠시 침묵이 이어졌고 그사이를 바람 소리가 메웠다. 이윽고 최 피디가 입을 열었다.

"왜 안 무섭겠나. 나도 무서워. 이 프로그램 하면서 이상하다면 이상하고 괴기스럽다면 괴기스러운 사건을 여러 번 접했지만 이런 상황은 처음이야. 눈앞에서 사람이 죽어나가다니. 그 녀석, 연출부 막내였어. 내가 직접 뽑았지. 이름이 동수였던가 그랬을 거야. 덩치가 커서 좀 굼떠 보이긴 했어도 착하고 성실한 녀석이었는데⋯⋯. 무서워. 가족들을 다시 못 만날까 봐 미칠 정도로 무서워. 그래도 어쩌겠나? 여기서 정신 줄을 놓아버리면 정말로 끝나는 거니까 버티는 거지."

"최 피디 말이 맞아. 요사스러운 것들은 말이야, 사람의 두려움을 먹고 사는 거야. 우리가 무서워하면 할수록 그것들은 좋아서 날뛰지. 그러니까 지금은 정신 단단히 차리고 살아 돌아갈 궁리만 하자. 정신만 바짝 차리면 눈귀신인지 뭔지도 우리를 어쩌지 못할 거야. 안 그래, 수 학생?"

김 피디의 단단한 목소리가 우렁우렁 울렸다. 듣는 사람마저도 안심이 되는 목소리였다. 수는 대답이 없었다. 아니, 아무런 말도 할 수 없었다. 입을 열면 억지로 밀어 넣은 슬픔과 공포가 걷잡을 수 없이 쏟아져 나올 것 같았다.

"이것 봐, 수 학생."

김 피디가 수의 어깨를 잡았다. 보이지는 않았지만 그의 얼굴이 가까이 있다는 걸 느낄 수 있었다.

"힘든 건 나도 알지만 지금은 견뎌야 해. 어쨌든 살아남아야지. 빌어먹을 귀신 나부랭이한테 지고 있을 순 없잖아. 조금만 버티면 마을에 있는 제작진이 구하러 올 거야."

이 사람은 왜 이렇게 나를 돕는 걸까, 수는 문득 그런 생각이 들었다.

"그냥 시청률 때문이면 솔직히 이런 산골까지 오지도 않았어."

수의 마음을 읽은 듯 김 피디가 말했다. 바람이 산장을 걷어차면서 웃어댔다. 그때마다 삐걱삐걱 낡은 나무 건물은 비명을 질렀다.

"나도 비슷한 경험을 했어. 사랑하는 사람이 실종됐지. 내 경우에는 딸이었지만. 이 좁은 대한민국에서 어디로 사라졌는지 아직까지도 못 찾고 있네. 미스터리 작품 전문 피디가 된 것도 다 그 때문이야. 딸을 찾으려고 점쟁이다 뭐다 만나고 다니다 보니까 그쪽에 관심이 생겼지. 딸이 없어지고 처음에는 죽겠더라고. 실제로 죽으려고도 했어. 하지만 결국 살아남았지. 이런 생각이 들었거든. 내가 살아 있는 게 사랑하는 사람에 대한 예의라는."

김 피디의 마지막 말이 수의 마음을 어루만졌다. 따뜻했다. 그의 진심이 느껴졌다. 슬픔과 아픔, 그리고 안타까움까지.

"고맙습니다."

수가 입을 열었다.

"살아 나가면 그때 갚으라고. 저 멍청한 마을 인간들 싹 다 잡아들인 후에."

김 피디가 말했다.

"자, 남자 넷이서 이딴 곳에 모인 것도 인연인데 이제부터 꿀 꿀한 이야기는 그만하고 거시기한 농담이라도 할까요? 혹시 또 모르죠. 귀신도 야한 이야기 듣느라 정신을 빼놓고 있을지."

최 피디의 말에 모두 웃음을 터뜨렸다. 수도 미소를 지었다. 겹겹이 쌓인 어둠과 그 속에 깃든 공포를 물리치기에는 턱없이 작은 소리였지만 작고 미약하나마 희망의 불씨는 되어주었다. 아직은 웃을 수 있다. 아직은.

그 후 네 사람은 계속 이야기를 나누었다. 서로 자랑하듯 군 대에서의 무용담을 늘어놓았고 살아온 이야기하며 만났던 옛 애인에 대해서도 고백했다. 카메라맨은 결혼을 약속한 애인이 있었다. 최 피디는 일찍 결혼해 아들이 둘이나 있었다. 김 피디 는 놀이터에서 놀던 딸이 실종된 후 아내와도 이혼하고 혼자 사는 중이었다. 자꾸만 달라붙는 공포를 털어내듯, 어둠 속 어 딘가에서 느껴지는 차가운 시선을 떨쳐내듯 경쟁적으로 떠들 어대는 사이 몇 시간이 훌쩍 흘렀다. 누구 하나 입에 올리지는 않았지만 네 사람 모두 정신적으로나 육체적으로 피로가 극에 달했다.

그리고 어느 순간, 갑자기 정적이 찾아왔다.

한동안 아무도 입을 열지 않았다. 바람 소리만 요란했다. 모두의 마음속에서 두려움이 한층 더 짙어진 그때 지금까지와는 비교할 수 없을 만큼 강한 냉기가 엄습했다.

카메라맨이 겁에 질린 목소리로 속삭였다.

"정말, 살아서 내려갈 수 있을까요?"

"무슨 소리야? 당연히⋯⋯."

김 피디의 대답은 기다렸다는 듯이 들려온 웃음소리에 막혀 버렸다.

"히히히히."

"야! 최 피디, 왜 그래?"

"안 된다고, 안 돼. 히히히히."

최 피디의 웃음이 허공을 떠돌았다. 그칠 줄을 몰랐다. 점점 더 커졌다. 답이라도 하듯 바람이 산장을 흔들어댔다. 삐걱. 삐걱. 삐걱. 삐걱. 산장이 울부짖었다.

"왔다!"

카메라맨이 소리를 질렀다.

"왔다!"

또다시.

"눈귀신이 왔다!"

히히히히. 이제는 다른 목소리였다. 승리감에 도취된 눈귀신의 웃음이 어둠 속에서 쩌렁쩌렁 울렸다. 수는 설의 손을 놓고 일어섰다. 공포가 모두의 마음을 잠식한 것은 순식간이었다. 그 짧은 순간, 눈귀신의 차가운 입김이 스며들었다.

"젠장, 틀렸어."

김 피디가 토해내듯 말했다. 처음으로 두려움에 떠는 목소리였다.

"김 피디님?"

수의 목소리도 떨렸다. 김 피디는 대답이 없었다. 무언가가 산장 벽에 부딪치는 쿵 하는 소리가 났다. 카메라맨은 계속 비명을 질러댔다. 최 피디의 것인지 눈귀신의 것인지 모를 웃음소리도 그칠 줄을 몰랐다.

"나가야 해. 나가야 해. 그래야 살 수 있어. 도망쳐야 해."

그 말을 끝으로 김 피디가 다시 벽을 향해 몸을 날렸다. 쿵. 쿵. 쿵. 쿵. 공포와 광기가 뒤섞인 소리가 산장 안을 뒤흔들고, 수의 마음을 헤집었다. 바닥에 다시 주저앉았다. 한계였다. 정신적으로도 육체적으로도. 스스로도 느낄 수 있었다. 손과 발에 감각이 없었다. 피를 너무 많이 흘렸다. 턱은 나사라도 빠진 것처럼 쉴 새 없이 떨렸다. 심장 박동이 점점 느려졌다. 설, 얼마나 외롭고 무서웠을까. 이런 추위와 어둠 속에서 3일 동안이나 떨고 있었다니…… 마지막 불꽃을 태우던 생체 기능이 잦아들면서 수의 머리는 오로지 설만을 떠올렸다. 그러니 빨리 눈을 감아버려. 다시 눈을 뜨면 설을 만날 거야. 헐거워진 의식을 비집고 사악한 속삭임이 들렸다. 끈적끈적 달라붙는 새빨간 유혹. 눈귀신의 목소리. 인간의 욕심과 악의가 만들어낸 괴물. 수는 귀를 막았다. 카메라맨의 비명도, 최 피디의 웃음도, 김 피디가 벽에 몸을 던질 때마다 울리던 소리도 점점 잦아들었다.

대신에 울부짖는 바람 소리가 산장 안을 가득 채웠다. 서리가 맺히듯 허공에 흰색의 형체가 떠올랐다. 너풀거리는 옷, 길게 풀어 헤친 새까만 머리카락, 그리고 꽁꽁 언 눈보다도 더 창백한 얼굴. 눈귀신이 빨간 입술을 끌어올려 미소를 지었다. 수는 멍하니 눈귀신을 바라봤다. 도망쳐야겠다는 생각이 들지 않았다. 공포도 느껴지지 않았다. 다만 자고 싶을 뿐이었다. 수는 눈을 감았다. 노랫소리가 들렸다.

꼭꼭 숨어라 소낙눈이 내리친다.
꼭꼭 숨어라 눈귀신이 찾아온다.
꼭꼭 숨어라 눈귀신이 잡아간다.
꼭꼭 숨어라 눈귀신이 찾아낸다.
꼭꼭 숨어라…… 찾았다!

참 이상한 일이지, 이렇게 바람이 부는데도 노래가 생생하게 들리니. 수는 그렇게 생각했다. 잠은 점점 두터워졌다. 시멘트가 굳어가듯 천천히, 그러나 확고하게. 절대로 수를 놓아주지 않겠다는 듯이. 동시에 수의 의식도 점점 가라앉았다. 깊이, 더 깊이 납작하게 눌린 심해어들이 살금살금 헤엄을 치는 그곳으로.

일어나. 정신 차려.

날카로운 목소리가 수의 의식을 붙잡았다. 설이다. 설의 목소리다. 수는 수면 위로 떠오르려 애썼다. 눈보라를 헤치고, 보고 싶은 설을 향해.

수는 간신히 눈을 떴다. 설의 얼굴이 있었다. 바로 눈앞에, 아름다운 설이 자신을 바라보고 있었다.

"방해하지 마!"

눈귀신이 쇳소리를 냈다.

"수, 어서 일어나."

"설?"

"무서워하지 마. 슬퍼하지도 말고. 어서 일어나서 씩씩하게 살아줘. 나를 대신해서 즐겁고 행복하게 오래오래 살아줘."

"어서 썩 비켜."

"이딴 늙어빠진 귀신에게 지지 마. 무서워하지 않으면, 두려워하지 않으면 손을 댈 수 없어. 내가 지켜줄게. 이번에는 내가 널 지켜줄게."

설이 수의 뺨을 어루만졌다. 따뜻하고 안온한 기운이 수의 온몸으로 퍼져 나갔다. 속에 꼭꼭 들어찼던 차가운 공포와 좌절감이 눈 녹듯 사라졌다. 눈귀신이 발악을 했다. 산장 구석구석 눈귀신의 분노가 서릿발처럼 불어닥쳤지만 수는 더 이상 두렵지 않았다. 설을 향해 손을 뻗었다.

"다 죽여버릴 거야!"

눈귀신의 찢어질 듯한 외침은 설에게서 뿜어져 나온 찬란한 빛에 묻혀버렸다. 눈부신 빛줄기가 산장 안을 가득 채웠다. 아무런 소리도 들리지 않았다. 수는 다시 눈을 감았다. 기억들이 떠올랐다. 설을 처음 만났을 때, 함께 보냈던 시간들, 마을에서의 긴박했던 순간과 눈보라 속에서 헤맸던 기억, 그리고 산장에서 설의 죽음을 확인했던 순간. 또다시 슬픔이 차올랐지만, 이번에는 넘치지 않았다. 고마워. 수가 중얼거렸다. 설과 함께 했던 날들은 짧았지만 강렬했다. 슬픔보다 기쁨이 많았던 시간 이었다. 손을 잡고 길을 걸을 때면 매번 심장이 두근댔다. 가끔 어깨가 부딪칠 때면 하하 웃음을 터뜨리고 싶었다. 내 옆에 네 가 있다. 수는 그렇게 말하고 싶었다. 네 체온을 내가 느낄 수 있고, 네 숨을 내가 맡을 수 있다고. 고마워. 수는 다시 한 번 말 했다. 내 손을 잡아줘서, 내 앞에 와줘서, 나를 살려줘서.

"사랑해."

수가 말했다. 그리고 눈을 떴다. 여전히 사방은 어두웠지만 두려움은 사라졌다. 눈귀신도. 아마, 눈보라도 멈췄으리라. 뺨 에는 여전히 설의 감촉이 남아 있었다. 마치 이렇게 속삭이는 것 같았다. 네 옆에 내가 있을게. 그러니 네 마음속에도 내 자 리를 마련해줘, 라고.

수는 고개를 끄덕이며 자리에서 일어났다. 정신을 잃고 쓰러 진 다른 사람들을 깨우기 위해. 모두 다 함께 살아 내려가서 오 래오래 행복하게 살기 위해.

다음 날 아침이 되자 간밤의 눈보라가 거짓말이었던 것처럼 화창한 하늘이 펼쳐졌다. 네 사람은 모두 살아남았다. 눈귀신 이 물러간 후 넷은 서로를 꼭 끌어안은 채 추위를 이겨냈다. 아 무도 입을 열지 않았지만 다시 두려움에 떠는 사람은 없었다.

제작진은 경찰과 구급대를 데리고 날이 밝자마자 산장으로 찾아왔다. 넷의 몰골은 말이 아니었다. 카메라맨과 최 피디는 곧바로 정신을 잃었다. 머리가 깨진 김 피디도 들것에 실렸다. 설의 시체는 모포에 덮인 채 마을로 내려갔다. 구급대원은 부상을 입은 수도 부축하려 했다.

"전 괜찮아요."

수는 그렇게 말하고는 설의 시체를 따라 절뚝거리며 걸었다. 겨울 햇살이 눈부시게 쏟아졌다. 형사처럼 보이는 남자가 수에게로 다가왔다.

"수 학생이지? 물어볼 게 많은데 일단 내려가서 치료부터 받고 이야기하지."

"마을 사람들은 뭐라고 하던가요?"

"방송국 사람들한테 대충 이야기를 듣고 여기 올라오기 전에 몇 가지 묻긴 했는데 도통 입을 안 열더라고. 다 꿀 먹은 벙어리야."

"아마 그 사람들도 할 말이 없을 거예요."

수는 고개를 갸웃거리는 형사를 뒤로하고 다시 걸음을 옮겼다.

"고생했어."

들것에 실려 내려가던 김 피디가 거칠한 목소리로 말했다. 밤사이 얼굴이 퀭해졌다.

"고맙습니다."

수가 진심을 담아 말했다.

"나중에 술 한잔 하자고."

김 피디가 싱긋 웃었다. 수도 따라 웃었다.

"그런데 말이야, 간밤에 어떻게 된 거야? 분명히 그 눈귀신 인가 뭔가에 다들 홀렸던 것 같은데……."

"구해줬어요."

"뭐?"

"설이 우리 모두를 구해줬어요. 사랑이 결국 두려움과 저주를 이긴 거죠. 마을 사람들도 그걸 알았으면 좋았을 텐데."

수는 혼잣말처럼 중얼거렸다.

"설이라고?"

김 피디의 얼빠진 소리를 뒤로하고 수는 설에게로 다가갔다. 구급대원이 그를 바라봤다. 수는 아랑곳없이 설의 손을 잡았다. 따뜻하고 보드라운 그 손을.

남자의 길고 긴 이야기가 끝났다. 내 귀가 잘못된 게 아니라면 이야기가 마무리될 때쯤 남자의 목소리에는 울음기가 가득했다. 덩달아 내 마음속에도 따뜻하고 부드러운 감각이 퍼져나갔다. 믿기 어려운 저주가 나오고 눈귀신이 등장하기는 했지만 분명 사랑 이야기였다. 한 남자와 여자가 서로를 진정으로 사랑한 이야기. 죽음마저도 갈라놓을 수 없었던.

나는 문득 남자의 나머지 생이 궁금했다. 이 이야기가 진짜라면, 남자는 세월의 무게가 차곡차곡 쌓인 지금까지 어떻게 살아왔을까? 생각에 잠겨 있는 사이 남자가 말을 이었다.

"지루한 이야기 들어줘서 고마웠소. 혹시 궁금해하는 사람이 있을지 몰라 덧붙이는데, 내가 설을 한평생 못 잊고 혼자 살아왔는가 하면 그건 아니오. 나도 남들처럼 대학을 졸업하고 취직이라는 걸 했고 여우 같은 마누라를 만나 토끼 같은 자식들을 낳아 이날 이때까지 잘 살고 있소. 이른바 평범한 인생이라는 거지. 평범한 인생. 내가 설에게 선물해주고 싶었던 게 바로 그거였소. 내가 평범하게 살아가는 모습. 때로는 좌절하기도 하고, 가끔은 슬퍼하기도 하지만 대체로 행복한 인생. 나는 설이 지금까지 쭉 내 삶을 지켜보고 있다는 생각을 한다오. 그러니까 못 잊었다는 건 말이 안 되는 거요. 못 잊은 게 아니라 늘 기억하는 거지. 나는 가끔 궁금했다오. 설을 처음으로 구했던 그날, 그 시간, 그 자리에 왜 내가 있었는지. 아주 오랜 세월이 흐르는 동안 겨울 밤하늘에 뜬 별을 바라볼 때나 그 옛날 리어카에서 울려 퍼지던 가요를 우연히 듣게 될 때면, 나는 그 질문에 대한 해답을 어렴풋이 찾을 것도 같았다오. 그날은 모든 우연이 우리 둘을 향해 작용한 거지. 계획에 없던 시위나 주정뱅이 교수의 휴강, 그리고 전경들의 기습, 모두 설과 나를 위해 준비된 우연이었다 이 말이지. 이 세상은 가끔 그런 식으로 호의를 베푼다오. 나는 그걸 깨달았소. 그리고 또 한 가지. 내가 설을 구한 게 아니었소. 그녀의 인생을 구원한 게 아니란 말이오. 정확히 그 반대, 그러니까 구원을 받은 쪽은 오히려 나였소. 설을 만나지 못했다면 내 인생은 훨씬 더 슬펐을 거요."

남자는 그 말을 마지막으로 자리에 앉았다.

이로써 모든 이야기가 마무리되었다. 나도 모르게 한숨을 쉬고는, 그 소리가 너무 크게 울려서 흠칫 놀랐다.

드디어 끝난 건가? 난쟁이가 나오는 첫 이야기부터 지금까지, 배탈 난 아이처럼 항문에 잔뜩 힘을 주고 긴장의 끈을 놓지 않았던 게 사실이었다.

롤러코스터처럼 오르내리는 이야기를 듣는 동안 내 심장도 따라서 움직였고 감정의 기복도 심했다. 내내 불안했던 것도 사실이었다. '밤의 이야기꾼들'이라는 정체불명의 모임부터가 내 불안감을 자극했고 어둡고 축축한 공간, 빌어먹을 목련 흉가도 기분을 나쁘게 만들었다. 수십 년 동안 고여서 천천히 썩어가는 저수지처럼 어둠 속에 부유물이 떠다니는 느낌이었다. 공기의 질감도 걸쭉했다. 후텁지근한 날씨가 무색하게 목련 흉가 안은 이상할 정도로 서늘했다. 그렇다. 그 모든 분위기가 맞물려 괴이하고 불쾌한 분위기를 뿜어냈으리라. 하지만 무엇보다도 이야기 자체의 힘이 대단했다. 처음부터 끝까지, 나는 벌벌 떨거나 분노하거나 슬퍼하면서 이야기를 들었다.

게다가…… 무언가 섬뜩한 일이 벌어지고 있었다. 어느 순간부터 그것을 느낄 수 있었다. 나는 어둠 속을 노려봤다. 그때 노인이 자리에서 일어나는 소리가 들렸다.

"감사합니다. 길지만 다른 생각을 할 수 없을 만큼 흥미진진한 이야기였습니다. 비극적인 호러인가 했더니 결국 사랑 이야기였군요. 하지만 저주가 풀리지는 않았으니 오늘날에도 그 설상리에서는 사람이 죽어나가겠군요."

잠시 동안 침묵이 이어졌다. 몇 시나 됐을까? 사방을 가득 채운 어둠 탓에 시간의 흐름이 조금도 느껴지지 않았다. 마치 다른 차원의 세계에 들어온 것 같았다.

차원 이동 또한 『월간 풍문』에서 자주 다루는 소재였다. 믿거나 말거나 우리나라에는 한 해에 만 명 이상의 실종자가 발생한다. 그야말로 감쪽같이 사라지는 것이다. 그 대부분의 경우가 다른 차원으로 빠지게 되는 이른바 '차원 이동'을 한 것이라고 『월간 풍문』과 인터뷰를 했던 실종전문가라는 사람이 말했다. 무척 진지한 얼굴로 사차원이니 차원의 틈이니 말을 나누는 실종전문가와 대호 선배를 보면서 나는 웃음을 참느라 애를 먹었다.

하지만 지금은 사이비 교주 같아 보이던 자칭 전문가의 말을 조금 더 귀담아 들을걸, 하는 후회가 밀려왔다. 뭐라고 했더라, 차원과 차원이 부딪치는 곳에 틈이 생긴다고 했던가?

노인이 다시 입을 연 덕분에 내 생각은 더 이상 이어지지 않았다. 다만 그 인터뷰의 마지막 즈음에 실종전문가가 했던 말 한마디는 선명하게 머릿속을 스치고 지나갔다.

― 이를테면 저승도 다른 차원의 세계인 거죠. 귀신이나 영적인 존재가 나타나는 건 제가 말했던 그 차원의 틈이 열렸기 때문이고요.

"이제 모든 이야기가 끝났군요. 참석해주신 분들, 그리고 이야기를 해주신 모든 분들 감사합니다. 올해도 정말 성공적인 모임이었습니다. 기발하면서 오싹하고 슬프고 유쾌한 이야기들을 배불리 먹을 수 있었으니까요."

노인의 목소리는 기쁨에 들떠 있었다.

나는 정신을 바짝 차렸다. 이야기는 끝났지만 이제부터 시작이다. '밤의 이야기꾼들'이 무엇인지 알아내려면 지금밖에 없다. 대호 선배를 아무리 다그쳐봐야 거북이처럼 목을 쑥 집어넣고 입을 닫을 게 뻔했다.

"그럼 처음 오신 분을 위해 몇 가지 말씀을 드려야겠군요. 혹시 궁금하신 게 있으십니까?"

어둠 너머에서 노인의 시선이 느껴졌다. 나는 머뭇거렸다. 궁금한 건 산더미였지만 어디서부터 그 산을 올라야 하는지 알수가 없었다.

"뭐죠, 그러니까, 이 '밤의 이야기꾼들'이라는 모임은 어떤 겁니까? 그냥 친목 모임이라기에는 이상한 일이 너무 많아서……."

바보스러울 정도로 어눌하게 물었지만 아무도 웃지 않았다.

"'밤의 이야기꾼들'은, '밤의 이야기꾼들'입니다."

나는 노인의 말에 귀를 기울였다.

"제가 태어난 날보다도 더 오래전부터 이어져왔던 모임이죠. 아무도 시작과 끝을 모르는 모임이기도 합니다. 다만 한 가지 확실한 사실은 이곳에서 이야기가 생명력을 얻는다는 사실입니다."

"생명력이라면?"

"오래전, 인류의 유일한 오락거리가 불가에 둘러앉아 이야기를 나누는 것이었을 때는 이야기에 생명력이 가득했습니다. 사람들의 의식 속을 힘차고 빠르게 흘렀죠. 누군가가 만들어내거나 혹은 경험한 이야기들은 그 사람의 입을 거쳐 세상에 나오는 순간 실체를 얻어 존재하게 되었습니다. 그것은 때로 바위보다 커다란 새하얀 수사슴일 때도 있었고, 외눈박이에 커다란 방망이를 든 도깨비일 때도 있었고, 가족을 찾아온 죽은 아버지일 때도 있었습니다."

노인의 말을 듣는 동안 내 눈앞에는 한 가지 이미지가 그려졌다. '옛날 옛날에'로 시작하는 이야기를 들려주는 어른들의 모습과 그 이야기에 빠져든 아이들. 그러고 보면 내게도 그런 시절이 있었다. 누군가의 이야기를 듣고 겁에 질리거나 끝없는 상상에 빠졌던 시절. 그때는 귀신이, 도깨비가, 괴물이 정말로 내 주위를 서성이는 줄 알았다.

"세월이 흐르면서 이야기의 힘은 점점 떨어졌습니다. 아시겠지만, 사람들은 이제 가만히 앉아 이야기를 듣고 그것을 머릿속에 그려볼 여유가 없어졌죠. 이야기는, 싸구려 오락거리로 전락하고 말았습니다. 하지만 인간이라면 누구나 이야기를 하고 싶은 욕망이 있습니다. 인간의 내면 깊숙한 곳에서 토해진 진실하면서도 추악하고 섬뜩하면서도 아름다운 이야기는 그 어떤 것보다도 강력합니다. 책이나 노래, 드라마나 영화 모두 그 최초의 원형은 누군가의 이야기였습니다. '밤의 이야기꾼들'에서는 세상에 헛바람처럼 떠도는 이야기에 생명력을 불어넣습니다. 이곳에서 퍼져 나간 이야기들은 그 옛날의 영광스러운 이야기들이 그랬던 것처럼 인간의 입에서 입으로 전해지며 우리의 삶 속에 깊숙이 자리 잡게 될 것입니다. 그것이 바로 생명력입니다."

나는 이야기가 생명력을 얻는다는 말을 어렴풋이 이해할 것 같았다. 요즘처럼 게임이며 영화, 그리고 온갖 매체가 발달한 세상에서도 우리는 이야기를 나눈다. 이야기를 들으며 때로는 웃고, 때로는 울며, 때로는 오싹함에 몸서리친다. 그런 이야기는 모두 어디에서 왔을까? 누구로부터 시작되었을까? 해답은 '밤의 이야기꾼들' 안에 있는지도 모를 일이었다.

"그리고 또 하나."

노인이 말했다.

"눈치채셨는지 모르겠지만, '밤의 이야기꾼들'이 진행되는 동안 이야기 속에 등장했던 존재들은 아주 잠시 동안 실체를 얻어 이 세상에 오게 됩니다."

역시……. 이곳에는 우리만 있는 게 아니라던 대호 선배의 말이 떠올랐다. 모임이 시작되기 전 '이야기는 살아 있다'고 외치던 참석자들의 목소리도 귓가에 되살아났다. 나도 어렴풋이 느낄 수 있었다. 꾹꾹 눌러 담긴 이 어둠 속에 또 다른 존재들이 함께하고 있다는 사실을.

"그럼 이곳에도?"

"네, 맞습니다. 지금 이 자리에도 이야기 속에 등장했던 존재들이 우리와 함께 하고 있습니다. 아마 이 모임이 끝나면 다시 자신들의 세상으로 돌아가겠죠. 하지만 이야기는 영원할 겁니다."

이빨이 날카로운 난쟁이들, 정체를 알 수 없는 도플갱어, 가장의 손에 죽임을 당한 가족, 아이들을 죽이는 귀신, 저주에 걸려 죽어간 아름다운 여자…….

그들의 모습을 하나둘 그려봤다. 그러자 오싹함과 동시에 설명하기 힘든 아련함이 느껴졌다. 어둠 속에서 도사리고 있을, 이 세상에 존재하지는 않지만 이야기를 통해 끊임없이 세상을 떠돌게 될 그들.

끝난 줄 알았던 노인의 말은 다시 이어졌다.

"이제 기자분께 부탁을 드리겠습니다. 작년에도 그랬고, 재작년에도 그랬고, 또 오랜 그 옛날에도 그랬던 것처럼 여러분은 '밤의 이야기꾼들'의 증인이 되어 여기서 나온 이야기들을 소개해주실 의무를 가지고 있습니다. 오늘 밤 우리가 들었던 다섯 편의 이야기들을 가감 없이 많은 사람에게 전해주시기를 바랍니다."

분위기 때문이었을까? 노인의 목소리가 갑자기 10년은 더 늙은 것처럼 힘없이 들렸다. 나는 돌아가고 있는 녹음기만 바라봤다. 쉽게 대답할 수가 없었다. 내가 잘할 수 있을까? 여전히 의문을 가지고 믿지 못하는 내가, 이야기를 잘 전달할 수 있을까?

"알겠습니다."

한참을 망설인 끝에 나는 조용히 대답했다. 있는 그대로 전할 것이다. 노인의 말처럼 가감 없이. 나는 그렇게 마음먹었다. 대호 선배의 손이 토닥토닥 내 어깨를 두드렸다.

"감사합니다."

노인이 말했다. 앞으로 해결해야 할 일이 더 많겠지만 마음만은 개운했다. 나는 자리에서 일어났다. 일단은 집으로 돌아가 따뜻한 물에 샤워를 한 후 늘어지게 한숨 자고 싶다. 그러고 나면 머릿속도 정리가 되겠지.

"죄송하지만, 아직 끝난 게 아닙니다. '밤의 이야기꾼들'의 규칙과 전통에 따라 마지막 이야기를 들어야 합니다."

마지막 이야기라고? 끝난 것이 아닌가? 나는 엉거주춤 다시 자리에 앉았다.

"마지막 이야기는 오늘 처음 참석하신 분께서 해주시겠습니다."

노인의 말을 듣고도 꽤 오랫동안 나는 무슨 일인지 갈피를 잡을 수 없었다. 그래서 방금 전보다 훨씬 더 얼간이 같은 목소리로 되묻고 말았다.

"네? 이야기라고요?"

"당신의 이야기를 듣고 싶습니다. 마음속에 감추어두었던, 끝내 털어놓아야 할 이야기를."

노인은 그 어느 때보다 엄숙하게 말했다. 다른 이들 모두 나를 바라보고 있었다. 어두웠지만 확실히 느낄 수 있었다. 그리고 그 시선이 전에 없이 따뜻하다는 사실도…….

"저, 저는 할 이야기가 없습니다."

내가 대답했다. 그 말을 한 것과 거의 동시에 무언가 부드럽고 따뜻한 덩어리가, 마치 살아 있는 생명체처럼 가슴속에서부터 꿈틀거리며 차올랐다.

"저는 느낄 수가 있습니다, 당신의 이야기가 깨어나기 시작하는 걸."

노인의 말에 나는 용기를 얻었다. 눈을 감고 호흡을 가다듬은 후, 가만히 내면의 소리에 귀를 기울였다. 무의식의 가장 깊은 곳, 절대 열어보지 않으리라고 생각했던 그곳에서부터 이야기가 샘솟기 시작했다. 미친 듯이 내리던 폭우, 어두운 밤, 계곡, 범람, 그리고 또…….

나는 옛 기억을 떠올렸다. 아홉 살 여름의 그 먹먹했던 밤, 그 두려웠던 순간 속으로 나는 뛰어들었다.

그날 밤의 폭우

그날 밤, 소년은 평상에서 일어나 자신을 향해 손짓하는 사람들에게로 다가갔다. 빗줄기는 여전히 무자비했지만 계곡 쪽에서 걸어오는 사람들은 모두 평온해 보였다. 그들은 소년을 바라봤다. 소년도 그들에게서 눈을 뗄 수 없었다. 수많은 손짓을 따라가면 모든 게 편해질 것만 같았다. 어둠 속에서 그 손들만이 유독 빛나 보였다. 마치 나비의 날개 같았다. 바라보면 황홀해질 정도로 아름답고 화려한. 어느 해 여름, 소년은 꽃에 앉은 나비에게서 눈을 떼지 못한 채 화단 앞에 서 있었다. 소년은 살며시 손을 뻗어 나비의 날개를 낚아챘다. 나비가 꿈틀거리는 바람에 은빛 가루가 손에 묻었다. 눈이 멀 수도 있어. 문득, 친구의 경고가 생각났다. 나비 날개 가루가 눈에 들어가면 봉사가 된대. 소년은 섬뜩한 느낌이 들어 얼른 나비를 놓아주었다.

훨훨, 나비는 아름다운 날개를 움직이며 유혹하듯 소년의 주위를 맴돌았다. 어서 와서 잡아봐. 어서…….

우리하고 같이 가자.

처음에 소년을 불렀던 남자가 말했다.

"어디로요?"

소년이 물었다.

좋은 곳으로.

"아빠 엄마를 만날 수 있나요?"

그럼, 만날 수 있지.

남자가 소년을 보며 웃었는데, 그 미소는 쏟아지는 비보다도 더 차갑게 느껴졌다.

자, 이리 와. 같이 가자.

남자의 옆에 선 한 여자가 무표정한 얼굴로 손을 내밀었다. 어느새 많은 사람이 소년을 에워쌌다. 그들 모두, 한없이 차갑고 한없이 어두운 눈으로 소년을 내려다봤다. 하늘이 다시 울어댔다. 그제야 소년은 두려움을 느꼈다. 비가 쏟아지기 전부터 소년을 괴롭혔던 그 답답하고 숨 막히는 감각이 다시 엄습했다. 소년은 자기도 모르게 뒷걸음질을 쳤다. 하지만 사람들의 목소리와 몸짓을 듣는 순간 거부할 수 없는 힘에 이끌려 다시 그들을 향해 걸었다.

가지 마. 이리 온.

같이 가자. 혼자 가긴 싫어.

싫어. 무서워. 아빠 엄마 어디 있어요? 소년은 필사적으로 주위를 두리번거렸다. 그런 소년을 향해 사람들이 손을 뻗어 왔다. 냉기가 손끝을 타고 소년의 피부를 더듬더니 급기야 목을 조르기 시작했다. 귓가에서 차가운 목소리가 울려 퍼졌다.

같이 가자. 같이 가.

그 순간, 누군가가 소년의 어깨를 잡았다. 악의와 원한으로 똘똘 뭉친 차가운 손이 아니었다. 억세지만 따뜻하고 부드러운 손. 소년의 등을 밀어주고, 소년의 머리카락을 쓸어주고, 소년을 향해 야구공을 던져주는 손.

"아빠?"

소년은 뒤를 돌아봤다. 아빠와 엄마가 그곳에 서 있었다. 두 사람 모두 편안하게 웃는 모습이었다.

"괜찮니?"

엄마가 물었다. 소년은 힘차게 고개를 끄덕였다. 마음이 놓였다. 아빠와 엄마가 무사하다. 그 사실이 가로등처럼 소년의 어두운 마음을 밝혀주었다.

"이제 집에 갈 수 있는 거야?"

아빠와 엄마는 서로를 바라본 후 다시 소년에게 시선을 던졌다. 그 눈이 무척 슬프다고, 소년은 생각했다. 아닐 거야. 빗물이 내 눈에 들어가서 그렇게 보이는 걸 거야.

"정우야 잘 들어. 우리는 지금 당장 집으로 돌아갈 수 없어."

아빠가 말했다. 코끝에 걸린 안경 너머 아빠의 작은 눈이 소년을 애틋하게 바라봤다. 안경은 한쪽 알이 빠져서 달아나버렸다. 그 안경을 보자마자 소년은 아빠와 엄마가 어떤 일을 겪었는지 알 것만 같았다.

"무슨 말이야 아빠? 엄마, 빨리 집에 가자."

소년의 말이 끝나기가 무섭게 다시 그 목소리들이 들려왔다. 같이 가자고 외치는 섬뜩한 목소리. 주위를 둘러보니 소년을 불렀던 그 사람들은 여전히 자리를 떠나지 않고 있었다. 운동회 때 사탕을 찾다가 온통 밀가루를 뒤집어쓴 아빠처럼 모두 허옇게 변한 얼굴이었지만 그때의 아빠와 다른 점은 아무도 웃지 않는다는 사실이었다. 그들이 소년을 향해 쉬지 않고 손짓을 했다. 훨훨, 아름다운 나비처럼.

"정우야, 아빠 말씀 잘 들어."

엄마의 말에 소년은 정신을 차렸다.

"그래, 정우야. 아빠가 시키는 대로 할 수 있지?"

소년은 아빠와 엄마를 번갈아 바라보다 천천히 고개를 끄덕였다. 눈물이 흐를 것만 같았다. 손을 뻗어 엄마의 손을 잡고 싶었지만 간신히 참았다. 그랬다가는, 자신의 손을 쑥 통과하는 엄마의 슬픈 모습을 볼 것만 같았기 때문에.

"착하다, 우리 아들. 그럼, 이제 뒤를 돌아보지 말고 대피소로 걸어가는 거야, 알겠지? 귀도 꼭 막고 아무것도 보지 말고, 알겠지?"

아빠는 울 것 같은 표정이었다. 거뭇거뭇 수염이 돋아난 얼굴에는 축 늘어진 미소 한 가닥이 간신히 매달려 있었다. 소년은 다시 고개를 끄덕였다. 대답을 하려고 입을 열면 왈칵 울음이 쏟아질 것이고, 그러면 아빠와 엄마가 슬퍼하리라는 사실을 소년은 알 수 있었다.

"우리는 언젠가 다시 만날 거야. 하지만 지금은 아니야."

엄마가 말했다. 엄마의 목소리도 떨렸다. 또다시 빗줄기가 거세지고 바람이 울부짖었지만 소년은 아빠와 엄마의 말을 똑똑히 알아들을 수 있었다.

"다시 만날 때까지 건강해야 한다, 알겠지?"

캠핑을 왔을 뿐인데 왜 이런 일이 벌어진 걸까? 아홉 살 소년은 도무지 이해할 수 없었다. 하지만 선명하게 남은 비극의 흔적은 소년의 마음을 훌쩍 키웠다. 소년은 말했다.

"아빠 엄마, 사랑해요."

그 말은, 소년의 마음에서 샘솟아 입을 통해 아빠와 엄마에게로 향한 그 말은, 잠시 동안이지만 어둠을 흩어버리고 비를 멈추게 했다. 고요와 안온함이 감도는 그 찰나의 순간에 소년은 아빠와 엄마를 끌어안았다. 다행히 소년의 두 팔이 허공을 가르는 일은 없었고, 늘 맡아왔던 정겨운 냄새가 소년의 코끝을 스쳤다.

"우리 아들, 나도 사랑한다."

소년은 씩씩하게 눈물을 훔쳤다.

아빠와 엄마는 죽었다. 물속에 숨어 있던 그것이 아빠와 엄마를 데려가버렸다. 그리고 여기 있는 다른 사람들도. 소년은 그 사실을 확실히 깨달았다. 다른 사람들이 자기를 데려가려고 한다는 것도, 자기를 살리기 위해 아빠와 엄마가 돌아왔다는 것도……

"또 만나요."

그 말을 남기고 소년은 돌아섰디. 기나렸다는 듯이 같이 가
자는 말이 쏟아졌지만 소년은 귀를 막았다. 눈앞으로 죽은 사
람들의 손짓이 너울거려 눈도 꼭 감았다. 그냥 걸을 뿐이었다.
비에 젖은 몸이 벌벌 떨리고 진창이 소년의 다리를 옭아맸지
만 멈추지 않았다. 어둡고 차가운 기운이 몰려와 마음을 더듬
을 때면 아빠와 엄마를 떠올렸다. 아빠가 사준 야구공의 실밥
을 떠올렸고, 아빠의 몸에서 나던 시큼한 술 냄새를 떠올렸고,
늦은 밤 자는 척하고 있던 자신의 볼에 입을 맞추던 아빠의 축
축한 입술을 떠올렸다. 엄마가 만들어주던 따뜻한 밥을 떠올렸
고, 포근한 젖가슴을 떠올렸고, 꼬불꼬불하다가 시간이 지나면
서 불어터진 라면처럼 변하던 엄마의 파마머리를 떠올렸다.

한참을 걷던 소년은 무언가에 걸려 넘어졌다. 그것은 불과
몇 발자국 떨어져 있지 않던 평상이었고, 소년을 걱정해서 때
마침 대피소 밖으로 나와 있던 청년들이 그런 소년을 발견하고
일으켜 세웠다.

빗줄기는 조금씩 가늘어졌다. 여명이 밝아왔다. 계곡물이 몇
배나 불어나 주변 모습이 완전히 변한 처참한 광경이 드러났
다. 비는 커다랗고 날카로운 손톱으로 계곡을 할퀴고 지나갔
다. 사람들이 텐트를 치고 야영하던 공간은 성난 흙탕물에 뒤
덮여 사라져버렸다. 대피소에서 간신히 목숨을 건진 사람들은
자연이 만들어낸 끔찍한 모습에 좌절하거나 분노하거나 공포
에 떨거나 오열했다.

하지만 소년은 가만히 앉아 있었다. 소년은 그것들을 볼 수 없었다. 아니, 아무것도 볼 수 없었다. 여전히 눈을 감고 있었으므로.

눈을 감아야만, 아빠 엄마를 볼 수 있었으므로.

"상류에 있던 보가 터지면서 엄청난 양의 물이 한꺼번에 계곡으로 쏟아져 내려왔다는 사실은 나중에서야 알게 되었습니다. 그날의 폭우로 60명이 죽고 32명이 실종되었다는 사실도 나중에 알게 되었죠. 사건이 일어난 후 저는 할머니 밑에서 자랐습니다. 충격이 컸던지 얼마 동안은 정확히 어떤 일이 일어났는지 기억해내지 못했습니다. 앞도 볼 수 없었고요. 기억은 못 하지만, 몸은 알고 있었던 거겠죠. 눈을 뜨면 안 된다는 걸. 그렇게 1년 가까이 앞을 보지 못한 채 살았습니다. 별로 불편한 건 없었습니다. 다시 눈을 뜨게 된 건 열 살 겨울 무렵이었습니다. 어느 날부터 거짓말처럼 앞이 보이기 시작했습니다. 동시에 잊고 있었던 기억이 모두 떠오르며 저는 깊은 슬픔에 빠졌습니다. 악몽에 시달렸습니다. 저를 향해 손짓하던 그 사람들의 새하얀 손이 자꾸 눈앞에 나타났습니다. 물에 대한 공포심이 생겨서 세수를 하기도 힘들었습니다. 그때도 두 분이 저를 지켜주셨습니다. 아빠와 엄마. 악몽에 빠져 허우적거릴 때, 문득 정신을 차리고 보면 포근한 기운이 제 마음을 어루만지고 있었습니다. 저는 그것이 아빠 엄마의 손길이라는 사실을 알 수 있었습니다. 그렇게 세월이 흘렀습니다. 어느덧 저는 그해 여름의 아픈 기억을 무의식 속에 넣어두게 되었습니다. 더 이상 악몽도 꾸지 않았습니다. 물도 무서워하지 않게 되었습니다. 저는 스스로에게 최면을 걸었습니다. 그날 밤 봤던 것은 모두 꿈이었다고. 귀신이란 존재하지 않는다고. 제 마음은 공포도, 슬픔도 느끼지 못할 만큼 단단해졌습니다. 하지만 그랬기에, 지금 이 순간까지 저는 아빠와 엄마를 만났다는 사실도 잊고 있었습니다. 두 분이 저를 구했다는 사실도 기억 저편에 묻어두고 있었습니다. 그분들의 따뜻한 손길을, 이제 저는 기억할 수 없습니다."

나는 이야기를 마쳤다. 눈물이 쉴 새 없이 흘러내렸다. 가슴이 쥐어짜는 듯 아팠다.

딱지처럼 내려앉은 기억을 떼어내는 일에는 고통이 뒤따른다. 나는 그 사실을 뼈저리게 느꼈다. 참으려 해도 고장 난 눈물샘은 말을 듣지 않았다. 어둠 속에 나만 외따로 떨어져 있는 듯한 허전함과 고독함이 밀려왔다.

그 순간, 누군가가 내 어깨에 손을 얹었다. 대호 선배가 아니었다. 등 뒤에 누군가가 서 있었다. 따뜻하고 감미로운 기운이 그 손에서 내 온몸으로 전해졌다.

아빠다.

나는 알 수 있었다. 아빠와 엄마가 나타났다는 사실을. 두 분이 아주 잠깐 실체를 얻어 나와 함께, 한 공간에 존재한다는 사실을 알 수 있었다.

떨리는 마음으로 천천히 어깨에 얹힌 그 손을 향해 내 손을 뻗었다. 그리고 살며시 내려놓았다. 감촉이 전해졌다. 핏줄이 툭 튀어나오고 뼈마디가 굵은 아빠 손. 엄마의 숨결도 느껴졌다. 눈을 감았다. 울음을 주체할 수 없었다. 당장이라도 아빠 엄마를 부르며 뒤돌아보고 싶었지만, 그러면 이 순간의 행복이 깨질 것만 같았다.

"마지막 이야기를 들려주셔서 정말 감사합니다. 이제 올해의 '밤의 이야기꾼들'은 정말로 끝났습니다. 참석해주셔서 다시 한 번 감사합니다. 내년에 또 새로운 이야기들이 생명을 얻기 바라며……."

노인이 이야기를 시작했지만 나는 귀담아듣지 않았다.

아무래도 좋았다. '밤의 이야기꾼들'에서 들었던 이야기는 모두 기록으로 남겨서 소개할 것이다. 앞으로도 의심하고 또 의심하겠지만 나는 『월간 풍문』을 계속해서 만들 것이리라. 아무래도 좋았다. 자고 일어나면 모든 게 꿈처럼 느껴질지도 모르겠지만 그것마저도 아무래도 좋았다. 대호 선배는 작년에 어떤 이야기를 했을지, 내년의 '밤의 이야기꾼들'에서는 또 어떤 이야기들이 오갈지 궁금했지만 아무래도 좋았다. 노인의 정체가 무엇인지, 오늘 모인 사람들은 어떻게 초대를 받은 것인지도 궁금했지만, 역시 아무래도 좋았다.

나는 눈을 감고 아빠의 손과 엄마의 숨결을 느끼고 또 느꼈다. 그 옛날 죽은 이들 사이를 뚫고 지나갔을 때처럼 영영 눈을 뜨지 않을 생각이었다. 눈을 감고만 있으면 마지막 이야기는 아직도 끝난 게 아니다. 이야기에는 마침표가 없다. 나는 입을

열고 아빠와 엄마를 불렀다. 아주 오랜만에. 내 마음속에 깃들
어 있던 어둠이 소리 없이 물러갔다.

월간 풍문

"아무래도 제가 홀렸던 것 같아요."

대호 선배는 열심히 컴퓨터 화면을 들여다보는 중이었다. 모니터에는 늑대인간과 관련된 각종 검색 결과가 떠 있었다.

"몇 번을 다시 들어봐도 이상해요. 홀렸거나, 아니면 집단 최면이나 뭐 그런 거에 빠졌던 게 아닐까 싶어요. 그 왜 트랜스 상태라고 하잖아요? 비는 오지, 어둡지, 졸리지, 게다가 이야기들도 다 괴상망측하니 멀쩡한 정신을 유지하는 게 더 힘든 일 아니겠어요? 안 그래요?"

내 질문에도 대호 선배는 묵묵부답이었다. 나는 포기하고 녹음기로 눈을 돌렸다. 파일은 이미 컴퓨터로 옮겨놓았지만 녹음기로 들어야 그날의 분위기가 사는 것만 같았다. 이어폰을 끼고 플레이 버튼을 눌렀다. 방금 전까지 듣다가 끊은 부분이 그

밤의 음습하고 괴괴한 어둠을 고스란히 간직한 채 흘러나왔다. 노인의 말이 끝나고 내가 막 이야기를 하려던 참이었다.

탁. 아무래도 안 되겠다. 나는 다시 녹음기를 껐다.

"선배, 뭐라고 말 좀 해봐요. 어땠어요? 선배가 처음 '밤의 이야기꾼들'에 갔을 때는 어땠어요?"

그제야 대호 선배가 느릿느릿, 갈라파고스땅 거북처럼 고개를 돌렸다.

"뭐가?"

"아까도 말했잖아요. 이건 있을 수 없는 일이에요. '밤의 이야기꾼들'에서 들었던 이야기들이야 다 진짜라고 쳐요, 저까지 주절주절 이야기를 늘어놓은 건 진짜 믿을 수가 없어요."

그랬다. 나는 믿을 수가 없었다. 아니, 믿기가 싫었다. 분명 기억도 생생하고 녹음기에서 흘러나오는 목소리도 내 것이었지만 그래도 믿기 어려웠다. 내가, 냉철하고 균형 잡힌 시각을 가진 내가, 『월간 풍문』 안에서도 끊임없이 진실에 대해 탐구하는 내가, 눈물을 질질 짜며 이야기를 하다니!

"믿을 수 없으면 믿지 마. 그래도 원고는 확실히 마무리해놓고."

"선배!"

대호 선배는 다시 컴퓨터 모니터로 고개를 돌렸다. 아무래도 늑대인간으로 변한다는 사람의 사연을 찾기 전에는 포기하지 않을 모양이었다. 더불어 '밤의 이야기꾼들'에서 자신이 했던 이야기도 털어놓을 생각이 없어 보였다.

나는 컴퓨터에 워드 화면을 띄웠다. 원고는 이미 완성된 상태였다. 이래 봬도 나는 성실하고 직업 정신이 투철한 기자였다. 제목은 '특종! 잠들어 있던 다섯 편의 이야기가 깨어나다', 부제는 '한여름 밤 흉가에서 전해진 오싹하고 기괴한 이야기들'이었다. 좀더 세련되고 함축적인 제목을 뽑고 싶었지만 콧수염 편집장이 "제목은 자극적일수록 좋다"고 하도 참견을 해서 어쩔 수 없었다.

그러고 보니…….

"선배, 편집장님은 오셨어요?"

"아니, 아직."

이번에는 대답이 빨랐다. 그만큼 대호 선배도 걱정을 하고 있는 것이리라.

검은 양복을 입은 사람들이 출판사로 찾아온 건 나흘 전의 일이었다. 마감이 얼마 남지 않아 대호 선배와 나뿐만 아니라 아라 씨까지 열심히 기사를 쓰고 있는데 갑자기 초인종이 울렸다. 편집장님을 뵙고 싶소. 짧은 대답을 끝으로 문을 열고 들어온 이는 모두 세 명이었다. 똑같이 검은색 양복을 입었다는 것 말고도 잘 빗어 넘긴 머리와 까만 선글라스, 그리고 무뚝뚝한 표정까지 비슷했다.

셋은 다짜고짜 편집장실로 향했다.

"편집장님께는 아직 말씀을 안 드렸어요. 잠시 기다려주시죠."

아라 씨가 막아섰지만 소용없었다. 그들은 아라 씨의 휠체어를 돌아 다시 걸음을 옮겼다. 이번에는 대호 선배가 나섰다.

"어디서 오셨습니까?"

"밝힐 수 없소. 편집장님은 아실 거요."

세 명 중 가장 키가 작고 하관이 뾰족한 사람이 입을 열었다.

"용건은?"

"비밀."

말 짧게 하기 내기라도 하면 박빙의 승부를 펼칠 것 같은 두 사람은 한동안 서로를 노려봤다. 나는 엉거주춤 서 있었다. 여 차하면 끼어들 참이었다. 다행히 그런 일은 벌어지지 않았다. 콧수염 편집장이 방에서 나온 것이다.

"이런, 손님이 왔구먼."

편집장은 대번에 그렇게 말했다. 딱히 두려워하거나 긴장하 는 목소리는 아니었지만 우리 셋, 그러니까 나와 대호 선배와 아라 씨는 이상하다는 사실을 즉시 깨달았다. 콧수염 편집장이 재빠른 동작으로 피라미드 모자를 벗었기 때문이었다. 검은 양 복들과 편집장은 방으로 들어가 한동안 나오지 않았다. 우리의 관심은 온통 편집장실로 향했다. 얼마 후 편집장은 멀끔한 양 복을 입고 방에서 나와 우리에게 말했다.

"잠시 다녀올 곳이 있네. 며칠 걸릴지도 모르지만 아무튼 걱 정은 하지 말게."

우리가 미처 대답할 새도 없이 편집장은 한 손으로 콧수염을 배배 꼬며 검은 양복들과 함께 밖으로 나갔다.

그 후 지금까지 아무 소식이 없었다. 전화도 오지 않았다. 아 라 씨가 몇 번이나 걸어봤지만 그때마다 전화기가 꺼져 있다는 이야기만 들어야 했다. 콧수염 편집장은 가족도 없었다. 결혼을 했는지는 모르지만 적어도 지금은 혼자였다.

"별일 없으시겠죠?"

내가 다시 물었다.

"그래야지."

대호 선배의 대답은 역시 짧았다.

나는 대화하기를 포기하고 원고에 집중했다. 녹음된 내용을 반복해서 들으며 거의 그대로 받아 적었다. 노인의 말처럼 가감 없이. 지난주부터 수십 번을 읽으며 검토했기에 오타도 없고, 잘못된 문장도 없다는 사실은 이미 알고 있었다. 그래도 읽고 싶었다. 읽으면 읽을수록 혼란스러웠지만 활자화된 이야기는 직접 듣는 것과는 또 다른 느낌을 선사했다. 어쩌면 더 냉철하게 판단할 수 있을 것도 같았다.

'밤의 이야기꾼들'은 무엇일까?

내가 가졌던 최초의 의문은 결국 해결되지 않았다. 그날 밤에는 노인의 대답이 그럴싸하게 들렸지만 정신을 차리고 녹음된 것을 들어보니 그야말로 말장난이었다.

"'밤의 이야기꾼들'은, '밤의 이야기꾼들'입니다."

그런 허튼수작에 넘어가다니. 어떻게 참석자들을 선발하는지, 어떤 식으로 공지를 하는지, 선발 기준은 무엇인지, 사회자였던 노인의 정체는 무엇인지, 누가 주최하고 관리하는지, 내가 궁금해했고 독자들이 알아야 할 최소한의 정보조차 얻지 못했다. 그저 확실하지 않은 사실만 들었을 뿐이었다.

그 공간 안에는 정말로 다른 존재들이 있었을까?

두번째 질문은 그야말로 딜레마였다. 그 당시에는 분명 그렇다고 생각했다. 목련 흉가의 어둠 속에 우리와 다른 존재들, 이야기 안에서 툭 튀어나온 존재들이 잠시나마 실재했다고 믿었다. 평소의 나로서는 상상도 할 수 없는 일이었다. 의심을 품었어야 했다. 직접 눈으로 보지 못했는데 너무 쉽게 믿어버렸다. 아무리 분위기에 휩쓸렸다고 해도 이상할 정도로 간단히 인정해버렸다.

그럼, 노인의 말은 거짓이었을까?

그렇게 단정 짓기에는 그때 내가 느꼈던 따뜻하고 부드러운 느낌이 너무 강렬했다. 내 이야기를 마친 후 나를 감싸 안았던 그 느낌은 정말 아빠와 엄마의 것이었다. 아직까지도 감촉이 생생하다. 아마 평생 잊지 못하리라.

그리고 마지막 질문.

그곳에는 정말 사람들이 있었을까?

목련 흉가의 어두운 방을 제일 마지막으로 빠져나온 사람은 대호 선배와 나였다. 내가 눈물 콧물을 짜며 울고 있었기 때문인데, 그사이 참석자들은 소리도 없이 사라져버렸다. 노인도 마찬가지였다. 우리 둘이 밖으로 나왔을 때는 어느새 비가 그쳐 있었다. 새벽이 밝아오는 중이었다. 우리는 마티즈로 향했다. 그 순간 나는 무언가가 이상하다는 사실을 깨달았다.

발자국이 없었다. 진흙 구덩이가 된 공터 어디에도 대호 선배와 내가 새로 찍어낸 발자국 말고는 아무런 흔적이 없었다. 그 당시에는 너무 정신이 없고 지쳐서 그냥 넘어갔지만 생각할수록 이상한 일이었다. 대호 선배는 별 반응을 보이지 않았지만.

녹음된 내용을 듣고, 원고를 읽고, 떠오르는 의문을 해결하기 위해 고민하면 할수록 머릿속은 뒤죽박죽이 되었다.

"아! 모르겠다."

나는 일부러 큰 소리를 내며 자리에서 일어났다. 그래도 대호 선배는 무관심. 대신에 아라 씨가 그 예쁜 목소리로 내게 물었다.

"기사가 잘 안 풀려요?"

"기사는 다 썼어요. 다 썼는데…… 에이, 모르겠어요."

"긴가민가할 때는 그냥 느낌을 따라가면 되더라고요. 제 경우에는 그랬어요. 우리가 하는 일이 이성만 가지고 해결하기 어려울 때가 많잖아요?"

아라 씨는 그렇게 말하고 환한 미소를 지었다. 보는 이의 마음을 녹이는 미소였다.

그때였다. 예고도 없이 문이 열리더니 누군가가 출판사 안으로 들어왔다. 콧수염 편집장이었다. 머리카락이 잔뜩 헝클어지고 늘 멋지게 말려 올라가 있던 콧수염이 축 처지긴 했지만 분명 우리의 편집장이었다.

"편집장님!"

누가 먼저랄 것도 없이 우리 셋은 동시에 외쳤다.

"잘들 지냈나? 오랜만이구먼."

"어떻게 되신 거예요? 오늘까지 연락이 안 되면 전 경찰에 신고하려고 했어요. 어디 다른데 소식 물어볼 곳도 없고……"

마음씨도 예쁜 아라 씨는 금방이라도 눈물을 흘릴 것 같았다.

"괜찮아, 괜찮아. 이렇게 돌아왔잖아. 밀린 이야기는 나중에 하고, 일단 정우 군, 나 좀 잠깐 보겠나?"

"네?"

콧수염 편집장은 다른 말을 덧붙이지 않고 쓰러질 듯 휘청대며 편집장실로 향했다. 나는 대호 선배를 바라봤다.

"가봐."

역시 짧은 대답.

"무슨 일이시지?"

나는 일말의 불안감을 안은 채 편집장실로 들어갔다.

"역시, 이 피라미드 파워가 있어야 해."

편집장은 어느새 피라미드 모자를 쓰고 있었다. 아닌 게 아니라 한결 편안해진 표정이었고 훨씬 더 편집장다워 보였다.

"거기 앉게."

콧수염 편집장은 의자를 권한 후 본인의 주장에 따르면 알파파인가 뭔가가 나온다는 정체불명, 국적 불명의 음악을 틀었다. 그러고는 의자에 머리를 기대고 눈을 감았다. 나는 미용실에서 차례를 기다리는 손님처럼 멀뚱히 앉아 방 안을 둘러봤다. 편집장실에 들어오는 것은 오랜만이었다. 그사이 해괴한 물건들이 더 늘어난 느낌이었다. 외계인 두개골과 흡혈귀의 송곳니는 예전부터 있었고, 포르말린에 담긴 장어처럼 생긴 생물과 쓰레기통에서 주워 온 것 같은 너덜너덜한 여자 인형은 처음 보는 것들이었다.

"저게 뭔 줄 아나?"

편집장이 갑자기 물었다.

"네?"

"저거 말이야. 저 병에 담긴 거."

"글쎄요, 장어 아니면 뱀 같은데……."

"악마의 꼬리야. 체코의 한 농부가 발견한 거지. 그 옆에는 일본에서 내려오는 저주 인형. 저 인형 때문에 마흔 명이 넘게 죽었다지, 아마."

"아……."

딱히 대답할 말을 찾지 못해 나는 애매하게 감탄사를 뱉었다. 어서 빨리 용건을 말씀해주세요! 내가 진짜 하고 싶은 말은 그것이었다.

"자네 여기 온 지 얼마나 됐나?"

자꾸 딴소리만 한다 싶어 콧수염 편집장의 얼굴을 슬쩍 바라봤는데, 웬걸 어느 때보다 진지한 표정을 하고 있었다.

"작년 겨울이었으니까 9개월이 조금 넘었습니다."

"그렇군, 벌써 그렇게 됐군."

편집장은 그 말만 하고는 또 한동안 입을 다물었다. 생각에 빠진 얼굴로 콧수염을 꼬면서. 시간이 꽤 흘러 이제 알파파도 그만 좀 들었으면 좋겠다 싶을 무렵, 편집장이 다시 입을 열었다.

"내가 어디 다녀왔는지 궁금하지 않나?"

"궁금합니다."

진심이었다.

"안 가르쳐주지."

이런 젠장.

"대신에 한 가지는 말해줄 수 있지. 앞으로 이 생활이 더 힘들어질 거야."

편집장의 목소리는 진지했다.

"힘들어진다면?"

"피라미드 파워가 더 필요하다는 소리야."

아하!

"농담이고, 내가 왜 자네를 뽑았는지 아나? 혹시 내가 이야기했던 적이 있었나?"

"아뇨, 없었습니다."

정말로 궁금했다. 이번에도 진심이었다. 『월간 풍문』은 특수한 잡지다. 과연 그런 사람이 있는지는 알 수 없지만 어쨌든 관련업 종사자거나 아니면 적어도 이쪽 세계에 흥미를 가진 사람을 쓰는 게 맞는 일이었다. 그런데 나를 뽑았다. 그것도 내 의사와 상관없이. 도대체 왜?

"인터넷에 올린 자네 자기소개서에 이렇게 적혀 있더군. 어린 시절부터 현실을 직시하고 이성적으로 사고하고 판단하는 법을 익혔습니다. 저는 만약에, 라는 말을 믿지 않습니다. 저는 가정假定이란 없다고 생각합니다. 이 세상은 분명한 현실과 그 현실들이 쌓여서 만들어지는 미래밖에 없습니다. 어때, 기억나나?"

다른 사람의 입에서 내가 쓴 이야기가 나오니 손발이 오그라들 것 같았지만 어쨌든 사실이었다. 나는 그렇게 썼다. 그리고 그 생각에는 지금도 변함이 없다.

"바로 이 부분 때문에 자네를 뽑았어. 적합한 사람이다 싶었다네. 다른 건 볼 것도 없었지. 특히 끔찍한 토익 점수는."

좋아해야 할지, 싫어해야 할지 알 수 없는 야릇한 기분에 싸여 나는 콧수염 편집장을 바라봤다. 도대체 왜 그게 이유가 된단 말인가?

"토익 점수는 죄송합니다만, 한 가지 여쭤볼 게 있습니다.『월간 풍문』이야말로 '만약에'가 필요한 곳 아닙니까? 사실 저는 아직도 받아들이지 못하는 것이 너무 많습니다. 현실적이지 않는 일들, 현상들, 사연들, 사례들. 취재를 하고 기사를 쓰면서도 수십 번 의문을 품습니다. 그래도 결코 이해할 수가 없습니다. 이래도 제가 적합한 사람일까요?"

털어놓고 나니 속이 시원했다. 어쩌면 잘릴지도 모르지만 입사한 그 순간부터 지금까지 나를 괴롭히던 고민이었고, 분명히 짚고 넘어가야 할 부분이었다.

"걱정하지 마. 계속해서 의문을 품고 현실적이지 않다고 딴죽을 걸어줄 사람이 필요한 거니까. 이제는 좀 다른 시각으로 봐야 해. 자네처럼 '만약에'를 배제하고 차갑고 냉정하게 현실을 받아들이고 현상을 분석하는 사람이 큰 역할을 하게 될 거네. 조만간 말일세."

"그래도……."

너무 간단히 결론이 내려져 허무했다.

"자네, 늑대인간 믿나?"

"아뇨."

"흡혈귀는?"

"아뇨."

"외계인도?"

"네."

"그럼 귀신은 어떤가?"

"안 믿습…… 아뇨, 잘 모르겠습니다."

"그래, 그걸로 됐네. 지금처럼 쭉 안 믿으면서 취재도 하고 기사도 쓰면 되네. 아! 그리고 부탁이 하나 있는데, 사실 그것 때문에 불렀는데 말이야……."

콧수염 편집장은 말을 돌리는 사람이 아니었다. 썰렁한 농담이나 허황된 이야기를 하긴 해도 언제나 직설적으로 말하는 편이었다. 특히 부탁을 할 때는 망설임이 없었다. 그런데 지금은 내 눈치를 보며 머뭇거리고 있었다. 슬금슬금, 불안감이 밀려왔다.

"조금 힘든 일이 생겼어. 그러니까 말이야, 어떻게 보면 조금이 아니라 꽤 힘든 일일 수도 있어. 그래서 자네와 대호의 도움이 필요해."

"자리를 비우셨던 일과 관계가 있는 건가요?"

나는 넌지시 물었다.

"역시 눈치가 빠르군. 지금 모처에서 아주 끔찍한 일이 벌어지고 있지. 나는 그 현장에 다녀왔네. 나 말고도 여럿이 갔네만, 내 몰골을 봐봐, 모두 호되게 당하고 말았어. 몇 명은 목숨을 잃기도 했다네. 곧 다른 사람들이 가서 그것을 막고 사건을 해결해야 하는데, 내가 대호와 자네를 추천했어."

편집장의 말은 농담인지 진담인지 알 수가 없었다. 끔찍한 일은 무엇이며 당했다는 말은 무엇인지, 심지어 죽은 사람까지 있다는데 도대체 무슨 사건 때문인지 의문점이 한두 가지가 아니었다. 무엇보다도 편집장이 말한 '그것'의 정체가 궁금했다. 그 말을 할 때 콧수염 편집장의 얼굴이 살짝 겁에 질려 보였기 때문이었다.

"궁금한 게 많겠지만, 언제 도와줄 수 있겠나?"

내 이성은 고개를 저으라고 말했다. 지금까지와는 비교도 할 수 없는 일이 기다리고 있을 거라고. 하지만 마음은 아니었다. 이성이 보내는 경고와는 상관없이 뛰어들어보라고, 내가 살아가는 이 세상에서 정말로 어떤 일이 벌어지고 있는지 확인해보라고 살살 꼬드겼다.

나는 천천히 고개를 끄덕였다. 긴가민가할 때는 느낌을 따라가라던 아라 씨의 조언을 떠올리며. 어쩌면 후회할지도 몰라. 이성이 속삭였다. 그때 가서 울어봐야 소용없어…….

"고맙네, 그럴 줄 알았지. 그럼 오늘부로 자네를 인턴에서 정식 사원으로 임명하겠네."

"네? 지금까지 정직 아니었어요?"

"내가 말하지 않았던가? 인턴이었어, 인턴. 이제부터 정직이지. 진짜 기자란 말일세."

분명 기뻐해야 할 일이지만 그다지 기쁘지 않은 건 왜일까?

"자, 나가지. 오늘은 겸사겸사해서 회식이나 하세나."

"마감은요?"

"안 돼. 자네랑 대호가 이 일이 뛰어들면 어차피 이번 달하고 다음 달은 휴간할 수밖에 없어."

"네? 그럼 '밤의 이야기꾼들' 원고는요? 그거 양이 엄청나서 두 달에 걸쳐 연재하려던 건데."

"그래? 그럼 까짓거 책으로 만들어버리지 뭐. 조금 더 살을 붙여서 써봐. 그럼 내가 자네 이름 저자로 넣고 단행본으로 만들어줄 테니까."

콧수염 편집장은 호탕하게 웃으며 먼저 밖으로 나갔다. 나는 갑자기 두려워졌다. 잡지를 휴간할 정도의 일이란 과연 무엇일까? 내가 해낼 수 있을까? 그러거나 말거나, 편집장실 안에는 듣기만 해도 영감이 샘솟는다는 알파파가 차고 넘쳤다. 내게는 마치 불길한 일을 암시하는 전주곡처럼 들렸지만.

언제 소설가가 되어야겠다고 마음먹었는지 정확히 기억나지는 않지만 아무튼 나는 이야기하는 걸 꽤 좋아했다. 초등학교 때는 쉬는 시간마다 친구들을 모아놓고 내가 상상 속에서 펼쳐놓은 이야기들을 들려주었다. 그 시간은 꽤 인기가 좋았다. 대부분 오싹하고 소름 끼치며 심장을 쫄깃하게 만드는 이야기들이었다.

『밤의 이야기꾼들』은 그 시절, 혹은 그 후 캠핑이나 엠티에서 밤새 귀신 이야기를 하며 친구들을 공포로 몰아넣었던 내 자전적 경험이 들어간 작품이다.

나는 이야기에 생명력이 있다고 믿는다. 누군가가 어떤 이야기를 시작하면, 그 속의 세계는 실체를 얻고 하나의 새로운 세상이 창조되는 것이다.

따라서 이 작품에 나오는 여러 이야기들은 어딘가에서 들어 봄 직한 괴담들이지만 분명 실제로 일어났던 사건이리라, 나는 생각한다.

나는 내내 그런 믿음을 가지고 이 소설을 썼다.

아빠가 백수가 아니라 전업 작가, 그중에서도 소설가라는 사실을 알게 된 여섯 살 난 아들은 종종 내게 묻는다.

"아빠는 어떤 이야기를 쓰는 거야?"

그럴 때면 나는 항상 이런 대답을 한다.

"이 세상은 아름답고 사람들은 모두 착하고 누가 다른 사람을 엄청 사랑하는 이야기를 쓰고 있어."

자의 반 타의 반, 호러 미스터리 스릴러 작가라는 수식어가 붙은 내게는 어울리지 않는 답변일지 모르겠지만 나는 정말로 그런 마음으로 소설을 쓴다. 호러이건, 미스터리이건, 스릴러나 추리이건 가장 중요한 것은 인간, 그리고 인간에 대한 따뜻한 시선이다. 그것들을 글로 옮기지 못하면 내게는 아무런 의미가 없다.

『밤의 이야기꾼들』에도 분명 그런 지점들이 나온다.

나는 아마 앞으로도 비슷한 이야기들을 쓸 것이다. 그 옛날 내 책상 주위에 둘러앉은 친구들의 가슴을 두근거리게 만들었던 재미있는 이야기, 그러나 마지막에는 감동과 기쁨이 함께 하는 이야기들을, 꾸역꾸역 쓸 것이다.

나를 이야기꾼으로 만들어준 이는 부모님이다. 어릴 적 우리 집 책상에는 셀 수도 없을 만큼 많은 추리소설과 장르 소설이 꽂혀 있었다. 나는 그것들을 읽으며 유년 시절을 보냈다. 아버지와 어머니께 감사를 돌린다.

　지금까지 잘 참아왔고, 현재도 잘 참고 있는 아내에게도 사랑과 감사를 전한다. 연애하던 시절과 마찬가지로 당신은 여전히 내게 유일한 뮤즈다.

　아들이 태어나고부터 나는 더 아름다운 이야기를 쓰고 싶어졌다. 녀석의 눈을 들여다보고 있으면 평화롭고, 행복하며, 기쁨으로 차오른다. 내 이야기에 조금이라도 아름다운 구석이 있다면 그건 바로 아들 덕분이다.

　끝으로 작품 연재의 기회를 준 교보문고와 이 작품에 애정을 가지고 잘 편집해준 네오픽션 편집자분들에게도 감사함을 전하고 싶다.

　그리고 정말로 마지막으로, 이 책을 읽었거나 아니면 앞으로 읽을 독자들에게 감사와 사랑의 인사를 건넨다. 더 재미있는 이야기로 보답하겠다. 꼭, 반드시.

2014년 8월
전건우

밤의 이야기꾼들

© 전건우, 2014

초판 1쇄 발행일 | 2014년 8월 22일
초판 5쇄 발행일 | 2019년 7월 12일

지은이 | 전건우
펴낸이 | 정은영

펴낸곳 | ㈜자음과모음
출판등록 | 2001년 11월 28일 제2001-000259호
주   소 | 04047 서울시 마포구 양화로6길 49
전   화 | 편집부 (02)324-2347, 경영지원부 (02)325-6047
팩   스 | 편집부 (02)324-2348, 경영지원부 (02)2648-1311
E-mail | neofiction@jamobook.com

ISBN   979-11-5740-081-2(04810)
         979-11-5740-119-2(set)

이 도서의 국립중앙도서관 출판시도서목록(CIP)은 서지정보유통지원시스템 홈페이지
(http://seoji.nl.go.kr)와 국가자료공동목록시스템(http://www.nl.go.kr/kolisnet)에서
이용하실 수 있습니다.(CIP제어번호: CIP2014023195)